Uwe Goeritz

Auf Bärenspuren

Bibliografische Information der Deutschen Nationalbibliothek:

Die Deutsche Nationalbibliothek verzeichnet diese Publikation in der Deutschen Nationalbibliografie; detaillierte bibliografische Daten sind im Internet über http://dnb.dnb.de abrufbar.

© 2019 Uwe Goeritz

Coverbild: Enrique Meseguer und Eclipso auf Pixabay

Covergestaltung: Uwe Goeritz

Herstellung und Verlag: BoD – Books on Demand, Norderstedt

ISBN: 978-3-7412-9116-6

Inhaltsverzeichnis

Auf Bärenspuren 9
   Im Stamm des Bären 10
   Pfeilfedern 14
   Erntemond 18
   Neue Wege 22
   Vollmondnächte 26
   Bärenkraft 30
   Viel zu lernen 34
   Brennende Steine 38
   Gäste oder Feinde? 42
   Große Schuld 46
   Ein schmerzlicher Verlust 50
   Die Spur der Bärin 54
   Im Band der Gefühle 57
   Verwirrende Gefühle 61
   Im Zweifel gefangen 65
   Silberne Träume 69
   Der Schutz des Bären 73
   Am wilden Fluss 77
   Opfer für den Wassergeist 81
   Ein Reich des Todes 85
   Gipfelstürmer 90
   Gelbe Steine 94
   Neue Ängste 98

Alles aus Stein?	102
Zu spät?	107
Liebe und Gewalt	111
Wieder auf der Spur	116
Verfolgung	120
Eine Reise zu einem See	124
Neue Zeiten, neue Welten	128
Ein Sklavenlos	132
Herrenfreuden	136
Handel und Wandel	140
Gefangen oder frei?	144
Eigentum oder nicht?	148
Ein einsames Segel	153
Im Gefühl des Glücks	157
Die Heilkraft des Wassers	161
Auf Messers Schneide	165
Dinge und Menschen	169
Mit dem Wind	173
Sklavenjahre	177
Frei wie der Wind	181
Allein unter Männern	185
Auf den Boden zurückgefallen	189
Voltumna sei Dank!	193
Die Hand am Hals	197
Einfaches Landleben	201

Die zwei Seiten einer Münze 205
Winterwind 209
Im Land der Palmen 213
Der Schlaf des Bären 217
Gott und die Welt 221
Am Ziel einer Reise 225
Schmerzen des Herzens 229
Im Banne der Gier 233
Eine prachtvolle Stadt 237
Pharaonengold 241
Sehnsucht nach der Heimat 245
Ein Mann des Glaubens 249
Ein Schatz?! 253
Abschied für immer 257
Abschied und Neubeginn 261
Zurück in die Sklaverei? 266
Ein erster Schritt 270
Eisige Höhen 274
Ein Geschenk des Himmels 278
Unter den Augen Gottes 282
Ein kleines Glück und große Trauer 286
Fremder Sohn? 290
Neue Wege, neue Ideen 294
Glücklich zusammen 298
Zeitliche Einordnung der Handlung: 302

Auf Bärenspuren

Während um das Jahr 550 vor unserer Zeitrechnung die Bronzezeit im Mittelmeerraum schon zu Ende ging, war nördlich der Alpen eigentlich kaum etwas von diesem Material angekommen. Die dunklen, dichten Wälder sorgten dafür, dass sich die Händler mit diesem wertvollen Metall andere Wege und andere, lohnende Handelspartner suchten. Nur ein wichtiger Rohstoff war im Süden so gefragt, dass die Händler den beschwerlichen Weg auf sich nahmen: der Bernstein von der Ostseeküste.

Diese Geschichte handelt vom Zusammentreffen dieser unterschiedlichen Kulturen. Auf der einen Seite die frühen Etrusker, die südlich der Alpen schon langsam die Bronzezeit beendeten und auf der anderen Seite die wilden Stämme des Nordens, die immer noch in der Steinzeit lebten. Sarosa, eine der Frauen dieser Stämme, wird von einem etruskischen Händler geraubt.

Sie erlebt die „Zivilisation", die für sie vollkommen unverständlich und neu ist. Zamaso, ihr Mann, macht sich auf den langen Weg, sie zu retten. Wird er sie finden? Und wird sie wieder mit ihm zurück in den Wald gehen? Jetzt, wo sie die Annehmlichkeiten der etruskischen Kultur kennen und lieben gelernt hat?

Die handelnden Figuren sind zu großen Teilen frei erfunden, aber die historischen Bezüge sind durch archäologische Ausgrabungen, Dokumente, Sagen und Überlieferungen belegt.

1. Kapitel

Im Stamm des Bären

Das Wasser warf kleine Wellen, als Sarosa durch den Teich schwamm. Sie war gerade sechzehn Jahre alt geworden und auf Wunsch ihres Vaters vor noch nicht mal einem halben Mond in diesen Stamm gekommen. Hier sollte sie noch in diesem Sommer die Frau des Sohnes des Häuptlings werden und damit die Verbindung zwischen ihren beiden Gruppen festigen. Alleine war sie zu diesem Teich gegangen, der nicht weit von den Hütten entfernt war. Wenn man sich am Ufer auf Zehenspitzen stellen würde, so hätte man die Strohdächer der Hütten sehen können. Es waren ein Dutzend Wohnhäuser mit Stall daran. Genauso wie die, welche sich in ihrem elterlichen Dorf befanden. Zwölf Familien, etwa hundert Menschen. Das Wasser war angenehm kühl an einem sonst eher heißen Sommertag. So glitt sie langsam durch das Gewässer. Mit starken Armzügen zog sie sich danach zum Ufer hinüber, wo sie ihr Kleid abgelegt hatte. Dort stieg sie hinaus und schüttelte das Wasser von ihrem Körper, dann drückte sie die Flüssigkeit aus ihren Haaren und zog sich das Kleid über ihren nackten Körper. Unterwäsche trug man praktischerweise nur im Winter.

Nachdem sie sich ihren Gürtel wieder umgelegt hatte, ging sie zurück zu den Häusern. Ihre Schuhe hatte sie dort zurückgelassen und das Gras der Waldlichtung kitzelte ihre Füße. Auf dem Rückweg musste sie am Feld entlang, das mit reifem, goldenem Korn bestanden war. Dabei ließ sie die Ähren durch die Finger gleiten. Nur noch ein paar Tage Sonne, dann würden sie alle dieses Getreide einbringen und wenn diese Ernte erst mal in dem Speicher war, dann würde sie aus der Hütte des Schamanen, in der sie im Moment noch wohnte, in die Hütte ihres zukünftigen Mannes wechseln. Dann würde sie auch ihren Vater wieder sehen. Der vor ein paar Tagen zurück zu ihrem Stamm gegangen war, um dort ebenfalls für die Ernte zu sorgen. Sarosa löste ein paar Körner aus einer der Ähren und warf sie sich in den Mund. Diese schmeckten gut.

Am Ende des Feldes, getrennt von den anderen Hütten, stand die Behausung des Schamanen. Ein Bärenschädel steckte davor auf einem Pfahl. Der alte Mann saß daneben und schaute in ein kleines Feuer. Vollkommen abwesend sprach er vor sich hin und bemerkte das Mädchen nicht, das direkt vor ihm stand. Im Moment waren sie nicht auf derselben Welt. Der alte, grauhaarige Mann sprach mit seinen Ahnen und befragte sie vermutlich gerade über die Ernte, wie Sarosa aus einigen Wortfetzen deutete, die sie verstehen konnte. Schließlich drehte sie sich zu den anderen Hütten und setzte sich auf einen Stamm. Im Moment gehörte sie noch nicht zum Bärenstamm. Noch war sie eine Tochter des Wolfsstammes. Erst in einigen Tagen würde sich das ändern. Dann würde sie den Wolfszahn ablegen, den sie seit ihrer Geburt an einem Band um den Hals trug. Er würde einer Bärenkralle weichen, so wie sie der Schamane trug.

In Gedanken fragte sie sich, ob sie überhaupt bei der Ernte helfen durfte, sie gehörte ja noch nicht dazu, als der Schamane an sie heran trat und von hinten seine Hand auf ihre Schulter legte. „Du darfst helfen. Morgen beginnen wir", beantwortete er ihre nur gedachte Frage. Sie nickte und der Mann ging schwankend zu den Hütten hinüber. Auf einen großen Stock gestützt, an dessen oberen Ende ein geschnitzter Bär zu sehen war, brauchte er eine kleine Ewigkeit für die etwa fünfzig Schritte. Das Mädchen stand auf und ging zu der kleinen Schamanenhütte. Daraus holte sie sich den geschnitzten Kamm und setzte sich zurück an das Feuer. Langsam zog sie den aus Knochen gefertigten Kamm durch ihr langes braunes Haar. Nach dem Baden hätte sie das etwas eher machen sollen, denn jetzt, da das Haar schon trocken war, war es etwas schwieriger, die lange Mähne wieder zu bändigen. Aber sie hatte ja jede Menge Zeit dazu. Ein paar kleine Kinder liefen lachend an ihr vorbei, in großem Abstand von der Schamanenhütte, und sie sah ihnen nach. Ihr Blick fiel auf den Kamm. Die Mutter hatte ihn ihr einst geschenkt. Es war ein heulender Wolf darauf abgebildet. Würde sie diesen Kamm auch abgeben müssen? Hoffentlich nicht! Sie liebte dieses schön geschnitzte Stück Knochen.

Sarosa war immer noch nicht fertig mit ihren Haaren, als der Schamane sich neben sie setzte. Der Blick des Mädchens blieb an dem funkelnden Griff im Gürtel des alten Mannes hängen. Dieses kleine Messer war das einzige Stück aus diesem seltsamen Material, das sie jemals gesehen hatte. In ihrem Gürtel steckte ein kleines steinernes Messer mit einem Holzgriff. Es war sehr scharf und diente dazu, die Mahlzeiten zu zerkleinern, die gebraten am Stück vom Feuer kamen. Der alte Mann zog das aufgespießte Stück Fleisch zu sich und hielt das braune, dampfende Stück eines Hasen dem Mädchen vor ihr Gesicht. Sie zog das Messer und schnitt sich ein mundgerechtes Stück ab und schob es sich in den Mund. Kauend sah sie zu, wie der alte Mann das glänzende Messer zog, das die Farbe der Sonne hatte. In dieser Klinge spiegelte sich sogar die Sonne. Er schnitt sich ebenfalls ein Stück Fleisch ab und hielt ihr den Stock wieder hin. „Ruhe dich dann aus. Morgen wirst du schwer arbeiten müssen", sagte der Mann, nachdem sie zusammen den Hasen aufgegessen hatten.

Die junge Frau nickte und ging zur Hütte hinüber. Es war die einzige, in der keine Tiere lebten. Das Mädchen zog ihre Liege nach vorn und draußen setzte gerade die Dämmerung ein. Der Mann hatte ihr den Rücken zugedreht. Gebeugt saß er vor dem Feuer und warf einen Schatten bis zu ihren Füßen. Schnell löste sie den Gürtel, zog sich das Kleid über den Kopf und legte sich auf ihre Schlafstätte, dann deckte sie sich mit dem Kleid zu. Es würde in der Nacht sicher wieder frisch werden. In dieser Hütte brannte auch kein Feuer, so wie es in den anderen war. Von ihrer Schlafstätte blickte sie zu dem Mann hinüber. Sicher war er schon wieder in einer anderen Welt. Dann fielen ihr die Augen zu.

2. Kapitel
Pfeilfedern

Er hielt den Atem an. Für einen Augenblick verschmolz er mit dem Pfeil und dem Reh, das etwa dreißig Schritte entfernt stand. Zamaso, wie der junge Mann hieß, musste noch warten, bis sein Vater neben ihn lautlos den Bogen ebenfalls spannte. Zwei Pfeile waren sicherer bei solch einem großen Rehbock. Unmerklich hob Zamaso einen Finger am Bogen als Zeichen. Wenn er ihn wieder herabnahm, so würden die beiden Pfeile im selben Moment ihr Ziel finden. Nur noch ein Augenblick, dann schnellte die Sehne nach vorn und schob das tödliche Geschoss durch die kleine Schneise im Wald. Ein leises Surren war das einzige Geräusch, was beim Schuss entstanden war. Zeitgleich, so wie die Pfeile losgeflogen waren, so trafen sie den Bock hinter seinem Vorderbein. Genau am anvisierten Platz. Beide Pfeile trafen das Herz des Tieres und ließen ihm keine Zeit für einen letzten Sprung. Lautlos fiel das Reh zu Boden.

„Guter Schuss, Vater", sagte Zamaso und der ältere Mann nickte „Dein Schuss war genauso gut", entgegnete der ältere Mann. Zusammen liefen sie hinüber und nahmen das Tier auf. Der Sohn schulterte das schwere Tier, während der Vater Bogen und Pfeile übernahm. Gemeinsam schritten sie durch den Wald, den nicht allzu fernen Hütten entgegen. Dass das Reh sich so nahe an die Menschen gewagt hatte verwunderte Zamaso, gab ihnen aber die Möglichkeit, ein zweites Mal in den Wald zu gehen. In der Hütte übergab er den Bock an seine Mutter, die sich um das Ausnehmen kümmerte. Zamaso zog die Pfeile heraus. Das nahe Treffen hatte einen von ihnen beschädigt. Darum würden sie sich später kümmern. Mit zwei Pfeilen weniger brachen sie sofort wieder auf.

Am Rande des Waldes sah er eine Bewegung. Noch ein Tier? So nahe bei den Hütten? Er zog einen Pfeil und ging einen Schritt nach vorn. Dort lag der kleine Teich am Waldrand, in dem sie oft zur Abkühlung baden gingen. Doch jetzt, mitten am Tage, war da sicher niemand. Vielleicht hatten sich ein paar Gänse dort nieder gelassen. Das gab Federn für Pfeile und einen schmackhaften Braten noch dazu. Vorsichtig setzte er seinen Fuß auf. Die Gänse waren schreckhaft und im Flug kaum zu treffen. Etwas Helles schimmerte durch die Bäume. Immer weiter schlich er vorwärts und er wusste, auch wenn er ihn nicht hörte, dass sein Vater unmittelbar hinter ihm war. Sie jagten immer zu zweit und waren gut aufeinander eingespielt.

Leise legte er den Pfeil ein und spannte den Bogen bei den letzten Schritten vor. Dann erreichte er eine freie Stelle und kniete sich hin. Der Jäger zog den Pfeil zurück und sah den Vater aus dem Augenwinkel dasselbe tun, doch dann ließ der Vater den Pfeil wieder in den Köcher gleiten. Da war keine Gans, die dort im Wasser schwamm, sondern ein Mädchen. Gerade stieg sie aus dem Wasser und wusste nicht, dass sie aus der kurzen Entfernung von nicht einmal zwanzig Schritten beobachtet wurde. Wer war sie? Und was machte sie hier? Am helllichten Tage. Zamaso sah ihr zu, wie sie sich das Wasser vom Körper schüttelte. Sie war sehr schön. Große Brüste, schmale Taille und breite Hüften. Dazu langes braunes Haar, das sie im Moment auswrang. Dann zog sie sich an und verschwand direkt vor ihnen vorbei zum Dorf.

„Wer ist sie?", fragte Zamaso seinen Vater, der ja alles Wissen musste. Schließlich war er ja der Stammesführer. Die Frau war in Richtung der Hütte des Schamanen verschwunden. „Das ist deine zukünftige Partnerin", sagte der Vater und drückte auf Zamasos Schulter, als der aufstehen wollte. Dann zeigte er nach oben. Zwei Gänse waren im Anflug und landeten im Wasser. Die beiden Jäger nickten sich zu und kurz darauf hatte jeder eine der Gänse erlegt. Mit dem toten Tier in der Hand sah Zamaso zur Hütte des Schamanen. „Meine Partnerin", sagte er leise vor sich hin, das hatte ihm der Vater bisher noch nicht erzählt. Vermutlich war sie erst ein paar Tage hier oder sie hatten sich bisher verfehlt. „Schön ist sie und sicher auch stark", sagte Zamaso und folgte seinem Vater zu den Häusern hinüber. Der junge Jäger war siebzehn Sommer alt und auf dem Weg sah er immer wieder zur Seite, wo sich die Hütte des Schamanen befand. Wer war sie? Zumindest keine aus ihrem Stamm. Dann hätte sie nicht beim Schamanen gewohnt. Das machten sie nur, wenn jemand aus einem anderen Stamm hier in ihre Bärenfamilie geholt wurde.

Als sie an ihm vorbei gegangen war, hatte sie einen Wolfszahn um den Hals gehabt. Daher kam sie sicher vom Wolfsstamm, zu welchem im letzten Jahr seine Schwester gegangen war. Vielleicht versuchten die beiden Stammesführer damit ihre Stämme enger zu verbinden. Wortlos legte er die Gans auf den Tisch in der Hütte, hängte den Bogen weg und trat nach draußen. Wieder sah er zur Hütte des Schamanen. Vielleicht konnte er noch ein paar Blicke von ihr erhaschen. Zamaso ging zum Waldrand und schlich sich an die Hütte des Schamanen an.

Das Mädchen saß am Feuer vor dem Hütteneingang. Sicher keine drei Armlängen vor ihm und hatte ihn offensichtlich nicht bemerkt. Das lange Training im Wald zahlte sich aus! Leise schob er sich noch ein Stück vor. Wenn er jetzt die Hand ausstrecken würde, könnte er ihr Haar berühren, das sie gerade kämmte. Der junge Jäger lauschte auf eine belanglose Unterhaltung zwischen ihr und dem Schamanen. Ihre Stimme klang angenehm und melodisch. Langsam schob sich Zamaso zurück zum Wald. Sein Vater hatte eine gute Wahl getroffen.

Wieder zurück in der elterlichen Hütte fielen ihm die beiden beschädigten Pfeile ein. Daher holte er sie zu sich und begann aus ein paar der Gänsefedern mit seinem Steinmesser, das er immer am Gürtel trug, eine neue Befiederung zu schneiden. Dann löste er die alten Federn und klebte die neuen mit etwas Buchenteer auf. Zur Sicherheit umwickelte er das Ende noch mit Baumbast. Sorgfältig prüfte er seine Arbeit. Da durfte man sich keinen Fehler leisten, sonst flog der Pfeil wer weiß wohin.

Als er seinem Vater den Pfeil hinhielt, fragte er „Wie heißt sie?" Der Vater wusste, was sein Sohn meinte und antwortete „Sarosa" und der Sohn wiederholte den Namen, um sich schon mal daran zu gewöhnen. Der Vater prüfte den Pfeil und legte dann seine Hand auf die Schulter des Sohnes. Beide nickten sie sich zu.

3. Kapitel

Erntemond

Die Arbeit war wirklich schwer. Seit ein paar Tagen waren alle Menschen des Dorfes von Sonnenaufgang bis Sonnenuntergang auf dem Feld. Vom Rande der Fläche trieb sie der Schamane zur Eile an. Immer wieder zeigte er nach oben und schrie „Beeilt euch!" Die Männer schnitten mit Steinsicheln das Korn, die Mädchen, darunter auch Sarosa, flochten die Ähren zu kleinen Bündeln, die dann die älteren Frauen in die Scheune trugen. Die kleineren Kinder waren in der Mitte des Dorfes und spielten an der Scheune. So hatte mindestens eine der Frauen die Kinder immer im Blick. Die größeren Kinder halfen auf dem Feld. Schon ein paar Tagen eilte Sarosa gebeugt über das Feld. Während die Sonne schien, war sie unten. Erst in der Nacht konnte sie sich aufrichten. Vor Erschöpfung konnte sie nichts essen. So stand sie am frühen Morgen etwas eher auf und aß ein Stück kaltes Fleisch, bevor sie wieder auf das Feld lief.

Trotz der Mühsal wurde auf dem Feld gesungen und gelacht. Das lenkte etwas von der schweren Arbeit ab. Sonst wäre es gar nicht zum Aushalten gewesen. Die beiden Mädchen, die neben ihr arbeiteten, waren ebenfalls in ihrem Alter. Dakira links und Fridona rechts. Eigentlich arbeiteten sie Hand in Hand. Die Griffe waren schon am Abend des ersten Tages wieder so in ihren Gedanken gewesen, dass sie die Ähren ohne zu denken flechten konnte. Schon immer hatte sie auf dem Feld helfen müssen. Zumindest so lange, wie Sarosa zurückdenken konnte. Auch wenn es immer nur ein paar Tage im Jahr waren, hatte sich die schwere Arbeit tief in ihre Erinnerung eingebrannt. Irgendwo vor ihr arbeitete ihr zukünftiger Mann. Ein paar Mal hatte sie ihn in der Zeit schon gesehen. Er war ein Jahr älter als sie und seine Bewegungen waren sehr geschmeidig. Darin zeigte sich der erfolgreiche Jäger, der später sicher mal seine Familie gut ernähren konnte. Sie hatte Glück mit ihm.

Nur ein paar Worte hatte sie bisher mit ihm wechseln können. Noch gehörte sie nicht dazu. Noch wurde sie nur geduldet, auch wenn sich schon eine Art Freundschaft zu den beiden anderen Mädchen aufbaute. Schließlich war ja absehbar, wann sie zum Stamm dazu gehören würde. Dieses Feld musste abgeerntet und das Korn in der Scheune sein, dann war auch sie eine Bärin. Im Moment war sie nur eine Wölfin unter Bären.

Das Feld war sehr groß und schien kein Ende zu nehmen. Nach ein paar Tagen zog sich der Himmel zu und verfinsterte sich. Nun war auch dem letzten klar, warum der Schamane sie so antrieb. Schafften sie es nicht, das ganze Korn vom Feld zu bekommen, so würden sie im Winter Hunger leiden müssen. Doch schneller arbeiten ging einfach nicht. Alle schufteten schon in der höchsten möglichen Geschwindigkeit. Nun wurden die Plätze neu verteilt. Die älteren Frauen gingen nach vorn und die jungen Frauen und Mädchen mussten die Getreidegarben rennend in die Scheune bringend. Es war jedes Mal eine ganz schöne Strecke vom Feld zur Scheune und zurück. Nun sehnte sich Sarosa zurück zu ihrem schmerzenden Rücken, denn das Rennen führte bald dazu, dass ihre Beine brannten und sie von Zeit zu Zeit stolperte.

Aber sie konnte sich keine Blöße geben. Sie gehörte noch nicht dazu und alle Augen schienen ihr zu folgen, auch wenn das sicher nicht so war. Schließlich hatte jeder seine Arbeit und damit gar keine Zeit, ihr hinterher zu sehen. Schon immer hatte sie gut rennen können, doch das hier ging selbst über ihre Kräfte. „Ist das Feld nicht bald leer?", stöhnte sie und prallte vor der Scheune mit

Dakira zusammen. Mit einem Schrei stürzten beide zu Boden, dann rappelten sie sich wieder hoch, rieben sich kurz die schmerzenden Glieder und liefen trotz blauer Flecken und Schmerzen weiter. Die dunklen Wolken über ihnen trieben sie an.

Selbst in der Nacht, im Schlaf, lief sie weiter. Diese war zur Erholung viel zu kurz. Vor dem Einschlafen ging Sarosa kurz in den Teich. Aber sie setzte sich nur in das Wasser. Schwimmen hätte sie vor Erschöpfung schon nicht mehr gekonnt. Das Wasser tat gut und entspannte ihre schmerzenden Muskeln.

Pünktlich mit der Sonne des nächsten Tages, die sich mühsam durch die Wolken kämpfte, liefen sie wieder los. Nun war das Ende schon zu sehen und so mancher schnelle Blick ging nach oben. So manche stumme Frage „Schaffen wir das noch?", flog zu den immer tiefer fallenden Wolken. Als Sarosa mit dem letzten Kornbündel in die Scheune fiel, setzte draußen ein Gewitter ein, wie sie es noch nie gehört hatte. Dutzende Blitze zuckten hintereinander zum Boden. Ein Donner jagte den nächsten und ging in ein kontinuierliches Grollen über, aus dem man keinen einzelnen Donner mehr heraus hören konnte. Ein Blitz nach dem anderen durchzuckte den Himmel und nachdem alle vom Feld waren, setzte ein Regenguss ein, der alles wegspülen wollte. Doch Sarosa war im falschen Haus! Sie musste aus der Scheune zum Haus des Schamanen!

Ein letzter schneller Lauf, der aber immer noch viel zu langsam war, folgte. Dann war sie in der Hütte des Schamanen, nass bis auf die Haut, und zog sich das Kleid aus. Umständlich drückte Sarosa das Wasser heraus und der Schamane hängte ihr eine Decke um ihre nackten Schultern. „Ruhe dich nun aus", sagte er zu ihr und drückte sie auf eine der beiden Liegen. Dort sitzend sah das Mädchen in den fast undurchdringlichen Vorhang aus Wasser, der den Eingang der Hütte verschloss. „Gerade noch rechtzeitig", sagte Sarosa und der Schamane nickte. Die Ernte war in Sicherheit. Trotzdem fror sie und der Mann machte schnell ein Feuer in der Hütte, so dass sie sich wieder erwärmen konnte. Bisher hatte er hier noch nie ein Feuer entfacht und er schien dies auch nur für sie zu machen.

Dankbar hockte sich Sarosa neben die aufzüngelnden Flammen und genoss die wohltuende Wärme. Der Qualm stieg ihr in die Augen, doch das störte sie nicht.

4. Kapitel

Neue Wege

Der alte Mann mochte diese Frau. In seine müden Augen war wieder Glanz gekommen. Die Sommer hatte er schon lange nicht mehr gezählt. Sicher mochten es mehr wie sechzig sein, die er als Schamane nun schon für seinen Stamm da war. Die Aufgeschlossenheit Sarosas erfrischte sein altes Herz und er hätte sich solch eine Tochter oder Enkelin gewünscht. Allerdings hatte er sich als Schamane gegen Kinder entschieden. Umso mehr freute er sich über die Gespräche mit ihr und manchmal stand er in der Nacht einfach nur da und betrachtete ihr schlafendes Gesicht im rötlichen Schein des Feuers.

Im Stamm war es so üblich geworden, dass ihm die Menschen aus dem Weg gingen und ihn nur aufsuchten, wenn sie ein Problem, eine Frage oder eine Krankheit hatten. Selbst die kleinen Kinder machten einen großen Bogen um ihn und das machte ihn zu einem einsamen Mann, nur wenige Schritte von den anderen entfernt. Da war es gerade so schön, dass er jemanden hatte, mit dem er über alles reden konnte, und der ihm zuhörte. Sarosa war eine gute Zuhörerin und die Fragen, die sie ihm stellte, zeigten ihm, dass sie über seine Worte nachdachte. Jetzt, wo er die junge Frau unter dem Dach seiner Hütte beherbergte, dachte er daran, dass er ja auch bald einen Nachfolger brauchen würde. Jemanden, der sein Wissen weiter gab.

Bestimmt würde er höchstens noch zwanzig Sommer leben, bevor ihn der Bärengeist und die Ahnen zu sich rufen würden. Bisher hatte er noch niemanden gefunden, der da so richtig in Frage gekommen wäre. Zamaso vielleicht, aber der würde als Sohn des Stammesführers in andere Aufgaben hinein wachsen müssen.

Mit dem Blick auf Sarosa überlegte er sich, warum nicht auch eine Schamanin sein Wissen weiter in die Zukunft tragen konnte. Warum immer nur Männer? Warum nicht eine Frau!

Bei der Ernte hatte er gesehen, wie sie sich für die anderen im Stamm aufgeopfert hatte und bis zur völligen Erschöpfung gerannt war. Auch das hatte ihm imponiert. Er glaubte daran, dass die Unwetter gewartet hatten, bis sie das letzte Korn in der Scheune hatte. Nun saßen sie schon den dritten Tag in der Hütte, sahen auf den dichten Vorhang aus Regenwasser, der die Hütte verschloss und redeten über alles. Den ersten Tag hatte sie fast durchgeschlafen und er hatte nur daneben gesessen und überlegt. Schon bald würde sie die Partnerin von Zamaso werden. Wenn Zamaso irgendwann mal der Stammesführer werden würde, warum sollte sie dann nicht die Schamanin und Führerin der Ahnen werden? Das konnte die perfekte Partnerschaft werden. Der Mann für die Menschen, die Frau für die Geister. Noch wagte er nicht mit ihr darüber zu reden, sie hatte im Moment anderes zu tun, aber irgendwann würde der Zeitpunkt gekommen sein.

Bis es aber soweit sein würde, konnte er ja mit ihr reden. Der Schamane des Wolfstammes hatte der jungen Frau offensichtlich schon viel beigebracht. Sein Ansehen in dem anderen Stamm war ein anderes, als seines hier. Ein bisschen stimmte ihn das traurig, aber es war sicher der Willen der Ahnen. Doch wie würde er erkennen, wenn die Ahnen einen neuen Weg einschlagen wollten? Vielleicht an dem Wesen von Sarosa? Sicher war es kein Zufall gewesen, das ihn der andere Schamane gebeten hatte, auf Sarosa aufzupassen, während sie sich einen Mond lang auf ihre Partnerschaft vorbereiten würde. Davor musste die junge Frau noch ein paar Reinigungsrituale durchlaufen, aber das Ziel war nicht mehr weit.

Als der Regen weniger wurde, erklärte er ihr das letzte Reinigungsritual. Dabei ging es darum, ihren Körper mit Rauch von allen falschen Geistern zu säubern. Der andere Schamane hatte ihr schon zum Abschied im anderen Stamm dieses Ritual gezeigt. Dort war sie schon in der Schwitzhütte gewesen und als Abschluss des Mondes hier würde sie zum Neumond hier ebenfalls in die Schwitzhütte gehen. Wenn sie diese wieder verlassen würde, so würde auch der Mond zurückkehren und dann würden die letzten Tage bis zum Beginn der Partnerschaft beginnen. Zusammen verließen sie die Siedlung und gingen zum Teich hinüber. Dort bauten sie aus Zweigen die Hütte auf.

Der Schamane begann vor der Hütte ein Feuer zu machen und legte danach große Steine in die Glut. Dann stellte er einen Holzbottich mit Wasser in die Hütte und sagte „Es ist Zeit", sie legten beide ihren Sachen ab, Sarosa setzte sich in die Hütte hinein, während er mit einer Astgabel und einem Stock die Steine aus der Glut zog und in den Bottich fallen ließ. Danach setzte er sich zu ihr, schlug den Eingang zu und warf eine Handvoll Kräuter in das kochende Wasser. Der Dampf stieg zur Decke der Hütte und trieb ihnen den Schweiß aus dem Körper. Schon bald waren beide rot. „Machst du das öfters?", fragte sie ihn und er antwortete „An dem Tag, an dem es keinen Mond gibt und er neu geboren wird, sitze ich hier." Dabei warf er weitere Kräuter in das Wasser. Der Duft stieg auf und reinigte nun auch den Geist. „Vielleicht bin ich deshalb auch doppelt so alt, wie der älteste der anderen", sagte er mit einem Schmunzeln. Der Schweiß lief ihm über die Stirn und tropfte von der Nasenspitze.

Als er sah, dass die Frau es kaum noch aushielt, schlug er den Ausgang zurück und zeigte auf den Teich. „Und nun hinein und untertauchen", sagte er und ließ sie vorangehen. Danach stand auch er auf und sprang hinter ihr in das Wasser, das nur ein paar

Schritte vor der Hütte war. Das Wasser war erfrischend kalt nach der Hitze in der Laubhütte.

Nachdem sie wieder an Land standen, zogen sie sich an und gingen langsam wieder zur Schamanenhütte hinüber. Die Schwitzhütte würden sie am nächsten Tag abreißen. Vor seiner Behausung setzten sie sich an das Feuer und er sagte „Nun ist es noch ein halber Mond, bis du Zamasos Partnerin wirst. Wenn der Mond dir seine volle Scheibe am Himmel zeigt, dann ist es so weit", sie nickte verstehend. Der Mond der Reinigung war vorbei, nun würde der Mond wieder an Kraft gewinnen und der Geist des Bären in ihr ebenfalls.

5. Kapitel
Vollmondnächte

Endlich war es so weit. Nun war der Tag gekommen, an dem Sarosa in ihren neuen Stamm aufgenommen werden sollte. Am Vortag war ihr Vater eingetroffen und so hatten sie die Nacht zu dritt am Feuer des Schamanen zugebracht. Schlafen hatte keiner von ihnen gekonnt. Ewig hatten sie in das Feuer geschaut. Jeder hatte seinen Gedanken nachgehangen. Sarosa Gedanken flogen hinüber zu der Hütte, wo ihr zukünftiger Mann sicher im Moment auch nicht schlafen konnte. Wenn sie den Kopf drehte, so sah sie im Licht des Vollmondes die Dächer der Hütten. Ein silberner Schein lag über der Wiese. Verträumt spielte sie mit dem Wolfszahn und dachte erst nach ein paar Augenblicken daran, dass sie diesen ja heute das letzte Mal trug. Noch konnte sie sich nicht vorstellen, ihn abzulegen. Er war praktisch ein Teil ihres Körpers. Selbst beim Schwimmen legte sie ihn nicht ab. Das war ihr Schutz! Ihr Vater legte seine Hand auf ihren Arm und nickte ihr zu. Vermutlich hatte er ihren Blick auf den Zahn gesehen.

Was würde der nächste Tag bringen? Schon oft hatte sie im elterlichen Dorf diesen Zeremonien beigewohnt. Der Schamane hatte diese immer geleitet. Hier würde sie dieser alte Mann neben ihr leiten. Doch es war sicher anders. Bisher wusste sie nichts davon. Noch war sie eben kein Teil des Bärenstammes. Sarosa stand auf und ging zur Hütte. Sie lehnte sich an die Wand des kleinen Hauses und schaute über das abgeerntete Feld. Durch den Mond war es fast taghell. Ihr Vater trat zu ihr. Auch das waren die letzten vertrauten Momente. In ein paar Tagen wären sie beide Fremde. Alles war so seltsam. Warum hatte sie nicht mit jemand in ihrer Siedlung, in ihrem Stamm, verpaart werden können? Da hätte sich nicht so viel für sie geändert. Aber so?

Langsam versank der Mond und es gab einen kurzen Moment der vollkommenen Dunkelheit, bevor am gegenüber liegenden Waldrand mit dem ersten roten Streifen der neue Tag begann. Mit der Sonne stand der Schamane auf und sagte „Gehe dich reinigen!" Dabei zeigte er auf den Teich, den Sarosa ja schon gut kannte. Sie nickte den beiden Männern zu und lief die paar Schritte über das abgeerntete Feld. Wenig später tauchte sie in den Teich, rieb sich mit Sand ab und wusch sich den Sand vom Körper. Dann stieg sie wieder aus dem Wasser, zog sich an und ging zurück zur Hütte, wo die beiden Männer sie schon erwarteten. Jetzt verneigte sie sich vor dem Schamanen, der sich nun, zum Zeichen seiner offiziellen Funktion, ein Bärenfell um die Schultern gehangen hatte. Jetzt war er der Bär, das Schutztier des gesamten Stammes. Er schwankte nicht mehr, der Mann stand gerade und aufrecht. Die Kraft des Bären durchströmte seinen Körper und seinen Geist.

Zu dritt gingen sie zu den Hütten hinüber, wo Sarosa und ihr Vater außerhalb warten mussten. Der Bär begann auf einem freien Platz zwischen den Hütten zu tanzen. Dabei war nicht ein Fehltritt zu sehen. Der Mann, der vor ein paar Tagen eine Ewigkeit für fünfzig Schritte gebraucht hatte, tanzte mit der Kraft der Jugend. Rasselnd und singend rief er die Ahnen an und alle Bewohner der Hütten, vom Kleinkind bis zum Greis, trafen sich rings um diesen Platz. Eine schmale Stelle war noch frei, vor welche Sarosa und ihr Vater nun standen. Plötzlich blieb der Schamane stehen und verstummte. Von der anderen Seite trat ihr zukünftiger Mann zu ihm und mit einer Handbewegung rief der Bär Sarosa zu sich.

Am Rande des Menschenringes stoppte er sie. Dann trat er zu ihr und nahm ihr den Wolfszahn ab, diesen übergab er danach an ihren Vater. „Lege nun deine Sachen ab", sagte der Schamane und Sarosa übergab ihren Gürtel, die Schuhe und das Kleid an ihren Vater. Den geliebten Kamm ließ sie in ihrem Haar stecken. Nun erst gab der Schamane ihr den weiteren Weg frei. Nackt und ohne den Schutz des Wolfszahnes betrat sie den zuvor von dem Schamanen gereinigten Platz in der Mitte der Menschen. Sie spürte die Blicke auf ihrem Körper. War das hier immer so? Oder nur mit Angehörigen fremder Stämme? Sarosa wusste es nicht, aber es schien eine Art von Geburtsritual zu sein. So wie ein neugeborenes Kind war sie bloß und schutzlos.

Der Schamane begann um sie herumzutanzen. Dabei rief er den Geist des Bären zu sich. Von der anderen Seite trat der junge Mann zu ihr und stellte sich vor sie. Anschließend umtanzte der Bär sie beide. Wieder stoppte der Schamane und zog eine Bärenkralle an einem Band aus seinem Gürtel. Diese übergab er an Sarosa, die sie sich sofort um den Hals legte. Von nun an stand sie unter dem Schutz des Bärengeistes.

Damit war sie jetzt auch eine Angehörige des Bärenstammes. Es fehlte nur noch die Verpaarung und die würde sicher in ihrer zukünftigen Hütte stattfinden. Schnell blickte sie sich um, ob die Menschen einen Weg freigaben, den sie gehen sollte, doch der Kreis hatte sich vollkommen um sie herum geschlossen. Sollten sie hier, vor aller Augen, verpaart werden? Für einen Moment zuckte sie zurück, dann fügte sie sich in ihr Schicksal. Noch immer tanzte der Bär um sie herum, dann verließ er die Runde und ließ zwei junge Menschen zurück. Der Mann steifte sich ebenfalls die Kleidung ab und zog Sarosa zu Boden. Da immer alle in einer Hütte wohnten, hatte sie schon oft dabei zugesehen, wie es ihre Eltern taten. Aber dabei zuzusehen oder dabei andere zusehen zu lassen, das waren zwei vollkommen verschiedene Sachen.

Hier auf dem Platz, auf dem noch vor ein paar Tagen das Korn gedroschen worden war, lag sie und blickte zum Himmel. Der

Mann legte sich auf sie und drückte ihr die Beine auseinander. Ein kurzer Schmerz und die Worte des Schamanen „Es ist vollbracht", folgten. Dann half ihr Mann ihr auf. Es war also mehr ein symbolischer Akt gewesen, doch an ihrem Bein lief ein dünnes Rinnsal Blut entlang. Schnell wischte sie es sich mit der Hand ab. Ihre zwei Freundinnen brachten ihr neue Sachen, die sie anzog. Mit einem Freudengeheul begrüßte der neue Stamm sie. Nun war sie wirklich eine Bärin.

6. Kapitel
Bärenkraft

Hier war er nun und sah sie an. Nur zwei Schritte entfernt stand sie nackt vor ihm und der Schamane tanzte um sie herum. Sie trug die Kralle des Bären und es war nun nur noch eines zu tun. Der junge Jäger streifte sich seine Kleidung über den Kopf und trat einen Schritt auf sie zu. Die Kreise des Schamanen wurden immer enger, dann verstummte der Mann und gab den Platz für die Verpaarung frei. Zamaso griff um Sarosas Hüfte und legte sie mit dem Rücken auf den harten Fußboden des Dorfplatzes. Hier waren sie nun im Schutze des Bären, den der Schamane für diese Zeremonie gerufen hatte. Jetzt kniete sich Zamaso neben sie und hob die Knie der Frau an, wodurch ihre Fußsohlen wieder auf dem Boden standen. So würde es leichter gehen, hatte es ihm sein Vater erklärt. Dann erhob er sich wieder und bat um die Kraft des Bären. Noch würde die Verpaarung scheitern, doch er spürte schon, wie die Energie des Bären durch seinen Körper zu laufen begann.

Diese Energie konzentrierte sich an einer Stelle und sorgte dafür, dass trotz der vielen Augen, die nun erwartungsvoll auf ihn gerichtet waren, ein nicht unwichtiger Körperteil an Größe zunahm. Dann legte er sich zu Sarosa, gilt auf ihren Bauch und suchte den Widerstand, von dem sein Vater ebenfalls gesprochen hatte. Schließlich fand er ihn und mit einem schnellen Stoß überwand er ihn und glitt in seine Frau. Sarosa zuckte kurz zusammen, sagte aber nichts und schrie auch nicht. Das hätte bestimmt die Zeremonie zerstört. Sie war eine starke, gute Frau und er hatte großes Glück mit ihr. Danach rief der Schamane, dass die Verpaarung vollzogen war und Zamaso stand auf. Schnell half er seiner Frau auf und sie zogen sich gegenseitig an. Anschließend brachte er sie zu seiner Hütte und zeigte ihr alles.

Die Bewohner der Hütte trafen nun alle ein und er stellte seiner Frau einen jeden davon vor. Schließlich waren sie nun zwanzig Menschen, zwei Kühe und vier Schafe unter einem Dach und seine Frau musste jeden davon kennen. Dann gingen sie zu den anderen Hütten und auch dort machte er weiter, denn sie war nun Teil des Stammes und musste alle kennenlernen. Das würde zwar ein paar Tage dauern, aber überall wurde sie herzlich begrüßt. Besonders die vier gleichaltrigen noch unverpaarten Mädchen des Dorfes schlossen sie schnell in ihr Herz. Bei der Ernte hatte sie ja schon Seite an Seite gearbeitet. Nun stand Sarosa unter dem Schutz eines jeden Stammesmitgliedes.

Erst in der Abenddämmerung, pünktlich zum Essen, waren sie wieder an ihrer Hütte angelangt, denn die Abstände zwischen den Hütten waren schon etwas größer. Dazwischen lagen noch Ställe, Scheunen und ein paar Brunnen. Schließlich betraten sie die gemeinsame Hütte und er zeigte ihr ihren Platz am Tisch. Auf der Seite der Frauen, ihm direkt gegenüber. Es gab ein besonderes Abendmahl für alle in der Hütte, mit reichlich Fleisch von dem Reh, dass er zusammen mit seinem Vater für diese Feier gejagt hatte. Nachdem der Tisch leer war, ging sich jeder im Brunnen waschen und lief dann zu seiner Schlafstatt. Auch diesmal zeigte er Sarosa ihren Platz. Schnell streiften sie ihre Kleidung ab und hängten sie zum Trocknen an Haken an der Hüttendecke. Langsam brannte das Feuer nieder, sein roter Schein beleuchtete die Schläfer, die dicht an dicht in der Hütte ruhten. Sarosa drückte sich eng an ihn und rieb ihren Körper unter der Decke an seinem.

Die Kraft des Bären erwachte wieder, ohne dass er ihn gerufen hatte. Das fiel offensichtlich auch seiner Frau auf. Sie lächelte ihn an und er fragte „Wollen wir fortsetzen, was wir auf dem Platz begonnen haben?" Dann nickte sie und schlug die Decke zurück. Dass sie jeder in der Hütte sehen konnte, war normal, daran störte sich niemand. Den schnaufenden Geräuschen nach zu urteilen, tat es sein Vater am anderen Ende der Hütte auch gerade.

Manchmal hatte er die Eltern dabei beobachtet, so wie andere sicher ihn jetzt beobachten würden. Sein Blick glitt über die Frau an seiner Seite, die sich zu ihm rollte. So erleichterte sie ihm, dass er sie überall streicheln und ausgiebig berühren konnte. Dann drückte er sie auf den Rücken und glitt auf ihren Bauch. Im Kuss vereint blieben sie so ein paar Augenblicke liegen, bevor er sich in sie schob. Diesmal offensichtlich, ohne bei ihr Schmerzen auszulösen. Die Bewegungen wurden schneller und er fiel auf sie.

Mit einem Stöhnen verabschiedete sich der Bär und sie schliefen erschöpft nebeneinander ein. Der Ruf einer Kuh weckte die Schläfer wieder und nach einer kurzen Wäsche begann jeder mit seinem Tagwerk. Dabei sah er seine Frau etwas hilflos dazwischen stehen und so gab er sie seiner Mutter an die Hand, wodurch sie von ihr ihren neuen Platz in der Hütte erhielt. Schließlich war seine Mutter, als älteste Frau in dieser Behausung, der Vorstand der Frauen, so wie es sein Vater für die Männer in der Hütte und im Stamm war.

Der tägliche Ablauf folgte. Die Frauen gingen zu den Tieren und die Männer brachen zur Jagd auf, um Fleisch für den bald folgenden Winter zu erjagen, auch wenn der im Moment noch weit entfernt schien.

Zamaso nahm den Köcher von der Wand und prüfte jede einzelne Spitze und die Befiederung sorgfältig. Der Erfolg der ganzen Jagd konnte an einer der mit Baumharz eingeklebten Steinspitzen an dem Pfeil liegen und damit hing das Überleben im Winter davon ab. Also prüfte er lieber zweimal, bevor er das Dutzend Pfeile wieder verstaute und seinem Vater zunickte.

Ein letzter Blick ging zu seiner Frau, die gerade eine Kuh molk. Danach zogen die Männer in den Wald. Nur ein paar ältere blieben zurück. Hier im Wald änderte sich seine Körperhaltung. War er in der Siedlung eher steif und schlaksig, so wurden seine Bewegungen hier im Wald die eines Luchses. Immer auf alles achten und kein Geräusch machen. Viel sehen, nicht gesehen werden. Hier durfte er eigentlich nicht an Sarosa denken und dennoch schob sie sich immer wieder in seine Gedanken.

7. Kapitel
Viel zu lernen

Nun gab es wirklich eine Menge zu lernen für Sarosa. Es war schon etwas anderes, ob man als Tochter im Hause wohnte, oder eine Partnerin war. Zusammen mit ihr lebten auch die Geschwister von ihrem Mann und dessen Eltern hier. Die meisten seiner Geschwister waren noch klein. Eine Schwester von ihm hatte sie schon im Jahr zuvor im elterlichen Haus, im Stamme der Wölfe, kennengelernt. Diese Frau war nun mit Sarosas Bruder zusammen. In diesem Jahr würde sie noch ein Kind bekommen, doch das würde Sarosa nicht sehen können, denn sie würde den Stamm der Wölfe sicherlich nie wiedersehen. So war das nun mal. Vielleicht würde Sarosa im nächsten Jahr ja auch schon ein Kind haben. Zumindest taten sie alles dafür, dass es klappen konnte. Ihre tägliche Arbeit bezog sich auf die beiden Kühe, die sie nun schon etliche Tage betreuen musste.

Die Tiere im Haus zu haben, das heizte die ganze Unterkunft. Im Sommer war das nicht so angenehm, im Winter würde es dann sicher besser werden. Fast alles war hier ähnlich wie bei ihrer Mutter. Manche Dinge wurden anders geregelt, aber daran würde sie sich auch noch gewöhnen. Das Seltsamste war aber, das der Schamane hier außerhalb der Siedlung wohnte. In ihrem alten Stamm hatte der Schamane seinen Platz in der Mitte der Hütten. Sarosa hätte sich gewünscht, dass der alte Mann näher an ihr sein würde, denn sie verstand sich gut mit ihm und hatte sich viel mit ihm unterhalten. Jetzt war er doch etwas ferner und sie konnte nicht einfach mal so zu ihm gehen, um seinen Rat einzuholen. In ihrem Dorf legte der Schamane den Zeitpunkt der Aussaat und der Ernte fest. Hier schien es ebenso. Schließlich hatte er ja auch genau das Wetter vorher gesehen.

Bei ihren Unterhaltungen hatte er ihr von Sternen und der Sonne erzählt. Der Mann hatte erklärt, dass er jeden Tag den Sonnenaufgang und den Sonnenuntergang beobachtete. Dabei hatte er ihr nur kurz ein paar Markierungen gezeigt, die an seiner Hütte angebracht waren. Jeder andere hätte vielleicht gedacht, das der Eingang nur zufällig immer zur aufgehenden Sonne zeigte, doch sie hatte verstanden, dass diese Hütte absichtlich dort stand und damit auch den ganzen Tag Sonne hatte. Für andere wäre es ein Mysterium, aber sie hatte seine Markierungen verstanden. Es störte sie nur, dass sie eben nicht so oft zu ihm gehen konnte. Aber immer auf dem Weg zum oder vom Baden im Teich machte sie für ein kurzes Gespräch an dieser abgeschiedenen Hütte halt. Dabei konnte sie aber auch nicht verstehen, dass die Kinder der Siedlung solch eine Angst vor ihm hatten.

Vielleicht lag es auch daran, dass sie in ihrem eigenen Stamm praktisch jeden Tag beim Schamanen gewesen war. Seine Hütte und die Hütte von Sarosas Vater grenzten fast aneinander. Nur mit der Sonnenbeobachtung war es dadurch etwas schwieriger, doch der Wolfsschamane beobachtete dafür Mond und Sterne. Dadurch kam er zu denselben Ratschlägen wie dieser Schamane durch die Sonnenbeobachtung. Aber war das ihre Aufgabe? Das war Sache des Schamanen. Es gab hier im Stamm eine klare Teilung aller arbeiten. Der Schamane für den Himmel, die Männer für die Jagd im Wald und die Frauen für Haus und Kinder. Alles war gleich Wichtig. Jeder musste seine Aufgaben erfüllen, um die Gemeinschaft als Ganzes zu stärken.

Zum Glück kam Sarosa mit Zamasos Mutter gut zurecht. Da Zamaso ihr ältester Sohn war, würde er, wenn er sich gut bewährte, irgendwann mal den Stamm führen. Er war kräftig, klug, geschickt und ein sehr guter Jäger, wie er jeden Tag immer wieder bewies. Sie war stolz darauf, seine Partnerin zu sein und irgendwann würde sie dann auch die Frauen des Stammes führen, so wie Zamasos Mutter es bisher tat. So lernte Sarosa vieles durch Zusehen und zuhören.

Das Wichtigste war aber die Gastfreundschaft. In den Wäldern lebten nicht viele Menschen und so war es selbstverständlich, dass man Reisenden und Händlern die Hütten öffnete. Informationen von anderen Stämmen wurden dabei immer mit ausgetauscht. Wer in Frieden kam, der wurde beherbergt. Wer aber mit kriegerischen Absichten kam, der wurde von der Gemeinschaft unter Waffen empfangen.

Die Angehörigen der nächsten Stämme waren aber eher selten hier. Man sah es nicht gern, wenn die anderen Jäger im Wald umherstreiften, den sie selbst für sich brauchten. Alles Wild, alle Beeren und Pilze rund um die Siedlung gehörten ihnen. Deshalb lagen die Häuser der verschiedenen Stämme meist mehr als einen Tagesmarsch auseinander. So konnte man beim Pilze sammeln nicht in den fremden Wald gelangen. Das machte es für Sarosa nicht leichter. Ihre Freunde von früher, die alte Familie, würde sie damit sicher nicht wieder sehen.

Eines Tages, etwas mehr als einen Mond nach der Verpaarung, kamen fremde Händler in die Siedlung. Darunter waren auch zwei große Männer, die sehr dunkel aussahen. Zuerst dachten alle, sie seien nur schmutzig, aber die Farbe ging nicht ab. Die Gruppe wurde von einem großen Mann angeführt, der einen kleinen Bart trug. Die anderen Männer hatte alle kurze Haare und kaum Bartwuchs. Sie sahen mit den kurzen Haaren wie Jäger aus, doch das seltsamste war, dass sie alle Waffen aus dem glänzenden Stein an ihrer Seite führten. Einer der schwarzen Männer war am Arm verletzt und eine der alten Frauen legte ihm einen Kräuterverband an.

Zum Abend wurden sie bewirtet. Der Anführer sprach ihre Sprache und stellte sich mit Laris vor. Er kam aus einem fernen Land, mit einem Blick blieb er aber immer bei seiner Ware, die er in Säcken bei sich hatte. Nach dem Essen fragte der Mann nach dem Teich, wo er baden wollte. Dazu würde er die Säcke unbewacht zurücklassen müssen, doch sie waren ja sein Eigentum.

Sarosa fand nichts daran, ihm und seinen Männer den kleinen Teich zu zeigen. Einige Mädchen schlossen sich an, womit es fünf Männer und fünf Frauen waren, die dann schwimmen gehen wollten. Die jungen Frauen sprangen nackt in das Wasser, wie es bei ihnen üblich war und die Männer zögerten, sich ihnen ebenso anzuschließen. Sie hatte wohl bemerkt, dass der Anführer seine Erregung vor ihr verstecken wollte, doch soweit ging die Gastfreundschaft nun auch wieder nicht. Schließlich hatte sie ja schon einen Partner!

Aus dem Augenwinkel sah sie aber, das Fridona an einem der dunklen Männer herumspielte. Schnell drehte sie sich weg und schwamm zur Mitte des Teiches.

8. Kapitel
Brennende Steine

Er hasste diesen endlosen Wald. Seine Heimat war weit im Süden. Im Vorjahr war er mit zwanzig Männern aufgebrochen. Nun hatte er noch zehn. Doch sie waren endlich reich bepackt auf dem Rückweg. Solange der Pharao diese kleinen, brennenden Steine mit Gold mehr als aufwog, solange lohnte sich der beschwerliche Weg. Schon einmal war er dorthin, an dieses nordische Meer, gezogen und mit vielen Säcken voller Steine zurückgekehrt. Diese Reise noch und er konnte sich zur Ruhe setzen. Dabei war er noch keine vierundzwanzig Sommer alt. Es war ein einträgliches Geschäft, wenn man es überlebte. Und wenn nur nicht dieser dunkle und feuchte Wald wäre. Selbst jetzt zum Ende des Sommers war es hier kalt und es regnete. Die Jahreszeiten sah man nur an der Tageslänge.

Die Einheimischen fürchtete er nicht, denn die hatten oft nur Waffen aus Stein. Seine Gruppe trug Waffen aus Metall. Krankheiten, wilde Tiere und Unfälle hatten die zehn Männer dahingerafft und nur die Hälfte waren sie nun noch. Aber sie mussten sich beeilen. Vor dem Schnee wollte er das Gebirge überwunden haben. Und das war noch weit im Süden. Nur zwei der Nubier waren übrig geblieben. Dieses kalte Wetter hatte die anderen schnell geholt und nur diese zwei, zu denen er gerade sah, die hatten die richtigen Abwehrkräfte gehabt. Mit Absicht hatte er diese Sklaven mitgenommen, da ihre dunkle Hautfarbe auf die Einheimischen immer großen Eindruck machte.

Trotzdem versuchten sie aber immer, den Waldmenschen aus dem Wege zu gehen. Nur wenn es wirklich nicht anders ging, so versuchten sie dort zu handeln oder eine Rast zu machen. Die

Gastfreundschaft war groß, aber nach dem Verlassen der kleinen Siedlungen, die meist nur aus fünf bis zehn Häusern bestanden, war man dann eventuell den Überfällen ausgeliefert. Diese Waffen aus Bronze waren eben auch beliebt. Allerdings hatten sie zur Rast eigentlich keine Zeit. Das fortschreitende Jahr trieb sie an. Noch lag fast die Hälfte des Weges vor ihnen. Genau wissen konnte er es nicht, er schätzte es einfach. Hier gab es nichts. Nur Waldwege. In seiner Heimat, fern in Etruskien, gab es ausgebaute Straßen, Städte und Dörfer.

Wenn er so vom Feuer nach oben sah, zu den fernen Sternen, die auch über seiner Heimat standen, so zweifelte er oft an diesem Weg. Der Mann sprach fünf Sprachen und die meisten Dialekte dieser Menschen hier im Wald. Er war ein gebildeter Mann, kein Kämpfer, kein Abenteurer. Mehr ein wissender Händler. Erst hier in den Wäldern hatte er gelernt, mit Waffen umzugehen. Mit Schwertern, wie er eines an seiner Seite trug. Dieses zog er und prüfte die Schärfe der etwa unterarmlangen Waffe. Dann steckte er es wieder weg. Schnell teilte er die Wache ein und schickte die anderen auf ihr Lager. Schon bald wäre die Nacht vorbei und ein neuer anstrengender Tag würde beginnen.

Anschließend legte sich der Mann nieder, schlief schnell ein und wurde von einem wilden Geschrei geweckt. Er sprang auf und riss die Waffe hervor, die er sich unter den Kopf gelegt hatte. Für ein paar Augenblicke war er verwirrt, dann erkannte er, dass die Wache das Feuer nicht geschürt hatte und ein wildes Tier, von dem er nur die funkelnden Augen sah, in das Lager gekommen war. Daher hob er die Peitsche auf und schlug sie laut auf den Boden, denn das half bei den Tieren meist und so war es auch diesmal. Das Knallen ließ das Tier zurückschrecken und dann rannte es weg. „Jemanden was passiert?", fragte er und das Feuer zuckte wieder hoch. „Mich hat es am Arm erwischt", sagte einer der Nubier und er sah sich am Feuer die Wunde an. Sie war nicht tief, aber wenn sie sich entzünden würde, so würde er den Mann verlieren. „Wir suchen morgen eine Siedlung", erklärte er, drohte der Wache mit der Peitsche und verband dann den Arm des Mannes. Dieser Zwischenfall würde ihnen wertvolle Zeit kosten!

Und wirklich fanden sie am folgenden Tag eine kleine Siedlung, wo sie auch Gastfreundlich aufgenommen wurden. Wie immer machten die beiden großen, schwarzen Nubier den meisten Eindruck. Alle wollten sehen, ob die Farbe auch wirklich auf der Haut blieb. Eine alte Frau verband den Arm des Mannes und bot ihnen ein Dach für die Nacht an. Gern nahmen sie das Angebot an. Dann fiel sein Blick auf eine junge Frau, die wunderschön war. Sie bewegte sich anmutig durch den Raum und bewirtete die Gäste. Er konnte keinen Blick mehr von ihr lassen. „Kann man sich hier irgendwo waschen?", fragte er sie und sie antwortete „Am Brunnen oder am Teich?" „Am Teich", antwortete er und sie ging mit ein paar anderen Mädchen unbekümmert voraus. Ihnen folgten auch ein paar seiner Männer. Der Teich war nicht weit entfernt. Dort angelangt legte sie ihre Kleidung ab und sprang hinein. Ihre Figur hatte ihn erregt, mehr noch als ihr Gesicht und ihre Bewegungen.

Schnell sprang auch er in das Wasser, um seine Erregung wieder zum Abklingen zu bringen. Seit mehr als einem Jahr hatte er keine Frau mehr gehabt. Das kalte Wasser tat gut, doch dann schwamm sie ihm über den Weg und all die Abkühlung war vergebens gewesen. Als sie aus dem Wasser stieg, konnte er wiederum ihre Figur bewundern, er selbst schwamm noch eine Weile, dann gingen sie alle zurück zum Schlafen in der Hütte.

Doch dort kam er lange nicht in den Schlaf. Die Frau lag nackt, unter einer Decke, nur ein paar Schritte entfernt. Leise ging er aus der Hütte und verschaffte sich Erleichterung, dann schlich er zurück zu seinem Lager und konnte endlich einschlafen.

Am nächsten Morgen brachen sie wieder auf. Zum Dank ließen sie ein paar Schmuckstücke da. Doch sie zogen nicht weit. Im Wald kehrten sie um und liefen zurück zum Dorf. Am Waldrand versteckt, warteten sie ab, bis die Männer zur Jagd in den Wald ziehen würden.

9. Kapitel
Gäste oder Feinde?

Zamaso hatte zur Vorsicht geraten, als die fremden Männer in ihren Stamm kamen, aber sein Vater hatte abgewunken und so hatte sich Zamaso seinem Willen gebeugt, schließlich musste der Anführer ja auch wissen, was er tat und ihm stand es nicht zu, die Entscheidung des Vaters zu kritisieren. Sein besonderes Augenmerk fiel auf die kostbaren Waffen der Fremden. Selbst die Pfeilspitzen waren aus dem glänzenden Material gefertigt. Doch am Ende war es eigentlich egal, was für ein Material verwendet wurde, wenn der Mann, der die Waffe führt, keine Ahnung hatte, so traf er nicht sein Ziel. Und diese Männer sahen so aus, als ob sie gute Händler, aber keine guten Kämpfer waren. Trotzdem blieb er vorsichtig. Diese Männer kamen von weit her und hatten bisher überlebt.

Der Vater brachte die Männer in der eigenen Hütte unter, wodurch sie in dieser Nach dreißig Menschen in der Hütte sein würden. Doch zuvor gab es das Essen. Ein erst am Tag zuvor gejagter Rehbock landete auf dem Tisch und nicht im Räucherrauch. Jedoch war ihnen das die Gastfreundschaft wert. Es wurde reichlich getafelt und danach wollten die Männer noch baden. Zamaso schüttelte den Kopf über so viel Unverständnis. Zuerst sich den Bauch vollschlagen und dann schwimmen gehen? Wenn die Männer nicht aufpassten, so würden einige wohl den nächsten Morgen nicht erleben. Da auch sie gegessen hatten, die Frauen aber nicht, begleiteten die jungen Frauen, mit Sarosa an der Spitze, die fremden Männer. Doch alle überlebten diese Unüberlegtheit.

Nach einer unruhigen Nacht, weil viel zu viele Menschen in der Hütte waren, weckte die Morgensonne die, die schlafen konnten. Die fremden Männer wollten nun zügig aufbrechen. Doch vorher übergaben sie noch ein paar Schmuckstücke aus dem glänzenden Material an die Frauen und ein Messer an Zamasos Vater. Sarosa hatte von dem Anführer eine Spange geschenkt bekommen, die dieser von seinem Umhang löste, bevor die Männer loszogen. Sie zeigte sie ihm. Es waren seltsame Zeichen auf der Rückseite drauf und sie verwahrte das Schmuckstück in einer Kiste, die sie unter ihr Bett schob. Schließlich nahmen die Jäger ihre Waffen und brachen auf.

Vom Waldrand aus warf Zamaso noch einen Blick zurück auf das friedlich daliegende Haus. Sarosa stand davor und winkte ihm zu, wie sie es jeden Tag machte, dann ging er in den Wald und folgte seinem Vater, der schon ein paar Schritte Vorsprung hatte.

Wenig später hatten sie Glück und schossen ein Schwein, das sich Zamaso auf die Schultern lud. So einen guten Schuss machte man nicht oft und sein Vater hatte ihm anerkennend auf die Schulter geklopft. Als sie den Wald verließen, sahen sie Rauch über den Häusern. Der junge Jäger ließ das Schwein fallen und lief hinüber. Seine Mutter lag tot vor der Hütte und auch vor den anderen Hütten lagen Tote. Aber von den Angreifern war nichts mehr zu sehen. Doch ihre Spuren hatten sie verraten. In einem der Toten, einem alten Mann, steckte einer der Pfeile, die die Fremden vom Vorabend gehabt hatten. Jetzt erst merkte er, das Sarosa fehlte. Sie war nicht unter den Toten oder Verletzten. Auch vier andere Mädchen waren verschwunden. Alle in Sarosas Alter. Geraubt! Entführt.

Zamaso griff sich seinen Bogen und wollte den Fremden folgen, doch sein Vater rief „Halt! Erst müssen die Toten beerdigt werden." „Aber sie entkommen uns!", rief Zamaso und zeigte in die Richtung, in welche die Männer am Morgen gezogen waren. „Halte die Traditionen ein!", sagte der Vater zornig und der Junge fügte sich mit einem Fluch in die Anweisung. Das würde den Männern zwei Tage Vorsprung geben. Dann wurden die Toten zusammen getragen. Zwölf Menschen waren gestorben und mehr als zwanzig waren verletzt worden. Nun mussten zuerst die Verletzten versorgt werden und dann die Toten auf ihre letzte Reise vorbereitet werden.

Unter Leitung des Schamanen hoben sie die Gruben am Rande der Siedlung aus. Dann begannen sie mit den Liedern, um die Bären auf die neuen Besucher einzustimmen. Diese Gesänge gingen den ganzen Tag und die ganze Nacht. Danach beerdigten sie die Toten in der Gemeinschaft, so wie sie gelebt hatten. Nun konnten sie die Verfolgung aufnehmen, doch zuvor holte Zamaso das Schmuckstück aus der Kiste, in die es Sarosa gelegt hatte. Es war noch da. Die anderen Schmuckstücke waren verschwunden. Auch das Messer, das der Vater in der Hütte gelassen hatte, war nicht mehr auffindbar. Sicher hatten es die fremden Männer mitgehen lassen, wie sie auch den Schmuck wieder mitgenommen hatten. Alles, bis auf die Spange mit den seltsamen Zeichen.

Der Vater ließ nun alle Jäger zu sich kommen. Die eine Hälfte würde in der Siedlung bleiben und die andere Hälfte auf die Suche gehen. Er selbst wollte die Suche leiten und Zamaso bei den Häusern bleiben, doch dieser protestierte. Schnell nahm der Vater ihn zur Seite, weil Zamaso sich gerade gegen den Anführer erhoben hatte. „Aber ich muss Sarosa finden und befreien!", sagte er und sein Vater überlegte. „Du bist da zu sehr hineingezogen und die Suche könnte deinen Verstand trüben", sagte der Mann. „Und der Tod meiner Mutter? Deiner Partnerin? Kann er nicht auch deinen Verstand trüben? Ich bin schnell und dein Platz ist bei dem Stamm", erwiderte Zamaso. Der Vater überlegte und nickte dann.

Schließlich legte er ihm die Hand auf die Schulter und sagte „Ich wünsche dir viel Glück. Pass auf dich auf und bring die Mädchen zurück. Räche unsere Toten." Zamaso umarmte den Vater und brach wenig später auf.

10. Kapitel
Große Schuld

Was hatte ihn nur zu dieser Untat veranlasst? Laris saß am Feuer und sah auf die fünf Mädchen, die sie geraubt hatten. Sie saßen nicht weit entfernt, völlig verschüchtert und gefesselt. Im Moment ging es ihnen aber gut. Viel mehr Sorgen machte er sich um die Verletzten und Toten in dem Dorf. Die Sache war komplett außer Kontrolle geraten. Seine Absicht war es gewesen, jenes Mädchen unter seine Gewalt zu bringen, die er am Abend zuvor beim Essen und dann später am Teich gesehen hatte. Die Männer hatten das Dorf gestürmt und dann war eine ältere Frau mit den am Morgen geschenkten Messer auf einen der Nubier losgegangen. In dem folgenden Handgemenge starb die Frau und dann setzte bei den Männern eine Raserei ein, die vielen Menschen das Leben gekostet hatte. Zu diesem Zeitpunkt hatte er selbst das Mädchen schon überwältigt, gefesselt und sich über die Schulter geworfen.

So hatte er mit dem strampelnden und schreienden Mädchen auf der Schulter inmitten des Tötens gestanden. Vor Schreck unfähig zu jeder Reaktion. Er hätte es ahnen können, verhindern konnte er es nicht. Sie sammelten ihre Geschenke wieder ein, um keine Spuren zu hinterlassen und verschwanden. Vier andere Mädchen wurden auch geraubt und so waren sie durch den Wald gerannt. Mit den Mädchen auf der Schulter und den Steinen in Säcken schwer beladen. So schnell wie möglich wollten sie fort. So viel Raum wie möglich zwischen sich und die Jäger bringen, die sicher am nächsten Tag auf ihrer Spur sein würden. Nun waren sie gejagte! Würden sie gefangen, so würden sie sicher sterben. Alle hatten das begriffen. Laris sah wieder in die Flammen, als ein Gemurmel der Männer ihn aufsehen ließ. Einer der Nubier und zwei andere Männer kamen zu ihm herüber.

Einer der Männer stellte sich vor ihm, zeigte auf die Mädchen und sagte „Wir haben sie geraubt. Sie gehören uns!" Laris sah zwischen den Mädchen und den Männern hin und her. Was jetzt passieren würde, das war ihm schon klar. Doch er würde es nicht verhindern können. Sagte er jetzt „Nein", so würde er sterben. Also sagte er nur „Aber nicht das Mädchen, das ich gefangen habe. Sie gehört mir und steht unter meinem Schutz." Die Männer verständigten sich kurz und nickten dann. Damit lieferte Laris die anderen Mädchen einem schweren Schicksal aus, denn die Männer waren seit Monaten fern von Frauen gewesen und nun gab es vier Mädchen auf neun Männer. Er sah zurück zum Feuer und versuchte sich nichts anmerken zu lassen. Jede falsche Reaktion von ihm konnte nun gefährlich werden. Für ihn und für die Mädchen.

Wenig später hörte er die Mädchen schreien. Die Männer zogen sie einzeln zu verschiedenen Seiten der Lichtung. Nur die eine blieb verschüchtert sitzen und wusste sicher nicht, warum sie verschont wurde. Ein Mann hielt Wache und immer zwei teilten sich eines der Mädchen. Laris ließ seinen Blick über die Männer und die inzwischen nackten, strampelnden Mädchen schweifen. Das Feuer beleuchtete ein Bild des Grauens. Zuckende Leiber und angstvolle Augen. Jetzt konnte er sie sehen, diese verzweifelten Blicke und er hörte das Röcheln der Opfer seiner Schuld. Am liebsten hätte er sich die Ohren zugehalten, doch das hätte seinem Ansehen als Anführer geschadet. So sah er wieder nur in das Feuer hinein.

Als die wimmernden Mädchen alle wieder gefesselt in der Mitte saßen und die Männer schliefen, stand er auf und ging umher.

Was hatte er getan? Dieser Schmerz hing nun auch an ihm. Dann blieb er stehen und sah zu den Mädchen hin, die vom Feuerschein rötlich beleuchtet wurden. Von Einer zur anderen ging sein Blick. Alle sahen sie nicht schlecht aus, auch in ihrem Kummer, aber die eine stach durch ihre Schönheit aus ihnen allen heraus. Selbst jetzt, mit gefesselten Händen und Füßen, war etwas in ihrer Haltung, was ihn faszinierte. Doch er verzichtete vorerst darauf, irgendetwas mit ihr oder gegen sie zu unternehmen, was ihr weiteres Leid zufügen würde.

Er selbst gehörte dem Volk der Rasenna an, aber er nannte sich, nach den griechischen Namen seiner Vorfahren, Tyrrener. Daher verehrte er die griechische Kultur und die ferne Vergangenheit der Mykener. Laris liebte deren Sinneslust und konnte sich nicht vorstellen, sich mit Gewalt einer Frau zu nähern und doch hatte er sie mit Gewalt geraubt.

Das, was die Männer da getan hatten, konnte er nicht gutheißen. Doch er konnte auch nichts dagegen tun. Vielleicht war es ja Schicksal gewesen, das er dieses Dorf gefunden hatte, das er auf diese Frau getroffen war. Leise hörte er die Frauen schluchzen und tuscheln, während die Männer von ihrem Rausch ermattet schon schnarchten. Es dauerte eine ganze Weile, doch schließlich schliefen alle außer Laris. Der Anführer der kleinen Gruppe saß wieder am Feuer und dachte über den weiteren Weg nach. Nun trieb sie nicht nur der nahende Herbst voran, sondern auch die Verfolger. Sollten sie die Frauen weiter tragen? Oder am Strick hinter sich herziehen? Sie freizulassen kam weder für ihn, noch sicherlich für seine Männer, infrage. Als der nächste Morgen mit den ersten Strahlen der Sonne begann, erklärte er den Männern und Frauen seine Absichten. Die Frauen stimmten auch zu, selbst zu laufen.

Nun zogen sie die Frauen also hinter sich her. So schnell es ging, eilten sie durch den Wald und von Zeit zu Zeit stolperte eine der Frauen. Oft hörte er die Schreckenslaute oder Schmerzensschreie der Frauen. Er selbst hatte sich eine Abstinenz für eine gewisse Zeit verordnet.

Damit würde es für ihn nur viel köstlicher, sich der Frau hinzugeben, und bis dahin würde er sich überlegen, wie er sie wohl verführen konnte. Schließlich kannte sich mit Frauen recht gut aus und wusste sie zu umwerben. Das Verhalten seiner Männer stieß ihn da nur ab. Diese Männer waren nicht so wie er. Sie waren einfache Männer, die sich nur um ihr tägliches Leben und ihre körperlichen Gelüste sorgten. Nicht wie er. Denn er hielt sich für geistreich, charmant und wissend über viele Dinge. Seine vielen gesprochenen Sprachen zeugten ja davon.

Immer weiter eilten sie dahin.

11. Kapitel
Ein schmerzlicher Verlust

Der alte Schamane hatte das Schreien in der Siedlung gehört, während er am Teich seine Schwitzhütte gebaut hatte. Es war wieder der Tag des neuen Mondes und so gebrechlich wie er oft schon war, war er doch fast zum ersten Haus hinübergerannt. Doch er kam viel zu spät. Die Räuber waren schon fort und zwischen den Hütten lagen Tote und Verletzte. Nun musste er sich zuerst um die Verletzten kümmern, den jenen konnte er noch helfen, alles andere überließ er im Moment den Ahnen. Ein paar Kinder und Frauen hatten Schnittverletzungen. Die bronzenen Schwerter hatte schlimme Schnitte hinterlassen. Schnell versuchte er mit zitternden Fingern die Wunden zu vernähen und damit zu verschließen. Die Prellungen mussten warten. Zusammen mit ein paar Frauen half er, als die Jäger wieder eintrafen.

Nun hatte er die Zeit, sich umzusehen. Was hatten die fremden Männer nur gewollt? Das Vieh war noch vollkommen vorhanden. Auch sonst schien nichts zu fehlen, doch als er seinen Blick über die Menschen gleiten ließ, fiel ihm auf, dass er Sarosa nicht sehen konnte. Wo war sie? Unter den Toten? Dann fiel ihm auf, dass vier weitere Mädchen fehlten und dies offensichtlich das einzige war, was geraubt wurde. Die Räuber hatten es nur auf die jungen Frauen abgesehen! Was hatte sie mit ihnen vor? Lebten die Mädchen überhaupt noch? Oder lagen sie schon geschändet irgendwo tot im Wald? Gerade der Verlust von Sarosa war besonders schmerzlich für ihn.

Auch wenn sie noch nicht lange in der Siedlung war, so war sie ihm besonders an sein Herz gewachsen. Immer hatten sie das Fest des neuen Mondes zusammen in der Schwitzhütte begangen und nun würde er dieses hier alleine feiern müssen. Doch konnte er es überhaupt feiern? Wo er doch nicht wusste, was mit den fünf Mädchen geschehen war? Die Jäger wollten sofort die Verfolgung beginnen, doch da musste er einschreiten, auch wenn er am liebsten selbst sofort hinter den Räubern her gerannt wäre. Allerdings mussten zuerst die Toten an die Ahnen übergeben werden. Der Schamane gab die ersten Anweisungen und zog sich in die Schwitzhütte zurück.

Im Dunst des Dampfes und der Kräuter rief er den Geist des Bären. Diesen schickte er hinter den Mädchen her, um auf sie aufzupassen. Dann warf er eine weitere Handvoll Kräuter in das Wasser. Der Dampf wurde so dicht, dass er die Hand nicht mehr vor Augen sah, dann verlor er das Bewusstsein. Dabei sah einen großen Bären, der auf den Hinterpfoten aufrecht durch den Wald lief. Als er die Augen wieder aufschlug, lag er vor der Hütte und Zamaso kniete über ihm. Der junge Jäger hatte ihn aus der Hütte gezogen und ihm damit sicher das Leben gerettet. Mühsam richtete er sich auf und ging schwankend, auf den jungen Mann gestützt, torkelnd die vier Schritte bis zum Wasser. Dort tauchte er unter und kam vollkommen erfrischt zurück. „Der Bärengeist wird sie beschützen", sagte er und Zamaso nickte dankbar.

Zusammen gingen sie zu den Häusern hinüber. Der Gesang der Frauen schwebte über der Siedlung und aus fast jedem Haus klang das Klagen der Mütter. Im Dunkel der stockfinsteren Nacht horchte er in den Wald. Wie mochte es den Mädchen wohl gehen? Er horchte in sich hinein und konnte die Angst spüren. Den Schmerz der geschändeten Frauen, den Zorn, die Tränen, aber auch die Hoffnung auf Rettung. Zamaso setzte sich mit ihm vor die Schamanenhütte an das niedergebrannte Feuer, das schnell wieder auflorderte, als er die trockenen Äste hineinschob. Dabei schaute der alte Mann auf die aufsteigenden Funken, die verglühend wieder zur Erde fielen. „Sie sind noch am Leben", sagte er und Zamaso nickte dankbar. „Ich bringe sie zurück!", sagte der junge Mann. Zusammen sahen sie weiter in das Feuer.

Als die ersten Strahlen der Sonne auf die Häuser fielen, ging er hinüber und begann mit der Zeremonie. Die Ahnen würden die Menschen in ihren Kreis aufnehmen. Nachdem die Sonne am höchstens stand, stritten Zamaso und sein Vater sich, wer die Suche anführen sollte. Es wurde ziemlich lautstark gestritten, bis sie sich darauf einigten, dass Zamaso die Verfolgung aufnehmen sollte. Also ging er zu ihm hinüber und legte die Hand auf die Schulter des jungen Mannes „Bringe die Mädchen zurück. Der Geist des Bären wird dich unterstützen. Zögere nicht, ihn zu rufen", sagte er und der junge Jäger nickte. Mit den anderen Männern rannte er los.

Der Schamane sah den Männern noch lange hinterher. Würde es ihnen Gelingen? Sein Geist flog hinter ihnen her und überholte sie. Wie ein Vogel glitt dieser über die Baumkronen. Plötzlich sah er Sarosa unter sich, die anderen Mädchen und viele Männer. Die Frauen waren gefesselt und wurden hinter den Männern her gezogen. Noch ging es ihnen, den Umständen entsprechend, gut. Dabei sah er die Tränen und den Schmerz, den er zuvor in der Nacht gespürt hatte. „Sie leben noch!", sagte er, als sein Geist zurückgekommen war.

Langsam ging er zu seiner Hütte hinüber. Dort setzte er sich und fühlte sich nun unendlich einsam. Sarosa war fort! Hatte er das wirklich schon verstanden? Würde er sie wiedersehen? Wo war der Sinn dieser Entführung? Sollte sie denn nicht die Schamanin werden? Wenn das zutraf, dann würde Zamaso sie finden und zurückbringen. Das Glück lag in den Tatzen eines Bären. Eines

Bärengeistes! Und er schickte ihn wieder los, obwohl er das ja schon gemacht hatte.

Fast konnte er die tapsenden Schritte hören, mit denen der Geist durch den Wald eilte. Mit dem Blick in das Feuer bat er dafür, Sarosa noch einmal wiedersehen zu dürfen. Der Schmerz trieb nun auch ihm die Tränen in die Augen. Die Toten, Verletzten und die vier anderen Mädchen griffen nicht so an sein Herz. Jetzt schämte er sich fast dafür, dass seine Tränen nur der Freundin galten, die Sarosa für ihn geworden war.

Der Schmerz drückte ihm sein Herz ab. Keuchend ging sein Atem.

12. Kapitel
Die Spur der Bärin

Sie eilten durch den Wald. Er hatte die jüngeren Jäger mitgenommen, die schnell laufen konnten. Die andere Gruppe mussten einen oder zwei Tage Vorsprung haben. Doch das Aufnehmen der Spur hielt die Verfolger noch zusätzlich auf. Anscheinend hatten die anderen Männer doch mehr Erfahrung im Wald, als Zamaso vermutet hatte, denn sie vermieden es, Spuren zu hinterlassen. Selbst die nächtliche Feuerstelle verbargen sie gut und nur Zamasos Erfahrung und seinem guten Blick für die Spuren im Wald hatten sie es zu verdanken, dass sie immer noch auf der Spur waren. Vermutlich waren die gefundenen Spuren von den Frauen aus Unvorsichtigkeit verursacht worden. Hier ein abgeknickter Zweig, da ein abgebrochener Ast, oder eine abgeschabte Wurzel.

Diesen unscheinbaren Hinweisen folgten sie durch den dichten Wald. Sie trugen Pfeil und Bogen und mussten dabei auch noch vermeiden, dass sie im Gebiet eines anderen Stammes gerieten, denn wie sollten sie erklären, dass ihre Jagd nicht fremdem Wild galt? Einen Kampf mit einem anderen Stamm konnten sie nur verlieren. Doch anscheinend vermieden es auch die Räuber vor ihnen, auf fremde Menschen zu treffen. An manchen Stellen machten die Verfolgten große Bögen um andere Siedlungen. Zamaso versuchte immer dieselben Lagerplätze zu benutzen, wie die Männer vor ihm. Dies machte er aber hauptsächlich aus dem Grund, dass er auf den Plätzen liegen konnte, an denen Sarosa ein paar Tage zuvor gelegen hatte. So fühlte er sich seiner Partnerin besonders nahe.

Manchmal redete er in Gedanken mit ihr. Tröstete sie und hoffte, dass es ihr gut ging. Doch er konnte es nicht wissen. An manchen Lagerplätzen hatte er auch Blut gefunden. Vielleicht hatte sich jemand verletzt. Dann hoffte er, dass es nicht eines der Mädchen getroffen hatte. Warum hatten sie die fünf eigentlich mitgenommen? Sie hielten die Männer doch sicher nur auf. Frauen im Wald? Die verirrten sich doch oft schon beim Pilze sammeln. Dabei dachte er daran, wie er vor einigen Sommern seine Schwester im Wald gesucht hatte, obwohl die fast in Sichtweite der Siedlung Beeren sammeln wollte. Noch einige Zeit danach hatten die Jäger geschmunzelt, weil sie fast hinter der Hütte laut um Hilfe gerufen hatte und jeder in der Siedlung es hatte hören können.

Diese Jagd ging nun schon mehr wie sieben Tage und Zamaso hatte die Vermutung, dass sie noch ewig so weiter gehen konnte, wenn die Männer vor ihnen nicht eine längere Rast machen würden oder durch eine andere Barriere aufgehalten werden würden. Schon bald würde es Herbst werden und sie mussten dann dieselbe Strecke wieder zurück. Was würde passieren, wenn sie auf dem Rückweg in den Einbruch des Winters kommen würden? Jetzt trugen sie noch ihre Sommersachen und auch die Frauen, bei den Männern vor ihnen, trugen ebenfalls nur die dünnen Sommerkleider. Sollte er jetzt schon für Winterkleidung sorgen? Oder noch warten? Wenn er zu früh auf die Jagd nach Rehen für das Fell der Winterkleidung gehen würde, so erhielten die Anderen einen größeren Vorsprung. Wenn er jedoch zu lange warten würde, so konnte es zu spät sein. Dann würden sie vielleicht alle sterben.

Zamaso entschied sich für zwei Tage zu rasten und zu jagen. Er würde das Fell ja auch noch gerben müssen und danach konnte er es mit sich führen. Zehn Rehe würden sie mindestens brauchen. Am besten aber doppelt so viele. Also musste jeder der Männer ein bis zwei Tiere an einem Tag schießen. Das war etwas, was nicht jeden Tag glückte und daher beschlossen sie, am Abend vor der Jagd den Bärengeist zu rufen, damit er ihnen die Tiere zutrieb.

Da der Schamane nicht mitgekommen war, musste Zamaso mit dem Bären eine Verbindung bekommen. Dazu setzte er sich alleine, weitab seiner Freunde, in den Wald und wartete. Wie rief man einen Bären? Brummte man? Rief man einen Namen? Was machte der Schamane?

Schließlich rief er einfach „Geist des Bären hilf uns." in den Wald und wartete auf eine Antwort. Es dauerte eine ganze Weile, dann vernahm er ein Brummen in seiner unmittelbaren Nähe. Ohne dass er das Tier zuvor gesehen hatte und er war doch ein erfahrener Jäger, erhob sich der Bär direkt vor ihm und blieb mit erhobenen Tatzen dort stehen. Keine drei Schritte trennten den Jäger und das Tier im dunklen Wald. „Hilf uns und gibt uns die Beute, die wir brauchen", sagte Zamaso und der Bär schien zu nicken. Dann verschwand er fast lautlos in der Dunkelheit des Waldes. Zamaso erhob sich, verbeugte sich und ging zum Feuer zurück. „Der Bär hilft uns morgen", sagte er und erzählte von seinem Treffen.

Am folgenden Tag gingen die zehn Männer alleine in den Wald. Jeder hatte an diesem Tag doppeltes Glück und sie erlegten zwanzig Rehe, denen sie die Felle an Ort und Stelle abzogen. Mit nur einem Reh und zwanzig Fellen trafen sie sich am Abend wieder. Das Reh zerlegten und brieten sie, während sie rings um das Feuer die Felle bearbeiteten und mit den Steinmessern abzogen. Mit Steinen weichgeklopft und am nächsten Tag fertig gearbeitet hatten sie nun ihre Winterkleidung und sie mussten nun, da sie ja das gebratene Reh hatten, auch für eine ganze Weile nicht mehr jagen. Schließlich wickelten sie die Rehfelle zu Rollen und hängten sie sich um, dann nahmen sie wieder die Spur auf, aber nicht ohne eine Gabe für den Bärengeist zu hinterlassen.

13. Kapitel
Im Band der Gefühle

Mehr als einen halben Mond schleppten die Männer sie nun schon hinter sich her. Der Anführer hatte Sarosa mit zusammen gebundenen Händen am kurzen Strick hinter sich. So hatte sie ihn immer zum Greifen nah vor sich. Die vier Freundinnen waren weiter hinten und manchmal konnte Sarosa eine von ihnen schreien hören, wenn sie über eine Wurzel gestürzt waren oder ein Zweig sie hart im Gesicht traf. Mit den zusammen gebundenen Händen konnten sie sich nicht schützen und zum darunter wegducken ging es oft zu schnell. Die Männer legten ein ganz schönes Tempo vor, so als wollten sie den Ort der Verwüstung so schnell wie möglich hinter sich bringen. Nur in der Nacht wurde geruht. Bisher war es ihr ganz gut ergangen. Im Gegensatz zu ihren Freundinnen. Offensichtlich war sie die Beute des Anführers und damit für die anderen Männer unantastbar. Diese vergnügten sich daher mit den anderen Frauen. Doch was für die Männer ein Vergnügen war, das war Schmerz und Leid für die vier Frauen.

Nachts hörte Sarosa die Schmerzensschreie der Freundinnen und verfluchte den Moment, als sie den Männern ihre Gastfreundschaft in dem Dorf angeboten hatten. Oft dachte sie an Zamaso zurück. Würde er sie suchen? War er schon hinter den Männern her? Sie hoffte es, aber konnte man hier im Wald wirklich die Spuren der Männer aufnehmen? War Zamaso so ein guter Jäger? Ein Zweig klatschte in ihr Gesicht und holte sie schmerzhaft aus ihrer Träumerei zurück. Tränen liefen über ihre Wange. Nicht so sehr des Schmerzes, sondern eher Tränen des Zorns.

Endlich legte sich die Dämmerung über den Wald und zwang die Männer, einen Lagerplatz für die Nacht zu suchen. Kurz darauf saßen die fünf Frauen, nun mit zusammengebundenen Händen und Füßen, in der Mitte einer sehr großen Lichtung. Zwei Männer bewachten sie, während die anderen acht Holz für ein Feuer zusammen trugen. Dann wurde gegessen und Sarosa sah die Angst in den Augen der vier Freundinnen vor den Schrecken der nun kommenden Nacht.

Eine nach der anderen von ihnen wurde geholt, bis nur sie noch dort saß und den Schreien lauschen musste. Der Vollmond ging über der Lichtung auf und tauchte alles in sein Silberlicht. Es wurde nun fast taghell und sie sah die Freundinnen, deren nackte Leiber von schnaufenden Männern bedeckt waren. Plötzlich erhob sich der Anführer vom Feuer und kam zu ihr herüber. Kurz blieb er vor ihr stehen, dann löste der Mann ihre Fußfesseln und zog sie zu sich herauf. Was hatte er vor? Wollte er sie nun auch schänden? Angstvoll sah sie ihn an, dann warf er sie sich einfach über die Schulter und trug sie zur Seite der Lichtung. Dort setzte er sie wieder auf die Füße, löste ihren Gürtel und die Fesseln. Doch noch ehe sie einen Gedanken fassen konnte, hatte er ihr das Kleid über den Kopf gezogen und sie nackt mit erhobenen Armen zwischen zwei Bäumen festgebunden. So stand sie nun dort, ihm völlig ausgeliefert. Immer noch fragte sie sich, was er mit ihr vorhatte. Langsam zog er die Peitsche aus seinem Gürtel und sie erwartete nun eine Bestrafung, von der sie nicht wusste wofür, allerdings legte der Mann Peitsche, Gürtel und Waffen hinter sich ab.

Dann trat er an sie heran und erhob seine Hand. Sie erwartete einen Schlag, doch der Mann begann ihr Gesicht zu streicheln. Sarosa drehte es zur Seite, aber er drückte ihren Kopf wieder nach vorn zurück. Das machte er ein paar Mal, bis sie es aufgab, sich von ihm wegzudrehen. Nun wurden die Berührungen intensiver.

Von den Haarspitzen bis zu den Zehen erkundeten seine Finger jede Stelle ihrer nackten Haut. Zuerst vorn und danach trat er hinter sie, schob ihre langen Haare nach vorn, wodurch diese auf ihre Brust fielen. Anschließend setzte er seine Erkundungen auf ihrer Rückseite fort. Sie konnte ihn nicht sehen, doch ihre Gedanken folgten seinen Fingerspitzen.

Ein Schauer begann durch ihren Körper zu rieseln. Schließlich tauchte er erneut vor ihr auf und schob die Haare wieder nach hinten. Dabei musste er ihre Brust berühren und Sarosa zuckte unwillkürlich zusammen. Diese sanfte Berührung war so intensiv gewesen. Was geschah hier? Sollte sie sich nicht gegen ihn wehren? Schreien? Sie konnte nicht mehr. Da passierte etwas in ihr, was sie nicht kontrollieren konnte. Etwas Unbekanntes geschah!

Seine Finger glitten nach unten, ruhten kurz über ihren Bauch und schoben sich schließlich weiter nach unten. Ohne große Mühe drückte er ihr die Beine auseinander, die sie bisher fest zusammengedrückt hatte. Ein neuer Erkundungsversuch folgte und dieser setzte streichelnd ihr Inneres in Brand. Ein Kribbeln zog sich durch ihren Bauch und es schien, als ob ihr ganzer Unterkörper in Flammen stand. Dann löste er die Fesseln an ihren Händen. Jetzt war sie frei und hätte laufen können. Die junge Frau war eine schnelle Läuferin, der Waldrand keine zwanzig Schritte entfernt. Doch sie konnte sich nicht bewegen!

Ihr Körper versagte.

Der Mann zog sich sein Gewand über den Kopf und stand nun nackt vor ihr. Sarosas Knie gaben nach und er fing sie auf. Zusammen setzten sie sich auf den Waldboden und er zog sie auf seinen Schoß. Bauch an Bauch saßen sie so im Gras. Dann hob er sie an und sie spürte ihn dort, wo sie ihn haben wollte, wo das Feuer am heißesten brannte. Doch er hielt sie nur fest. „Worauf wartet er?", fragte sie sich in Gedanken, bis sie begriff, dass er auf sie wartete. Sie hielt die Luft an und senkte langsam ihren Unterkörper auf ihn herab. So schob sie sich auf ihn.

Alles um sie herum löste sich in Schemen und Lichter auf. Sie spürte ihre Bewegungen, dann schrie sie auf. Es war kein Schrei des Schmerzes, sondern er kam tief aus ihrem Inneren. Ein Schrei der Erlösung. Erschöpft fiel sie nach hinten und er legte sie in das Gras zurück. Langsam glitt er auf sie und vollendete mit schnellen Stößen, was sie begonnen hatte. Zuckend ließ er von ihr ab und fiel neben ihr in das Gras. Keiner der Beiden konnte sich bewegen. Man hätte sie einfach wegtragen können, ohne dass sie eine Gegenwehr hätten leisten können.

Was war das nur gewesen? Mit zitternden Knien halfen sie sich gegenseitig auf. Danach zogen sie sich wieder an und gingen zum Feuer zurück. Sarosa trug keine Fesseln mehr. Dieses Gefühl hatte sie an ein unsichtbares Band gelegt. Von jetzt an würde sie ihm freiwillig folgen, das hatte sie tief in sich gespürt. Die anderen Männer brachten nun die weinenden Frauen zurück und bestanden darauf, dass Sarosa in Fesseln gelegt wurde. Um den Frieden in der Truppe zu wahren, gab der Anführer nach und bestimmte, dass nachts alle Frauen gefesselt blieben. Sarosa horchte in sich hinein und spürte immer noch dieses unglaubliche Glücksgefühl. Doch davon konnte sie den anderen Frauen nichts erzählen. In den Augen der anderen Mädchen sah sie nur Schmerz und Verzweiflung.

14. Kapitel

Verwirrende Gefühle

Hatte er sich richtig entschieden, als er Zamaso auf die Suche geschickt hatte? Der Schamane saß vor seiner Hütte und schaute in das Feuer. Natürlich hatte der Stammesführer die Entscheidung getroffen, aber irgendwie hatte er ja darauf Einfluss gehabt. Doch nun waren die Männer schon so lange fort. Fast jeden Abend schickte er seinen Geist auf die Reise, dabei verband er sich mit dem Geist von Sarosa, um ihre Kraft zu stärken. Er konnte den Schmerz und das Leid der jungen Frau spüren, doch da war auch etwas anderes, das er nicht kannte. Eine Form von Liebe, Abhängigkeit und Lust. Wie konnte das denn sein? Täuschte er sich da in den Gefühlen? Oder verstand er da etwas falsch, weil er doch selbst noch nie geliebt hatte? Noch nie einem Menschen so nah gewesen war, wie vielleicht mit Sarosa. Natürlich mochte er sie und wollte sie zurück. Aber war das Liebe? Vielleicht dieselbe Art von Liebe, die ein Großvater seiner Enkelin entgegen bringen würde.

Doch das, was er in Sarosas Geist spürte, das ging weit darüber hinaus. Das war die körperliche Liebe zwischen Mann und Frau. Konnte es sein, das Zamaso sie schon gefunden hatte? Woher kam aber dann der Schmerz? Da passte etwas nicht zusammen und da gerade wieder der Tag des neuen Mondes gekommen war, ging er zum Teich, um ihn in seiner Schwitzhütte zu verbringen. Dabei ließen ihn aber die Gedanken nicht los. Die Verbindung zwischen ihren beiden Geistern war sehr stark und wenn er sich darauf konzentrierte, konnte er die Frau sogar spüren, so als ob sie mit ihm hier in dieser Hütte saß und neben ihm schwitzte.

Vielleicht konnten Männer und Frauen nicht die gleichen Gefühle haben? Zumindest nicht alle. Schmerz war vermutlich immer gleich. Und Glück sicher auch. Aber Liebe? Die war bestimmt unterschiedlich und das war auch gut so. Denn nur so konnten sie sich gegenseitig ergänzen. Jedoch würde ein Mann darüber sicherlich nicht reden. Zumindest nicht über die Liebe zu einer Frau. Über die Liebe zu seiner Axt, seinem Bogen oder seinem Messer hatte er schon viele Männer reden hören. Von der Liebe zu einer Frau nur in den Momenten eines längeren Abschiedes oder der Rückkehr danach. Sonst noch nie!

Konnte es daran liegen, dass seine Hütte so weit von den anderen entfernt war? Sicherlich nicht, denn die Frauen redeten ja untereinander auch darüber! Doch was passierte da mit Sarosa im Wald? Waren das Glücksmomente bei der Erinnerung an ihren Partner? Das konnte sein, aber sie waren nur in der Nacht so stark. Wenn es nur Gedanken waren, dann hätten sie doch auch am Tage kommen müssen. Aber da war nur Schmerz und Kummer. Vielleicht war das so, weil der Weg am Tage sehr beschwerlich war und sie nur im Traum mit Zamaso vereinigt war? Er verließ die Schwitzhütte und sprang in den Teich. In der Nacht würde er die Ahnen rufen, damit sie ihn noch stärker mit ihr verbanden. Vielleicht konnte er dann das Rätsel ergründen.

Wenig später saß er am Feuer. Der alte Schamane warf eine Handvoll Kräuter in die Flammen und konnte nun sehen, was sie sah, fühlen, was sie fühlte. Für ein paar Augenblicke würden ihre beiden Körper einer sein, ihr Geist war miteinander verschmolzen. Zwei Menschen über eine weite Entfernung mit nur einem Körper. Dann konnte er sehen, wie die Männer die Mädchen holten. Dabei spürte er Sarosas Kummer um die anderen Mädchen. Mit Erschrecken sah er, was die Männer den Mädchen antaten und spürte Sarosas Schmerz darüber. Dann flogen der Schmerz und der Kummer davon. Ein anderer Mann stand vor ihr. Da war es wieder, das vertraute Gefühl! Sarosa stand auf und der Schamane verlor die Verbindung. Er saß wieder vor seinem Feuer.

Nun war er noch viel ratloser als zuvor. Auf der einen Seite freute er sich, dass dieser Mann in der Lage war den Schmerz von Sarosa zu nehmen. Auf der anderen Seite befürchtete er nun aber auch, dass dieser Mann vielleicht dafür sorgen würde, dass die Frau bei ihm blieb. Der alte Mann hatte dieses Gefühl gespürt und nun rief er in den Nachthimmel „Zamaso, beeile dich!", denn jeden Tag, den er fern von seiner Partnerin war, der brachte diese näher zu dem anderen Mann.

Langsam stand der Schamane auf und ging um das Feuer herum. Dann sah er zu den Häusern hinüber, die nur schemenhaft im flackernden Schein der Flammen zu sehen waren, die nun hinter ihm brannten. Sein Geist flog nun von Hütte zu Hütte, doch nirgendwo fand er diese Gefühle, die Sarosa für den anderen Mann gespürt hatte. Da war etwas Starkes darin. War es Schicksal, das die beiden sich getroffen hatten? Waren sie Verwandte im Geist? Dann würde er vielleicht auch eine Verbindung zu dem Mann aufbauen können? Schnell setzte er sich zurück an das Feuer und stellte sich den Mann vor, den er durch Sarosas Augen gesehen hatte. Es dauerte sehr lange, bis er die Verbindung zu seinem Geist hatte. Nun sah er Sarosa. Sie lag im Gras und der Mann neben ihr. Wieder spürte er dieses Gefühl der Liebe, aber diesmal war es seines.

Ein Mann mit Gefühlen? Ähnlich einer Frau? Nun war der Schamane völlig verwirrt, aber er konnte die Verbindung nicht mehr lösen. Was auch immer er versuchte, nichts half. Daher musste er die Vereinigung der beiden Menschen miterleben und das Gefühl völligen Glücks überflutete nun auch ihn.

Er fiel nach hinten um und war dabei. Der Schamane wehrte sich dagegen, doch die Geistverbindung blieb. Sarosas nackten Körper konnte er unter seinen Fingerspitzen spüren. Der Schamane konnte spüren, wie er in den Körper der Frau eindrang und die Bewegungen des fremden Mannes waren seine eigenen Bewegungen.

Bis zum Schluss musste er dabei bleiben. Erst als die beiden Menschen im Wald aufstanden und sich wieder anzogen, da löste sich die Verbindung seines Geistes zu dem anderen Mann. Nun fühlte er sich schlecht, dass er dies miterlebt hatte, aber gleichzeitig hatte das Glück ihn immer noch überflutet. In völliger Verzückung tanzte er um das Feuer und er war wieder jung. Für ein paar Momente war alles gut, dann zuckte er zurück. In Anbetracht der gerade erlebten Vereinigung bat der Schamane den Bärengeist, bei Sarosa und Zamaso die Zeugung eines Kindes solange zu verschließen, bis die beiden wieder zusammentreffen würden.

15. Kapitel
Im Zweifel gefangen

Warum folgte sie ihm eigentlich noch? Seit ein paar Tagen trug Sarosa ja nun schon keinen Strick mehr um ihre Handgelenke. Aber hatte sie überhaupt die Möglichkeit zur Flucht? Natürlich konnte sie schnell laufen und keiner der Männer würde sie einholen. Nach ein paar Schritten wäre sie im Wald. Und dann? Sie wusste nicht, wo sie hier war. Vermutlich würde sie sich im Wald verirren und irgendein wildes Tier würde seinen Hunger an ihr stillen. Doch da war auch noch etwas anderes, was sie aufhielt: sie fühlte eine starke Anziehung zu diesem Mann, der vor ihr herlief. Seit jener Nacht unter dem Mond waren sie sich oft wieder so nah gekommen und jedes zufällige Streifen seines Körpers brachte ihr diese schöne Erinnerung sofort wieder zurück. Was war eigentlich mit Zamaso? Suchte er sie noch? Eigentlich musste sie sich schämen, denn schließlich folgte sie freiwillig ihrem Entführer, der auch noch dazu für den Tod von einigen Menschen in der Siedlung verantwortlich war. Hätte sie nicht gegen ihn kämpfen müssen?

Sicher! Doch was wäre das Ergebnis gewesen? Leid und Tod! Stattdessen lief sie freiwillig hinter ihm her durch den Wald. Immer weiter der Sonne entgegen. Wie lange würde dieser Weg noch sein. Die Last der Männer schien nicht schwer zu sein, obwohl die großen Säcke, die sie auf den Schultern trugen, mit Steinen gefüllt waren. Wer zog denn aber so weit durch den Wald, nur für ein paar Steine? Die gab es doch überall. Es mussten schon besondere Steine sein, damit sich solch ein langer Weg lohnen würde. Was konnte man dagegen eintauschen? Vielleicht brauchten sie diese Steine, um die seltsamen Waffen zu fertigen. Diese Steine hatten ebenfalls so ein Leuchten in sich. Einer der Männer hatte ihnen einen davon gezeigt. Das glänzte so, wie die Sonne, die sich auf den Klingen der langen Messer spiegelte. Vielleicht würde sie es ja irgendwann noch erfahren.

Seit sie nicht mehr gefesselt war, veränderte sich das Verhalten der anderen vier Mädchen zu ihr. Doch auch da war wieder nur die Feststellung zu treffen: Was sollte sie tun? Hier im Wald war sie gefangen. Egal ob mit oder ohne Strick. Die anderen Frauen hatten es sicher nur noch nicht begriffen. Mitten in ihren Überlegungen hörte Sarosa hinter sich Geschrei und fuhr herum. Eines der Mädchen hatte sich losgerissen und lief auf den Waldrand zu, doch kurz bevor sie ihn erreichte, traf sie ein Pfeil in den Rücken. Einer der Nubier hatte geschossen. Lautlos kippte das Mädchen nach vorn und fiel auf den Waldboden. Ihre Hände erreichten noch den ersten Baum. Sarosa wollte zu ihr laufen, doch dann würde sie sicher der nächste Pfeil treffen. Im Ansatz der Bewegung erstarrte sie und sah den drohenden Blick eines der Nubier. Einem Pfeil lief man nicht davon. Daher sah sie nur zu, wie die beiden Nubier jetzt zu der am Boden liegenden Frau liefen und den Pfeil herauszogen.

Anschließend beugten sie sich über ihr Opfer und drehten es um. Schließlich standen sie auf und kamen zurück. Sarosa Augen füllten sich mit Tränen. Die Freundin hatte den Fluchtversuch mit ihrem Leben bezahlt. Der Zug setzte sich in Bewegung und einer der Nubier schob Sarosa nach vorn, weil sie immer noch wie erstarrt dort stand. Die Frau stolperte vorwärts. Gerade erst hatte sie sich gefragt, ob sie fliehen konnte und schon war diese Frage auf so grausame Art beantwortet worden. Ein paar Male drehte sie sich noch um, doch das Mädchen war schon nicht mehr zu sehen. Die Männer hatten sie einfach für die wilden Tiere dort liegen lassen. Kein Grab, nichts! Irgendein Wolf oder Luchs würde die Spuren beseitigen. Wieder schossen ihr Tränen in die Augen. Nun taumelte sie durch ein undurchsichtiges Netz aus Tränen, dass sie sich immer wieder schnell mit der Hand wegwischte, doch die Tränen liefen immer weiter.

Am Abend suchte sie Trost in den Armen des Anführers, aber war er nicht der Verursacher ihres Kummers? In ihren Gefühlen ging es drunter und drüber. Sie fühlte sich von dem Manne angezogen und gleichzeitig abgestoßen. Er war der Grund des Kummers und gleichzeitig der einzige Ausweg daraus. Schließlich trafen sich ihre Lippen und obwohl er sicher mehr wollte blieb es bei diesem Kuss. In dieser Nacht wurde auch keines der anderen Mädchen geholt. Offensichtlich gaben die Männer ihnen die Zeit zur Trauer. So saßen sie aneinander gelehnt. Dakira links und Fridona rechts, in der Mitte Sarosa. Das andere Mädchen lag zu ihren Füßen. Sie schluchzten und weinten. Der Tod der einen hatte sie wieder näher zueinander gebracht.

Doch im Gegensatz zu den anderen drei Mädchen schwang in Sarosa ein Zweifel mit. Was war richtig? Was war falsch? Sarosa sah zu dem Mann am Feuer hinüber. Hatte er nicht dasselbe mit ihr gemacht, wie seine Männer mit den anderen Mädchen? Vielleicht mit etwas weniger Schmerz, aber es war dasselbe! Oder nicht? Schließlich erinnerte sich wieder daran, dass er sie nur festgehalten und sie den ersten Schritt gemacht hatte. Es war zum verrückt werden.

Schmerz und Lust lagen so eng beieinander.

Wo war diese Grenze gewesen, die sie so offensichtlich überschritten hatte? Ein bisschen Streicheln und ihr Wille, ihr Stolz waren dahin gewesen! Wenn ihre Hände nicht gefesselt wären, dann hätte sie sich jetzt selbst in ihr Gesicht geschlagen, das war alles so falsch gewesen. Doch konnte sich etwas so gut anfühlen, das so falsch war?

Immer weiter grübelte sie und vergaß darüber die tote Freundin. Schließlich fielen ihr die Augen zu und im Traum sah sie, wie ein Bär den Körper des Mädchens auf seinen Tatzen in den Wald trug. Dabei erwachte sie und griff an die Bärenkralle, die sich um ihren Hals befand. Doch diese war verschwunden! Sarosa schrie auf und weckte damit das ganze Lager. Verzweifelt versuchte sie mit verbundenen Händen und unter Tränen die Kralle zu finden. Doch sie blieb verschwunden. Der Bärengeist hatte ihr seinen Schutz entzogen. Nun war sie vollkommen schutzlos.

16. Kapitel
Silberne Träume

Bis zu dieser Vollmondnacht hatte er es ausgehalten. Im Schein des Feuers hatte er gesessen und zu ihr hin gesehen. Dabei hatte er einen Entschluss gefasst. Langsam war er aufgestanden und zu ihr hinübergegangen. Da die anderen Mädchen schon geholt worden waren, war sie dort alleine gewesen. Laris hatte die Angst in ihren Augen gesehen. Dann brachte er sie an den Rand der Lichtung, wo er sie zwischen zwei Bäumen festband. Mit Küssen und Streicheleien begann er ihren Willen zu brechen. Schon immer hatte er gewusst, was Frauen wollten und wie sie auf ihn reagierten. Daher konnte er auch die körperlichen Reaktionen dieser Frau lesen. Seine Finger erkundeten ihren Körper, seine Küsse ließen sie erschaudern. Auch wenn sie nichts sagte, konnte er an ihrer Atmung hören, wie es um sie stand. Der Mann wusste genau, wann er sie losbinden konnte.

Als sie für ihn bereit gewesen war, zog er sie zu sich. Er hatte sich für eine sitzende Position entschieden, dadurch gab er ihr die Möglichkeit, die Kontrolle zu behalten. Damit hatte er ihr die Angst nehmen wollen, die sie in einer liegenden Haltung sicherlich gehabt hätte. Gleichzeitig hatte er es auch ihr überlassen, den ersten Schritt zu tun und den Beginn selbst zu bestimmen, denn er hatte gewusst, dass er nur zu warten brauchte. Sie würde ihm nicht mehr widerstehen können. So war es dann auch und die Vereinigung war sehr schön. Später saßen sie am Feuer und er wusste nun, dass er ihr Herz erobert hatte. Mit Geduld und Zärtlichkeit war es ihm gelungen, sie auf sich zu ziehen. Ihren Willen zu brechen. Was die anderen sich mit Gewalt nahmen, das erreichte er mit Küssen.

Eigentlich stieß ihn das Verhalten der anderen Männer ab, aber er war noch auf sie angewiesen. Wie hätte er sonst seine Ware nach Süden bringen können? Er beugte sich ihnen, als sie darauf bestanden, dass er ihr wieder Fesseln anlegen musste. Als alle dann schliefen, da stand er noch einmal auf und ging zu ihr. Im Schein des Feuers betrachtete er ihr schlafendes Gesicht. Es lag etwas Friedliches darin. Ewig hätte er sie betrachten können.

Nach der Ablösung am Feuer legte er sich in ihre Nähe und träumte von ihrem Körper, auf dem sich, in ihrem Schweiß, das silberne Mondlicht gespiegelt hatte. Er träumte von ihrem glücklichen Gesichtsausdruck bei der Vereinigung und vielleicht träumte sie auch von ihm. Möglicherweise waren sie also auch im Traum gerade vereinigt.

Mit der Sonne des nächsten Tages löste er ihr wieder die Fesseln. Im Lichte der Sonne folgte sie ihm freiwillig, nur abends in der Dunkelheit legte er das Seil wieder um Knöchel und Handgelenke. Vielleicht hatten die anderen Männer Angst, dass sie die Mädchen in der Nacht befreien würde. Doch das war sicher vollkommen illusorisch. Die Mädchen wussten sicherlich, dass sie nur in der Gemeinschaft überleben würden. Eine einzelne Frau, selbst ein einzelner Mann, war im Wald vollkommen verloren. Über kurz oder lang würden sie den Tod finden. Bei Unfällen oder durch die wilden Tieren. Schließlich würden die Mädchen ihnen auch ohne Fesseln folgen, denn sie hatten gar keine andere Wahl.

Allerdings waren seine Männer durch die Verfolger sowieso schon nervös und eigentlich seit dem Tage der Entführung der Mädchen doppelt unter Druck. Auf der einen Seite nagte die Verfolgung an ihren Nerven und auf der anderen Seite die Angst, die erbeuteten Mädchen wieder zu verlieren. Besonders die beiden

Nubier hatten diese Ängste, denn sie waren Sklaven und ihnen gehörte nichts, oder nicht viel. Nun waren sie an den Mädchen beteiligt. Wenn man so wollte gehörte den Beiden zusammen eines der Vier. Noch nie hatten sie etwas besessen und so hatten sie ein besonderes Auge auf die jungen Frauen.

Ihres war ein kleines, schwarzhaariges Mädchen und genau dieses Mädchen riss sich eines Tages von den Fesseln, die einer der Nubier in der Hand hielt, los. Aber anstatt sie zu verfolgen und zurückzuholen, die Männer wären sicher schneller gewesen, als die junge Frau, schoss der andere Nubier einen Pfeil auf sie ab. Vermutlich unüberlegt, denn so zerstörten sie ihr Eigentum und hatten damit keines der Mädchen mehr. Wieder war ein Mensch gestorben. Wohin sollte das alles noch führen?

Am Abend des folgenden Tages sah Laris an den Blicken der beiden Männer, dass sie erst jetzt begriffen, was sie sich selbst damit angetan hatten. Während sich die anderen Männer mit ihrer Beute „vergnügten", saßen die beiden Nubier griesgrämig am Feuer. Selbstverständlich sah Laris auch, wie sie abschätzend auf das letzte Mädchen schauten, doch sie wagten es nicht, den Anführer herauszufordern. Noch nicht. Wer wusste schon, wie das in den nächsten Tagen und Wochen werden würde. Laris zog jedenfalls die Peitsche sicherheitshalber nach vorn.

Am liebsten hätte er dem Mädchen, von dem er immer noch nicht den Namen kannte, eine Waffe zur Verteidigung gegeben, jedoch hätte das nur den Konflikt zwischen den Männern und ihm, als Anführer, verschärft und vielleicht den Nubiern in die Hände gespielt. Die Kontrolle über die Gruppe musste er unbedingt in der Hand behalten.

Ein paar Tage später wagte er dann doch, sie nach ihrem Namen zu fragen. Damit wollte er diese unpersönliche Verbindung zwischen ihnen beenden. An diesem Abend erhob er sich vom Feuer, ging zu ihr herüber, kniete sich neben sie und begann „Mein Name ist Laris. Ich komme aus einem Land, weit im Süden. Wie ist dein Name?" Sie sah ihn mit großen, wunderschönen Augen an und sagte leise „Sarosa" dann warf sie ihr Haar nach hinten, das nach vorn geglitten war und ihr in ihr Gesicht fiel. Dabei kam sie ihm mit dem Gesicht entgegen und er nutzte die Gelegenheit für einen Kuss. Die wunderschöne Frau zuckte nicht zurück, sondern sie kam ihm sogar mit ihren Lippen entgegen.

Diesmal war es kein Traum. Es war eine Art von Vertrautheit zwischen ihnen entstanden. Da war nicht mehr diese Distanz von Entführer und Opfer, sondern die Nähe von Mann und Frau. Zwei sich liebende Menschen im Wald. Oder täuschte er sich? Konnte sie sich so verstellen? Zweifelnd sah er sie kurz an und das Glitzern in den Augen, in denen sich das Feuer spiegelte, das konnte man nicht spielen. Das war echt! Er sah Liebe in ihr.

17. Kapitel

Der Schutz des Bären

Der Schock hätte nicht größer sein können. Mitten im Wald war Zamaso, an der Spitze der Männer, auf die Leiche des Mädchens gestoßen. Er kannte sie sein ganzes Leben. Sie hatte im Nachbarhaus gewohnt und nun war sie tot. Selbstverständlich kannten sie auch die anderen Männer. Trauer und Wut stieg in ihre Seelen! Für einige Zeit mussten sie nun die Jagd nach den Männern unterbrechen und für eine ehrenvolle Bestattung der jungen Frau sorgen. Wieder holte Zamaso den Rat des Bären ein und er erinnerte sich an die Beerdigung in ihrem Dorf. Also stimmten sie die Gesänge an, hoben die Grube aus und trugen die tote Freundin in ihr Grab. Nachdem sie sich wieder auf den Weg gemacht hatten, stieß Zamaso auf etwas im Gras. Er bückte sich und fand eine Schnur. Daran hing eine Bärenkralle. Der junge Jäger sah seine Männer an. „Hatte sie noch die Kralle um ihren Hals?", fragte er und die anderen Jäger nickten.

„Und wem gehört dann diese hier?", fragte er weiter und hob den Schutz des Bären hoch. Dann steckte er die Kralle ein. Ein Mädchen war tot und ein weiteres nun ohne Schutz. Er musste die verbliebenen vier unbedingt wiederfinden. Schnell liefen sie weiter. Es war der erste Beweis dafür gewesen, dass sie immer noch auf der richtigen Spur waren. Nun mussten sie noch mehr Zeit aufholen und daher versuchten sie etwas schneller zu laufen. Doch dadurch begaben sie sich in Gefahr, ohne es wirklich zu merken. Sie kamen einem anderen Stamm zu nahe und noch bevor sie wussten, wie ihnen geschah, sahen sie sich von Männern umringt, die ihre Pfeile auf sie angelegt hatten. Ein Kampf würde keinen Sinn ergeben. Alle würden dabei sterben, somit ergaben sie sich und wurden gefesselt in eine Siedlung gebracht, wo sie an deren Rand an Bäumen angebunden wurden.

Ein paar Kinder bewarfen sie mit Dreck, wurden aber durch die Männer des anderen Stammes fortgejagt. Nun würde der andere Stamm sicher überlegen, was mit ihnen passieren sollte. Zamaso rief den Geist des Bären, als sie alleine waren. Würde er sie schützen? Konnte er ihnen helfen. Vielleicht konnte er mit dem Schamanen dieses Stammes reden und ihre Absicht erklären. Doch sie mussten einfach warten, was geschehen würde. Langsam senkte sich die Dunkelheit über sie und immer noch standen sie unbeachtet, festgebunden an den Bäumen. Rings um sie waren die Hütten des anderen Stammes, aber alle Menschen blieben ihnen fern. „Wir müssen einfach abwarten", sagte Zamaso und versuchte optimistisch zu bleiben, doch tief in sich hatte er Zweifel.

Immer ruhiger wurde es um sie herum, denn die fremden Menschen schienen sie nicht zu beachten, oder berieten sich darüber, wie sie sich verhalten sollten. Die Männer zogen an den Fesseln, aber diese waren gut gebunden.

In der Nacht erschien Zamaso der Bär wieder in einer Vision. Nun war er zuversichtlicher, dass sie die Suche weiter fortsetzen konnten. Der Bärengeist würde ihnen helfen.

Mit der Morgensonne erschien ein alter Mann, mit fast weißen Haaren. Dieser stellte sich unweit der Bäume auf und beobachtete die Männer. „Bist du der Schamane?", fragte Zamaso und der alte Mann nickte. Er trat vor ihn hin und der junge Jäger versuchte ihre Suche zu erklären. Der Alte hörte geduldig zu und sagte nichts. Dann hinkte er davon und verschwand. Jetzt blieb nur das Hoffen.

Die Sonne stieg immer höher und immer noch beachtete sie niemand. Das Leben in der Siedlung schien seinen normalen Weg zu gehen. Nur die Jäger brachen an diesem Tag nicht auf, um in den Wald zu gehen. Dann schien es eine Entscheidung zu geben, denn die Jäger verließen eine der Hütten und kamen mit Waffen zu ihnen herüber. „Ihr wart in unserem Wald. Ihr hattet Waffen. Ihr werdet dafür sterben", sagte der Anführer des fremden Stammes und die Männer spannten ihre Bogen. Im Gedanken rief Zamaso den Geist des Bären und der Schamane des anderen Stammes humpelte zwischen sie und die fremden Jäger. Der alte Mann hob die Hand, stoppte damit den anderen Anführer und kam zu Zamaso herüber. Die beiden Männer sahen sich lange schweigend in die Augen.

Dann sagte der Schamane „Lasst sie frei!" die fremden Männer versuchten zu protestieren und spannten wieder ihre Bogen, die sie zuvor heruntergenommen hatten, doch der Schamane stellte sich in den Weg. „Achtet unsere Geister!", rief der gebrechliche, alte Mann und hielt seinen Stab hoch. Gegen die Geister wollten sich die Jäger aber nicht stellen, schließlich brauchten sie ja deren Schutz bei der nächsten Jagd. Murrend nahmen sie die Waffen erneut herunter und lösten dann die Fesseln. „Gebt ihr uns unsere Waffen wieder?", fragte Zamaso. „Wir werden euch zur Grenze unseres Waldes begleiten und euch dort eure Waffen zurückgeben", sagte der Anführer der anderen Jäger. Zamaso nickte und der Schamane sagte „So soll es sein."

Gemeinsam brachen sie auf und verließen die Siedlung. Zamaso nahm wieder die Spur auf. Sorgfältig beobachtet von den fremden Jägern. Es dauerte eine ganze Weile, bis der Anführer der fremden Männer sagte „Hier endet unser Wald." dann übergab er ihnen die Waffen „Lasst euch nicht mehr bei uns sehen. Sonst werdet ihr sterben und auch die Geister werden euch dann nicht helfen." Zamaso dankte dem Mann und danach liefen sie in den Wald.

Am Abend setzte sich Zamaso wieder in den Wald und dankte dem Geist des Bären für dessen Schutz. Wenn er ihn doch auch für den Schutz der Mädchen und seiner Partnerin bitten könnte, doch für deren Sicherheit konnte er nur selbst sorgen. Daher bat er um die Stärke und die Schnelligkeit, damit er sie finden konnte. Dann ging er zurück zu seinen Freunden an das Feuer. Zusammen vergruben sie ein Stück Fleisch für der Bärengeist, dann begaben sie sich zur Ruhe.

Mit jeder Verzögerung erhielten die fremden Männer immer mehr Vorsprung. Wieder hatten sie einen Tag verloren und Zamaso wälzte sich auf seinem Lager lange hin und her, bis er endlich schlafen konnte. Im Traum erschien ihm der Bär und nickte ihm zu. Der Wunsch um Schnelligkeit würde ihm gewährt werden.

18. Kapitel
Am wilden Fluss

Diese Wälder schienen keine Ende zu nehmen. Aber das war ja auch normal. Nach Sarosa Annahme war ja das ganze Land voller Bäume. Nur die kleinen Lichtungen mit den Siedlungen waren frei vom Wald, aber auch nur solange, wie die Menschen dort lebten. Wechselten sie den Platz, was öfters mal passierte, so wuchs die Lichtung schon bald wieder zu. Seit mehr als einen Mond waren sie nun schon unterwegs und immer mal wieder hatten sie kleine Bäche und schmale Gewässer überqueren müssen. Manchmal konnte man darüber springen, was mit verbundenen Händen auch ziemlich beschwerlich war, oder die Männer fällten einen Baum, um darüber auf die andere Seite zu gelangen. Der Anführer nannte es „Brücke" und Sarosa konnte gut darüber hinweg balancieren. Schließlich hatten sie ihr die Fesseln ja schon lange am Tage abgenommen. Die anderen Mädchen hatte es da, mit vor dem Bauch zusammengebundenen Händen, sehr viel schwerer, das Gleichgewicht auf den runden Stämmen zu halten. Ein kleiner Fehltritt und man konnte in die, zum Teil reißenden, Waldbäche stürzen.

Doch nun sollte sich wieder etwas Neues vor ihr auftun. Schon lange vorher hatten sie ein ständiges Rauschen gehört, so als ob der Wind stark in die Blätter eines Baumes greifen würde. Nicht lange danach standen sie alle am Rande eines Flusses, den man nicht einfach so mit einem darüber gelegten Baum überqueren konnte. Dazu war er viel zu breit. Wie sollten sie dieses Hindernis überwinden? Die Männer schienen aber schon zu wissen, wie das möglich war. Schließlich waren sie auf dem Hinweg sicherlich auch schon über diesen Fluss gelangt. Zum Schwimmen war die Strömung einfach zu stark, wie Sarosa an den schnell dahin schwimmenden Zweigen sehen konnte. Fragend sah sie zu den Männern hinüber.

Der Anführer teilte sogleich die Arbeiten ein, die damit begannen, dass die Mädchen zusammen um einen Baum am Rande des Wassers festgebunden wurden. Hand an Hand, so, dass sie mit dem Rücken an dem Baum standen, der einen ziemlichen Umfang hatte. So konnten sie nicht weg, aber sie konnten dennoch die Männer beobachten. Diese verschwanden, einer nach dem anderen, im Wald und die Frauen hörten die Geräusche von Axthieben und fallenden Bäumen aus dem Dickicht des Waldes. Nach und nach brachten die Männer etwa zwei Dutzend Stämme nach vorn auf die kleine Freifläche vor dem Wasser. Mit schnellen Schlägen der glänzenden Äxte brachten sie die Stämme in die gewünschte Länge, entfernten die störenden Äste und banden immer zehn Stämme zusammen.

Damit waren sie den ganzen Tag beschäftigt und als die Dämmerung einsetzte, lagen drei dieser Konstruktionen, die die Männer „Floss" nannten, am Ufer des Flusses. Mit den Resten wurde ein Feuer entzündet und die Frauen wieder losgebunden. Am Abend fragte Sarosa den Anführer, wie sie den Fluss überqueren wollen und er sagte „Wir schwimmen hinüber." „Aber ist die Strömung nicht zu stark zum Schwimmen?", fragte sie und sah zu den Stämmen hinüber. Wozu hatten sie diese dann dabei, wenn sie doch schwimmen wollten? Das ergab für sie keinen Sinn, doch der Mann erklärte „Nicht wir werden schwimmen, sondern die Flöße schwimmen und wir sind obendrauf, im Trockenen", sie konnte sich das nicht richtig vorstellen und schüttelte den Kopf, aber die Männer würden sicher wissen, was sie taten.

Die ganze Nacht ließ der nahe Fluss sie nicht schlafen, das Rauschen war einfach viel zu laut. Dazu kam auch noch die Angst, was wohl passieren würde. Keine der Frauen konnte sich vorstellen, wie das wohl gehen sollte. Natürlich wussten sie, dass Holz im Wasser schwamm. In dem Teich bei ihrem Dorf hatten sie das schon oft gesehen, doch der hatte nicht diese Strömung.

Mit der ersten Sonne am nächsten Tag machten sich die Männer bereit. Sie verschnürten ihre Ausrüstung und banden die Säcke auf den Flößen fest. Dann fesselten sie den Mädchen die Hände, diesmal auf dem Rücken, warum auch immer, und ließen sie sich auf die Flöße, neben die Säcke, setzen. Sarosa saß alleine auf dem Floß des Anführers, das dieser dann, zusammen mit den beiden Nubiern, vom Rande der Lichtung zum Wasser schob. Immer näher kamen sie dem Wasser und als der Fluss das Floß erfasste schrie Sarosa erschrocken auf. Die Erschütterungen gingen durch das Holz und sie presste sich kniend gegen die festgebundenen Säcke.

Die drei Männer sprangen auf und setzen das Floß dadurch in eine schwankende Bewegung. Nun sah Sarosa nach hinten und beobachtete das sich entfernende Ufer und die beiden anderen Flösse, die dem ihrigen folgten. Vorsichtig versuchte sie sich umzudrehen, doch das ging, mit den Händen auf dem Rücken und auf Knien, nicht so gut, auf den immer wieder durch das Wasser überspülten Stämme, die dadurch rutschig wurden. Durch ihre Bewegungen kam sie dem Rande des Gefährtes gefährlich nahe, wurde schließlich von einem Schwall Wasser erfasst und rutschte ab.

Noch bevor sie schreien konnte, hatte sie aber der Anführer am Saum ihres Kleides gepackt und hielt sie so fest. Da ihre Hände gefesselt waren, konnte sie sich selbst nicht festhalten. Die Strömung zerrte an ihr und sie hoffte, dass der Stoff die Belastung aushalten und der Mann sie nicht loslassen würde. Mit einer Kraftanstrengung und mithilfe eines der Nubier zog der Mann sie auf das Floss zurück, wo sie sich nun der Länge nach hinlegte.

Damit lag sie aber nur wenig oberhalb der Wellen, die immer wieder über das Holz liefen. Sarosa schluckte Wasser und hustete. Noch immer konnte sie sich nicht festhalten. Einer der Männer kniete sich mit einem Knie auf ihren Rücken und drückte sie so auf das Holz herab, das sie nicht mehr rutschte. Das tat zwar weh, aber sie würde damit nicht mehr in das Wasser fallen können. Nach einer unendlich scheinenden Zeit der Angst stieß das Floß an das Ufer. Der Mann stand auf, hob sie am Gürtel an und warf sie einfach in das Gras.

Da Sarosa sich nicht abfangen konnte, plumpste sie ziemlich unsanft auf den Boden am Ufer. Dann folgten die Säcke, die neben ihr zu Boden fielen. Die drei Männer sprangen zu ihr und das Floss trieb ab. Der Anführer der Männer zog sie auf die Füße und schob sie zur Seite, damit das nächste Floss anlegen konnte. Das letzte der drei Flösse zogen die Männer zur Entladung an Land, aber da saß Sarosa schon völlig durchnässt an einem Baum angelehnt.

Schließlich blieb es nur noch übrig, die Sachen zu trocknen. Auch die anderen Mädchen hatten völlig durchnässte Sachen. Wenig später saßen alle nackt, Männer und Frauen, um ein wärmendes Feuer. Alle waren froh, dass niemand gestorben war und auch keiner der Säcke verloren gegangen war.

19. Kapitel

Opfer für den Wassergeist

Bisher hatten sie der Spur gut folgen können. Entweder traten die Frauen vor ihnen Absichtlich jeden Strauch um oder sie machten das nur aus Versehen, aber die Spur war trotzdem so auffällig, dass sie sogar der Schamane mit seinen schlechten Augen hätte sehen können. Dabei machte sich Zamaso aber noch zusätzliche Gedanken. Hinter den Frauen liefen doch sicherlich Männer hinterher, damit die Frauen nicht fliehen konnten. Sahen die denn diesen Trampelpfad nicht? Die andere Gruppe hatte bestimmt mehr als fünf Tage Vorsprung und selbst nach dieser Zeit war die Spur immer noch zu sehen. Eine Falle war aber ausgeschlossen, dafür waren die anderen zu weit vor ihnen, selbst wenn sie nicht wissen konnten, wie groß der Abstand wirklich war. Wenn Zamaso an ihrer Stelle gewesen wäre, so würde er sicher mit einem Tag Vorsprung rechnen, denn von dem Tag der Jagd und der Zeit in der Gefangenschaft in der anderen Siedlung konnten die Männer ja nichts wissen.

Vielleicht waren die Männer aber auch so in Eile, dass sie auf den kurzen Moment des Verwischens der Spuren verzichteten. Nur so konnte die Erklärung sein! Wohin wollten die Männer? Fast schnurgerade zog sich ihr Weg der höchsten Sonne entgegen. Nicht einen Schritt wichen sie nun von dieser Linie ab. Vielleicht lag dort ihr Land, ihre Siedlung. Nun jagte auch Zamaso ihnen hinterher und versuchte etwas Zeit aufzuholen. Doch schon bald versperrte ein breiter Fluss seinen Weg. Zu beiden Seiten ging er schnurgerade dahin und die Spuren der gefällten Bäume zeugten davon, dass die Männer hier über den Fluss geschwommen waren.

Einer der Jäger fand im hohen Gras eine der metallenen Äxte und nun zweifelte Zamaso vollständig am Verstand der anderen Männer. Wie konnte man eine Waffe einfach vergessen? Sie schüttelten den Kopf und betrachteten das glänzende Werkzeug. Es war scharf und besser als ihre steinernen Werkzeuge. „Das kommt uns genau richtig. Wir werden zwei Bäume fällen und damit auf die andere Seite schwimmen", sagte Zamaso und sie machten sich schnell an das Werk. Die glänzende Axt war viel schärfer und besser als ihre eigene, aber mit zehn Äxten waren die beiden dicken Bäume schnell gefällt. Danach schleppten die Jäger sie mit vereinten Kräften zum Ufer des Wassers.

Die Jäger wickelten ihre Waffen in ihre Sachen und verschnürten diese mit den Rehfellen zu Päckchen, die sie mit eingewickeltem Holz leichter und schwimmfähig machten. Dann schoben sie die beiden Stämme in das Wasser und hielten sich daran fest. „Immer fünf klammern sich an einen Baum und schwimmen damit hinüber. Die Sachen ziehen wir an Seilen hinter uns her. Lasst die Bäume nicht los! Verstanden?", sagte Zamaso und alle nickten. Nackt stiegen sie in das kalte Wasser und schoben sich vom Rand ab. Die Strömung erfasste die Bäume und versuchte sie wieder an Land zu drücken. So hatte sie ziemliche Mühe, den Baum schwimmend in der Strömung zu halten.

Die Kraft des Wasserstroms zerrte an ihnen und einer der Männer rutschte ab. Schnell war er abgetrieben und versank. Ein zweiter folgte ihm schreiend und gurgelnd, doch sie konnten ihn nicht retten. Zu schnell war er fortgetrieben, dann erreichten sie das andere Ufer. Tropfnass und geschockt, durch den Tod der beiden Freunde, stiegen sie an Land. „Der Wassergeist hat sie sich als Opfer für die Überquerung geholt", sagte Zamaso betroffen. Schnell zogen sie sich wieder an, nahmen ihre Waffen und suchten die Spur. Die Männer liefen am Ufer entlang und schon bald hatten sie ein paar zusammengebundene Stämme gefunden. Auch eine Feuerstelle war in der Nähe und von dort setzte sich die Spur wieder fort.

Zamaso schien es so, als ob die Männer beabsichtigten, dass ihnen jemand folgte. Das Floss hätte man in den Fluss schieben können und damit wäre es sehr viel schwerer geworden, die Spur wiederzufinden.

Unweit des Floßes lag ein Stück von einem Kleid mitten im Weg. Man konnte die Spuren unmöglich übersehen. Es gab nur eine Erklärung dafür: die Männer wollten die Mädchen am Ende des Weges irgendwo freilassen und sie wollten sicher gehen, dass die Verfolger sie finden und befreien konnten. Nur so konnte es sein! Nun waren sie nur noch zu acht und liefen viel schneller den Weg entlang.

Warum hatten sie die Mädchen aber nicht einfach auf der anderen Seite des Flusses zurückgelassen? Wenn sie diese Frauen doch sowieso freilassen wollten, warum belasteten sie sich immer noch mit ihnen? Da gab es so viel in dem Verhalten der Männer vor ihnen, was Zamaso nicht verstand. Der Regen, der nur täglich auf sie herab fiel und der ein Vorbote des Herbstes war, machte die Suche auch nicht viel einfacher. Oft war es schwierig, die Sachen überhaupt trocken zu bekommen und nur das wärmende Feuer half etwas. Um wie viel schwerer hatten es da die Frauen, die dieses Wetter nicht gewohnt waren und in der Siedlung meist ein Dach über dem Kopf hatten. Seit mehreren Monden waren sie nun schon im Wald. Dem Wetter, den fremden Männern und wilden Tieren ständig ausgesetzt. Aber offensichtlich lebten sie noch, den Spuren nach zu urteilen.

Doch die von ihnen immer wieder gefundenen Stücke der Kleider sprachen dafür, dass es den Frauen nicht wirklich gut ging. Sie hätten sonst dafür gesorgt, dass ihre Kleidung in Ordnung gewesen wäre. Offensichtlich waren sie dazu schon nicht mehr in der Lage oder durften es nicht. Das machte Zamaso irgendwie auch Angst. Zwei der Männer und eines der Mädchen waren schon bei den Ahnen und er wollte nicht noch mehr seiner Freunde verlieren.

Jedoch wollte er vor allen Sarosa nicht verlieren. Wenn sie sich auch noch keinen Sommer kannten, so war sie ihm doch schon an sein Herz gewachsen und wenn er ehrlich war, ging es ihm schon lange nicht mehr um die Männer, die sie verfolgten, sondern nur um sie. Würde sie am nächsten Baum angebunden stehen, er würde die Jagd sofort abbrechen und mit ihr in sein heimatliches Dorf zurückgehen.

20. Kapitel

Ein Reich des Todes

Den dritten Mond war sie nun aus ihrer Hütte fort und Sarosa sah schon die gefärbten Blätter an den Bäumen. Bis zum ersten Schnee würde es nicht mehr lange dauern. Der Anführer trieb sie immer mehr an. Sicher hätte nicht viel gefehlt und er hätte die Peitsche dazu benutzt, aber auch seine Worte trafen wie Schläge. So hetzten sie dahin. Direkt vor ihnen war ein hoher Bergrücken über den Baumspitzen zu sehen und genau darauf liefen sie schon seit Tagen zu. Offensichtlich wollte er dort hinüber, bevor der Schnee dies unmöglich machen würde. In der ganzen Zeit waren sie nicht mehr in Siedlungen gewesen, doch nun, direkt am Fuße des Bergkammes, änderte sich dies. Dort standen etwa zwanzig Hütten und direkt dahinter zog sich ein Weg steil den Hang hinauf. In diesen Hütten wurden sie freundlich, fast überschwänglich, begrüßt. Anscheinend waren die Männer hier gut bekannt.

Am Abend wurde ein Festmahl abgehalten, bei dem sich die Tischplatte durchbog, bei all dem, was dort an zu Essen und zu trinken aufgestellt wurde. Endlich konnte sich Sarosa wieder mal satt essen. Der Hunger der letzten Tage sorgte dafür, dass sie sich richtig vollstopfte, wodurch sie zum Abschluss laut rülpsen musste, aber niemanden störte es. Die anderen Mädchen langten auch ordentlich zu, die Stimmung war ausgelassen und es wurde gesungen. Auf ein paar Instrumenten wurde dann Musik gespielt und einige tanzten. Jetzt sah Sarosa zu ihren Freundinnen hinüber, die nach dem Essen verschüchtert dort saßen und nicht wussten, wie sie das Treiben richtig einschätzen sollten. Wenn die Männer zu viel tranken, würden sie vielleicht zu betrunken sein und sie für diese Nacht in Ruhe lassen. Allerdings würden sie, wenn sie nur angeheitert und aufgekratzt waren, sicherlich danach über sie herfallen und dann konnte es für die Frauen schlimm werden.

Zum Glück blieb es in der Nacht ruhig und als dann die Morgensonne aufging, da stellten sich alle für den Abmarsch vor den Hütten auf. Sarosa trat an den Anführer heran und fragte „Ist dort dahinter dein Land?" und sie zeigte auf die im Nebel liegende Bergspitze. Der Mann nickte. „Wenn das so ist, dann braucht ihr uns doch nicht mehr", sagte sie und zeigte auf die drei Freundinnen. Sie hatte „Uns" gesagt, aber absichtlich auf die drei anderen gezeigt. Der Mann sah den Weg an und dann die Mädchen. Offensichtlich überlegte er und so sagte Sarosa noch schnell „Oder nimm nur mich mit. Ich werde alles machen, was ihr sagt. Lasst sie zurück. Sie halten euch nur auf." Nach einem Augenblick nickte er und Sarosa verabschiedete sich von den anderen Mädchen. So manche Träne lief, doch der Mann drängte zur Eile. Schließlich riss sie sich von den anderen Dreien los.

Schnell schritten sie den Pfad entlang. Einer der Männer aus der Siedlung ging voran, er zeigte ihnen offensichtlich den Weg. Doch dieser war so steil und das Tempo so hoch, das Sarosa schon bald völlig außer Atem war. Der Nubier, der hinter ihr lief, stieß ihr immer in den Rücken. Trotz ihrer Last, die sie trugen, waren die Männer immer noch schneller, als sie, die einfach ohne alles lief. Immer wieder knurrte der Nubier sie an.

Was hatte sie sich nur dabei gedacht, als sie sich als Ersatz für die anderen angeboten hatte? Natürlich hatte sie bisher unter dem Schutz des Anführers gestanden und sich diesem immer wieder hingeben müssen, nicht ganz unfreiwillig, doch diesen Schutz hatte sie gerade leichtfertig abgelehnt. Vielleicht ließen die Männer sie ja auch auf der anderen Seite frei und sie konnte mit dem Führer wieder zurück. Das war nun ihre Hoffnung.

Irgendwann wurden die Bäume kleiner und es wuchsen nur noch Sträucher. Jedoch war immer noch kein Ende des Weges zu sehen. Dieser zog sich schlängelnd vor ihnen weiter. Sarosa war mittlerweile vollkommen erschöpft und musste immer wieder stehen bleiben, was dem Nubier hinter ihr gar nicht gefiel. Er brüllte sie an, band ihr die Hände zusammen und hängte sich den Strick um. So zog er sie nun hinter sich her. Der Anführer hatte nur kurz geschaut, war aber dann ohne ein Wort weiter gegangen. Jetzt stolperte sie dem großen, schwarzen Mann hinterher und wurde nun von dem anderen Nubier, der jetzt hinter ihr lief, nach vorn geschoben.

Es war bei ihr mittlerweile nur noch ein Taumeln und schon lange kein Gehen mehr.

Schließlich verschwanden auch die Sträucher und es gab nur noch Felsen und Steine. Hier lebte nichts mehr. Dies hier war eine Zone des Todes, die auch bei jedem Schritt ihr Leben fordern konnte. Immer wieder rollten kleine Steine bei unvorsichtigen Schritten weg. Und jeder ihrer Schritte war jetzt unvorsichtig. „Kurze Rast!", rief der Anführer von vorn und Sarosa brach augenblicklich zusammen. Der Nubier knurrte und einer der anderen Männer gab ihr einen Wasserschlauch, aus dem sie gierig trank, während sie auf dem ausgetretenen Bergpfad der Länge nach lag.

Mit den Worten „Weiter geht es!" des Anführers und einem unfreundlichen Knurren des Nubiers zog dieser sie wieder auf die Füße. Nun ging sie schneller, aber sie bekam schlechter Luft. Ihre Brust brannte bei jedem Atemzug. Dann ging der Weg in einen

Schneepfad über. Da sie Sommersachen trug, begann Sarosa zu frieren. Jeder Schritt erschöpfte sie mehr und sie fiel ein paar Mal in den Schnee. Immer wieder wurde sie hoch und vorwärts gerissen. Ohne dass sie es wirklich begriff, ging der Weg irgendwann mal Bergab. Das bemerkte die junge Frau erst, als wieder Bäume neben ihr waren. Der Führer zeigte zur Seite, wo eine Quelle zu sehen war und der Anführer sagte wieder „Kurze Rast." Trotz der Fessel stürzte sie zum Wasser und riss dabei den kräftigen Nubier hinter sich her. Mit gefesselten Händen schöpfte sie Wasser, trank es gierig und schüttete es sich über den Kopf. Vor einigen hundert Schritten hatte sie noch gefroren, doch jetzt schwitzte sie. Die Flüssigkeit kühlte sie ab und sie erhob sich wieder.

Der finstere Blick des Nubiers ließ sie nichts Gutes ahnen, aber anscheinend waren auch die Männer erschöpft. Eine Ohrfeige, für das Ziehen an der Leine, war alles, was sie von ihm erhielt. Dann rief der Mann an der Spitze „Weiter!" Nun schlängelte sich der Weg wieder durch einen Wald. Obwohl Sarosa jetzt ja wieder alleine laufen konnte, blieb sie gefesselt. Das war anscheinend der Preis der Freiheit der anderen Mädchen und sie würde ihn zahlen müssen. Nun machte sich Furcht vor den Männern in ihr breit. Ihre Wange schmerzte und es war nur ein kleiner Vorgeschmack darauf, wozu die Männer fähig waren.

Nach unendlicher Zeit, aber immer noch vor Einbruch der Dämmerung, endete der Weg auf der anderen Seite. Eine Siedlung, die der glich, an der sie am Morgen aufgebrochen waren, war zu sehen. Wieder war die Begrüßung herzlich, doch davon bekam Sarosa nicht viel mit. Einer der Nubier warf sie ziemlich unsanft in einen Schuppen. Darin stand ein hölzerner Kasten und es lag Stroh darin. Schnell zog sie sich etwas Stroh zu einem Lager zurecht und ließ sich darauf fallen. Kurz dachte sie an die Männer vor der Hütte und an die Mädchen, die nun frei waren. Ein Lächeln zog in ihr

Gesicht. Vielleicht würde sie schon am nächsten Tag frei sein. Schließlich schlief sie vor Erschöpfung kurz darauf im Stroh ein. Niemand vermochte sie wieder zu wecken und erst als die Sonne durch die offene Tür in ihr Gesicht schien, wurde sie wieder wach.

Sie sah das Gesicht des Nubiers über sich, der sie unfreundlich ansah. Dann riss er am Strick, mit dem ihre Hände immer noch gefesselt waren, zerrte sie aus dem Schuppen, hob sie an Armen und Beinen an, und warf sie ziemlich unsanft in einen viereckigen Kasten, an dem zwei runde Schilde angebracht waren. Sarosa schlug mit dem Rücken auf das Holz auf und schrie vor Schmerz.

Noch einmal richtete sie sich kurz auf, um über die Kante der Kiste sehen zu können. Zwei vierbeinige, graue Tiere wurden vorn angebracht. Dann gab der Anführer den Männern Beutel mit gelben Steinen, die diese ausgiebig und scheinbar erfreut betrachteten. Danach begann sich der Kasten mit Sarosa und den Säcken holpernd zu bewegen.

Nur die beiden Nubier und der Anführer setzten den Weg mit ihr fort. Die anderen Männer blieben in der Siedlung zurück. Warum hatten sie sie nicht einfach freigelassen? Sarosa hatte vergessen danach zu fragen. Nun war es zu spät dafür. Langsam entfernten sich die Berge von ihr.

21. Kapitel

Gipfelstürmer

Endlich hatten sie den Ort am Fuße des Gebirges erreicht. Laris dankte seinen Göttern, das sie nun schon in ein paar Tagen wieder in einer Welt leben würden, die nicht mehr durch dichte Wälder gekennzeichnet war. Die Begrüßung durch die Bewohner des Dorfes war herzlich, schließlich hatte er ein Teil seiner Männer aus dieser Siedlung mitgenommen. Nur gegen das Versprechen von vielen Münzen hatte er sie damals dazu bewegen können, mit ihm zu ziehen und die Säcke zu tragen. Nun sahen auch sie das Ende der Strapazen schon in greifbarer Nähe. Dieser Gebirgszug musste noch überquert werden und dann würde er sie nicht mehr brauchen. Doch die Männer waren praktisch ihr ganzes Leben hier an diesem Gebirge gewesen. Die Wege waren ihnen vertraut und sie waren die schmalen Pfade über den Pass gewohnt. Nur im Winter lag so viel Schnee, dass die Männer nicht auf die andere Seite gehen konnten, sonst überquerten sie aller paar Tage diesen Bergrücken.

Als die Dämmerung hereinbrach, trafen sich alle in der größten Hütte an einem langen Tisch. Auch die Mädchen saßen dort und ließen es sich schmecken. Endlich gab es mal was anderes, als Wurzeln und kaltes, getrocknetes Fleisch. Ein gebratenes Reh verbreitete einen Duft, dem keiner widerstehen konnte. Laris würde bezahlen und alle waren eingeladen. Mit dem Rest der Münzen würde er die Jäger für das Reh und die Bewohner für die Gastfreundschaft belohnen. Alle schlugen sich den Bauch voll, bis fast nichts mehr hineinging, danach wurden die Frauen in einen Schuppen verschlossen und die Männer legten sich zu Ruhe, denn am nächsten Tag würde ja noch der Auf und Abstieg über den Pass folgen.

Mit den ersten Sonnenstrahlen des neuen Tages holten sie die Mädchen wieder heraus und machten sich fertig. Dann begann, für ihn vollkommen überraschend, Sarosa damit, sich für die anderen Mädchen zu opfern. Schon in der Nacht hatte er darüber nachgedacht, sie einfach hier zu lassen. Gerade eben wollte er ihnen die Fesseln lösen und sie freilassen, als das Angebot der Frau kam. Nachdenklich stimmte er zu und sie brachen auf.

Einer der Männer aus dem Dorf, der am Tage zuvor erst herab gestiegen war, begleitete sie über den Pass, denn es konnte sich hier täglich etwas ändern und seine Männer waren fast ein Jahr nicht mehr hier gewesen. Wie es nicht anders zu erwarten war, hielt Sarosa sie ziemlich auf. Allerdings war auch er selbst den Aufstieg nicht gewohnt und konnte daher nicht viel zu ihrer Verteidigung sagen oder tun. Der Weg war schmal und jeder musste auf sich selbst aufpassen. Die erfahrenen Männer und die starken Nubier hatten keine Mühe mit der Last der Säcke. Das kommende Ende der langen Reise ließ sie immer schneller gehen und er hatte Mühe ihnen zu folgen.

Bei diesem Tempo fiel die Frau immer wieder hin und schwankte beim Gehen. Doch einer der Nubier zog sie einfach am Seil hinter sich her. Offensichtlich beanspruchte der Mann sie nun als seine „Beute", da sie sich dafür ja auch angeboten hatte. Da die beiden Männer ja auch, durch eigenes Verschulden, schon ziemlich lange ohne Frau gewesen waren, war die Verbissenheit, mit der sie sie mit sich schleppten, deutlich zu sehen. Ohne dieses Angebot von ihr hätten die beiden Nubier die Frau sicher schon lange am Wegesrand zum Sterben zurückgelassen.

Als dann endlich der Gipfel in Sicht kam, ging er dann auch schneller. Von nun an würde es auf der anderen Seite hinab gehen und schon bald standen auch wieder Bäume, der Weg wurde von einem felsigen Pfad zu einem Waldpfad. Von dort aus konnte er weit in die Ebene hinaus schauen und wusste, dass dort unten irgendwo sein Haus stand, das er mehr als ein Jahr nicht mehr gesehen hatte. Noch bevor die Sonne unterging, erreichten sie das kleine Dorf am anderen Ende des Gebirgspasses. Damit war er schon auf heimatlichen Gebiet. Als sie die erste Hütte passierten, kam sein Bruder, der diesem Dorf vorstand, auf ihr zugelaufen.

Die beiden Männer umarmten sich und aus dem Augenwinkel konnte er sehen, wie einer der Nubier Sarosa in den Schuppen warf. An diesem Abend gab es keine Feier, da alle durch den Marsch viel zu erschöpft waren. Einer der beiden Nubier versuchte sein, ihm von Sarosa versprochenes, Recht trotzdem einzufordern, doch die Frau schlief so fest, dass der Sklave sie nicht wecken konnte. Fluchend verließ er wenig später die Scheune wieder.

Am nächsten Morgen ging er zu den beiden Nubiern und sagte „Wir sind nun wieder in meinem Land. Von jetzt an seid ihr zwei wieder Sklaven. Die Frau ist mein Eigentum und wenn ihr euch an meinem Eigentum vergreift, so wird euch meine Peitsche gewiss sein. Die schöne Zeit für euch im Wald ist nun vorbei!", dann zog Laris demonstrativ die Peitsche nach vorn. Anschließend ging er zu seinem Bruder und ließ sich die bei ihm gelagerten Münzen geben. Einer der Nubier holte den Karren, der andere zerrte die Frau aus dem Schuppen und warf sie gefesselt zu den schon verladenen Säcken in den Karren hinein. Während die beiden Nubier die Esel holten und anspannten, übergab er den anderen Männern den versprochenen Lohn.

Dann brachen die Männer wieder auf, allerdings nicht ohne eine neue Last wieder mit auf die andere Seite mitzunehmen. Laris verabschiedete sich von seinem Bruder und drehte sich zu den beiden Nubiern um. Im Moment war er zwar alleine und die beiden Männer sehr kräftig, doch nun waren sie wieder Sklaven und damit konnte er sie jederzeit bestrafen, wenn sie sich seinem Willen widersetzten. Es würde sicher noch ein paar Tage dauern, bis sie das wieder verstanden hatten. Die Peitsche hatte er nun immer griffbereit. In diesem Land war sie wichtiger als das Schwert.

Der Wagen begann die holprige Straße hinabzurollen und Laris folgte dem Fuhrwerk. Immer einer war vorn bei den Eseln und die zwei anderen gingen neben her oder hinterher. So wechselten sie sich immer ab und kamen gut voran. Jetzt mussten sie auch die Säcke nicht mehr tragen, die Esel machten die ganze Arbeit.

Allerdings musste er nun die beiden Sklaven immer im Blick behalten. Nach dem einen Jahr im Wald wussten sie offensichtlich nicht mehr, wo ihr Platz war. Das konnte er in ihren Blicken sehen. Am Schlimmsten für ihn war aber, dass er sich für ein paar Tage von Sarosa zurückziehen musste und enthaltsam bleiben musste. Trotzdem war er froh, sie in der Nähe zu haben, aber er durfte nicht schwach werden. Die Nubier hätten das sicher falsch verstanden und so blieb es nur in der Nacht bei einer streichelnden Geste oder einem lieben Wort für die Frau. Laris mochte sie, womöglich hatte er sich sogar in sie verliebt. Genau wusste er es aber nicht.

22. Kapitel
Gelbe Steine

Sie lag in dem Kasten neben den Säcken und konnte nur nach oben sehen. Da der Nubier ihr auch noch die Füße gefesselt hatte, konnte sie sich kaum bewegen. Nur die Köpfe der beiden Nubier konnte sie so erblicken und der Anführer war sicher auch irgendwo. Nach einer Weile versuchte Sarosa sich in dem holpernden Ding aufzusetzen, da die Schläge ihrem Rücken wehtaten. Aber das war mit den ebenfalls gefesselten Händen schwieriger als gedacht. Endlich erwischte sie den Rand des Gefährtes und zog sich daran hoch. „Bleib im Wagen", rief der Anführer, der unmittelbar hinter ihr ging. Es waren wirklich nur er und die beiden Nubier noch bei ihr. „Wagen" hatte der Mann gesagt. Sie drehte sich nach vorn, wo die beiden grauen Tiere den Wagen zogen. Dann drehte sie sich wieder zurück und fing dabei einen finsteren Blick des Nubiers ein, der an ihrer Seite lief.

Der Anführer kam nach vorn, war nun dicht neben ihr und sie fragte ihn „Wo sind die anderen Männer hin?" „Ich habe ihnen ihren Lohn gegeben. Ich brauche sie jetzt nicht mehr", sagte der Mann und Sarosa erinnerte sich an die Beutel mit den gelben Steinen. Der Mann trug ebenfalls so einen Beutel an seinem Gürtel und sie zeigte darauf. Er sah die Geste und nickte. Dann öffnete er den Beutel, griff hinein, nahm einen der Steine heraus und gab ihn ihr. Sarosa sah ihn sich jetzt genauer an. Er war flach, rund und glänzte in der Sonne. Auf beiden Seiten war etwas darauf abgebildet.

Eine Seite zierte ein Gesicht und auf der anderen befand sich eine Reihe von Symbolen. Unschlüssig drehte sie das kleine, glänzende Stück in den Fingern der gefesselten Hände. Durch die Erschütterungen des Wagens musste sie es gut festhalten, damit es ihr nicht aus der Hand fiel. Dann strich sie mit den Fingerspitzen über das abgebildete Gesicht. „Was ist das?", fragte sie und gab das offensichtlich sehr wertvolle Schmuckstück zurück. „Das ist eine Münze. Diese ist eine Kuh wert", sagte der Mann, als er die Münze sorgsam wieder verwahrte. „Eine Kuh? Aber wie?", fragte Sarosa und schüttelte den Kopf.

„Ich kann sie jederzeit in eine Kuh tauschen", sagte der Mann. So richtig verstand sie das nicht und fragte deshalb weiter „Wie und wo?" Nun erkannte der Mann offensichtlich, dass er es ihr genauer erklären musste. „Wenn du ein Schwein haben möchtest. Was machst du dann?", fragte er und Sarosa überlegte „Ich nehme ein paar Hühner und gehe zu meinem Nachbarn. Dort frage ich, ob er ein Ferkel gegen meine Hühner tauschen möchte." „Und wenn der nicht tauschen will?" „Dann gehe ich zum nächsten. Einer wird schon tauschen. Dann ziehe ich das Ferkel groß und habe ein Schwein", sagte sie triumphierend.

„Du brauchst also immer einen, der tauschen will und genau das hat, was du willst. Dann muss er auch noch wollen, was du hast", sagte der Mann und sie nickte. „Manchmal machen wir das über drei Ecken. Der eine hat ein Kälbchen und will Hühner. Ein anderer hat zwei Ferkel und will ein Kälbchen", sagte Sarosa. „Und wenn du Hühner hast und Ferkel möchtest, so tauscht ihr untereinander?", fragte er und sie nickte lächelnd. „Das mag in eurer Siedlung gegangen sein. Bei uns würde das sicher nicht gehen", sagte er und sah auf den Beutel.

„Erkläre es mir bitte genauer", bat sie ihn und er begann „Wir haben verschieden große Münzen und wir können alles gegen sie tauschen. Für die Steine", dabei zeigte er auf die neben Sarosa liegenden Säcke, „Erhalte ich viele Münzen und wenn ich eine Kuh brauche, so tausche ich ein paar davon ein." „Aha. Und wenn der, der von dir die Münzen erhalten hat, ein Schwein braucht, dann tauscht er das gegen die Münzen?", fragte sie und er nickte „Ja. So ist es." Nun hatte sie es verstanden, nahm sie an, aber so richtig klar war es ihr trotzdem noch nicht.

Schließlich drehte sich Sarosa mühsam um, weil sie lieber sehen wollte, wo sie hingefahren werden würde. Dabei sah sie einen der Nubier an. Der Anführer trat an ihre Seite und der schwarze Mann ging nach vorn, zu einem der Tiere. „Und ihnen gibst du später ihren Lohn?", fragte sie und zeigte auf die beiden anderen Männer. „Nein. Die gehören mir. Es sind meine Sklaven", sagte der Mann und Sarosa sah ihn erschrocken an „Wie kann dir ein Mensch gehören?", fragte sie und vergaß dabei, dass sie ja selbst den Männern gehörte. „Es sind Sklaven. Das ist einfach so", sagte er. Anscheinend hatte er sich selbst noch keine Gedanken darüber gemacht.

Ihr Blick fiel auf ihre immer noch gefesselten Handgelenke, dann bat sie ihn „Löse mir wenigstens die Hände." und hielt ihm die Hände hin. Daraufhin zog er ein Messer aus seinem Gürtel und durchschnitt die Fessel. Bevor er es wegsteckte, sagte sie „Ihr habt hier so viele seltsame Dinge." Dabei zeigte sie auf das Messer und den Beutel mit den Münzen. „So habe ich das noch gar nicht gesehen. Aber ich bin auch mit diesen Dingen aufgewachsen." Sarosa nickte und wischte sich über ihr Gesicht. Aus dem Augenwinkel sah sie das mürrische Gesicht des Nubiers. Dabei überlegte sie, dass der Nubier ja dem Mann gehörte und da auch sie ihm irgendwie gehörte, so gehörte sie damit nicht den Nubiern. Es war schon kompliziert in diesem Land, aber immerhin musste sie wenigstens nicht mehr laufen. „Wie weit ist es noch?", fragte sie. „Drei Tage wird unsere Reise noch dauern", sagte er und ging nach vorn. Einer der Nubier wechselte nach hinten und lief nun hinter dem Wagen her.

Von Zeit zu Zeit waren Häuser neben dem Weg zu sehen. Aber an keinem davon hielten sie an. Der Weg wurde den ganzen Tag fortgesetzt. Sarosa sah sich um und staunte immer wieder über diese Gegend.

Als dann die Sonne am höchsten über ihnen stand, führte einer der Nubier die Tiere zu einer Tränke. Sarosa blieb mit gefesselten Füßen auf dem Wagen festgebunden. Der andere der Nubier reichte ihr einen Wasserschlauch herein. Auch etwas zu essen gaben sie ihr. Dann setzten sie den Weg fort. Eigentlich war es für sie sehr komfortabel und sie machte es sich auf dem Wagen so bequem wie möglich. Erneut sah sie sich um und staunte. Hier gab es auch Bäume, aber die sahen irgendwie anders aus, als in ihrer Heimat. Und es gab kaum größere zusammenhängende Waldstücke, dafür mehr freie Flächen. Ein Land ohne Wald! Alles ziemlich seltsam.

23. Kapitel

Neue Ängste

Seit jener verhängnisvollen Nacht hatte er es vermieden, sich mit den Geistern von Sarosa oder dem Mann zu verbinden. Immer noch fühlte er sich schlecht bei dem Gedanken, dass er ja irgendwie dabei gewesen war, in diesem intimsten Moment zwischen zwei Menschen. Wie sollte er Sarosa jemals wieder unter die Augen treten können? Natürlich wusste die Frau es nicht, aber er wusste es! Es hatte sich gut angefühlt, aber es war falsch gewesen. Nun war wieder ein Mond vergangen und er überlegte, ob er es wagen konnte, nach ihr zu sehen. Der Schamane stand vom Feuer auf und breitete seine Arme aus. Wie ein Vogel flog sein Geist, doch er musste immer höher fliegen. Bald schon war es so hoch, das er auf die Wolken herabsah und noch immer hatte er sie nicht gefunden. Kein Baum war unter ihm. Wo war sie? Der Geist drehte seine Runde und konnte sie doch nicht finden.

War sie noch am Leben? Diese Gegend sah aus wie ein Totenreich. Kein Baum, kein Gras, kein Strauch, nur Steine und Schnee. Die Angst, Sarosa für immer verloren zu haben, machte sich in dem Schamanen breit. Er musste sie finden! Weiter flog der Geist und folgte dabei einem Pfad. Nun ging es abwärts und wenig später hatte er sie gefunden. Die Frau lag in einem Kasten und wurde gefahren. Sarosa war gefesselt und hatte die Augen geschlossen. Lebte sie noch? Vor Angst zuckte der Mann zusammen. Offensichtlich bewegte sie sich nicht mehr! Nun stieß der Geist wie ein Adler zu ihr hinab und tauchte in sie ein. Er fühlte, wie sie zusammen zuckte und die Augen aufschlug. Es schien ihr gutzugehen, stellte er erleichtert fest. Der Schmerz war einer Art von Genugtuung gewichen. Doch wo waren die anderen Mädchen und die anderen Männer? Er tauchte aus ihr heraus und erhob sie wieder zu den Wolken.

Danach folgte der Geist wieder den Weg zurück. Wo konnten die anderen nur sein? Waren sie einem anderen Weg gefolgt? Oder zurück gegangen? Nun musste er auch sie finden, allerdings war das sehr viel schwieriger, da er zu ihnen nicht dieselbe intensive Verbindung hatte, wie zu dem Geist von Sarosa.

War es vielleicht seine Schuld, dass die Mädchen getrennt worden waren? Schließlich hatte er sich ja von Sarosa zurückgezogen und womöglich hatte die fehlende Energie ja auch dazu geführt, dass Sarosa sich nicht mehr für die anderen einsetzen konnte. Verzweifelt versuchte er, die Zweifel abzuschütteln und sich auf die Suche zu konzentrieren. Immer noch folgte er dem Weg zurück und wieder überquerte er den Berg, der nun anscheinend zwischen den Mädchen lag. Doch er konnte sie nicht finden und saß wenig später wieder am Feuer. Der Schamane starrte in den Feuerschein und machte sich schwere Vorwürfe, weil er nichts unternommen hatte.

Was konnte er nun tun? Wo konnte er die Mädchen finden? Hatten sich die Männer getrennt und in jeder Gruppe eines der Mädchen mitgenommen? Dann würde es für Zamaso viel schwerer werden, alle Mädchen zu finden und wieder zurückzubringen. Für einen Moment war er kurz davor, eine Nachricht an Zamasos Geist zu senden, dass dieser nur Sarosa zurückbringen sollte, doch dann schämte er sich dafür. Natürlich sollten alle wieder zurückkommen können! Diesen Wunsch gab er auch an die Ahnen ab und hoffte, dass diese ihm seinen Wunsch erfüllen würden. Dann warf er eine Handvoll Kräuter in das Feuer und sah dem weißen Rauch hinterher, der daraus aufstieg.

Danach versuchte er sich mit einem der anderen Mädchen zu verbinden, um zu sehen, ob sie noch zusammen waren und wo sie sich befanden. Doch er spürte nur Kälte. Immer intensiver versuchte er eine Verbindung zu bekommen, bis er feststellen musste, dass das Mädchen tot war. Er zuckte zurück. Erschrocken sah er in das Feuer. Eine von ihnen war offensichtlich gestorben! Sarosa lebte noch, gefesselt zwar. Was war mit den anderen dreien? Der Schamane wagte kaum, das Mögliche zu denken, doch er brauchte nun Gewissheit.

Erneut versuchte der alte Mann ein anderes Mädchen zu erreichen. Dabei konzentrierte er sich so stark darauf, dass ihm fast schwindelig wurde. Schließlich erreichte er eine Verbindung, aber es war dunkel und er wollte schon aufgeben, weil er dachte, dass auch dieses Mädchen gestorben war. Doch dann konnte er Umrisse erkennen. Die anderen Mädchen waren in einem dunklen Raum gefangen, aber sie lebten noch und waren offensichtlich noch zusammen. Wo sie waren, wusste er nun zwar immer noch nicht, aber er war erleichtert, dass sie noch lebten und offenbar gesund waren. Nur eines der Mädchen war gestorben und für sie bat er die Ahnen, diese gnädig in ihrem Reiche aufzunehmen.

Die ersten Sonnenstrahlen trafen sein Gesicht und die Schatten der Nacht wichen von ihm zurück. Mühsam erhob er sich. Jetzt würde ihn sein Weg hinüber zu der einen Familie führen, der er sagen musste, dass sie die Tochter nicht wieder sehen würden. Es war ein sehr schwerer Weg für ihn und die Last der Nachricht schien ihn zu Boden zu drücken. Die wenigen hundert Schritte dehnten sich unendlich, dann stand er in der Tür der Hütte. Vermutlich sprach sein Gesichtsausdruck schon mehr, als er selbst sagen konnte. Die Mutter schlug die Hände vor ihr Gesicht, als sie ihn erkannte. „Eure Tochter ist zu den Ahnen gegangen", sagte er mit brüchiger Stimme. Der Vater nickte und die Mutter musste sich setzen. Der Schamane blieb noch ein paar Augenblicke und versuchte die Mutter zu trösten, aber vermutlich hatte die Frau schon lange mit dieser Nachricht gerechnet.

Die anderen drei Mütter kamen zu der Hütte gelaufen. Offensichtlich sprach sich so etwas schnell in der Siedlung herum. Ihnen konnte er nur sagen „Sie leben, aber sie sind noch gefangen." Nun versuchten die drei Frauen die vierte zu trösten. Sie mussten sich gegenseitig unterstützen. Hier in der Gemeinschaft waren alle eins. Alle halfen sich und im Moment trösteten sie sich. Der Schamane stapfte mühsam zurück. Langsam setzte er Fuß vor Fuß, um den Weg wieder zurückzugehen. Aller Lebenswillen schien aus ihm gewichen, dann dachte er an Sarosa und wie ein Blitz schoss die Kraft wieder in ihn zurück. Für sie wollte er stark sein, für sie musste er seine Ängste bekämpfen!

Als er wieder vor der Hütte saß, stieg der Geistervogel wieder auf. Die Gedanken eilten, schnell wie ein Pfeil, in das fremde Land, um sie zu suchen. Jetzt wollte er sie beschützen, so gut es ging.

24. Kapitel

Alles aus Stein?

Die sieben Tage hatte sie in dem Wagen gelegen. Es war seltsam nach den Strapazen der Monde zuvor, so gar nichts zu tun. Am ersten Abend hatte einer der Nubier sein, ihm von ihr versprochenes, Recht einfordern wollen, war aber von dem Anführer unter Androhung der Peitsche fortgeschickt worden. Die grimmigen Blicke der beiden betrogenen Sklaven jagten einen Schauer über Sarosas Rücken. In den folgenden Tagen hatte sie dafür so manchen Schlag erhalten, wenn der Anführer es nicht sah. Er hatte sich damals im Wald mit Laris vorgestellt, aber das wusste sie schon, seit jenem unsäglichen Abend in ihrer Siedlung, als sie das erste Mal aufeinander getroffen waren.

So richtig konnte sie Laris nicht einschätzen. Tagsüber war er kalt und abweisend ihr gegenüber, aber in der Nacht war er fürsorglich und fast zärtlich. Das machte es für sie nur noch viel schwieriger, ihn als ihren Entführer zu hassen. Es war viel zu kompliziert und sie fühlte sich zu ihm hingezogen und gleichzeitig wich sie vor ihm zurück. Aber da war etwas in ihr, seit dieser ersten Vollmondnacht dort im Wald, was sie nicht verstand. Die letzten Tage und Nächte hatte er sie nur immer kurz am Abend vom Wagen gelassen, damit sie neben dem Weg ihre Notdurft verrichten konnte. Direkt neben den Männern! Keine drei Schritte entfernt von den Nubiern musste sie ihr Kleid hochziehen und sich hinhocken. Das war zwar in ihrer Siedlung normal gewesen, doch da stand sie unter dem Schutz ihres Mannes und der Gemeinschaft.

Aber hier? Eigentlich nur unter Laris Schutz und ob der sich gegen die beiden starken Nubier wehren konnte, das bezweifelte sie. Sarosa fand es jedenfalls irgendwie erniedrigend, den Dreien ihren nackten Hintern zeigen zu müssen. Doch was half es? Es musste eben sein!

Am Abend des siebenten Tages hielten sie vor einer seltsamen Hütte am Rande einer ziemlich großen Ansammlung ähnlicher Hütten. Vom Wagen aus hatte sie schon die ganze Zeit die Hütten am Rande des Weges gesehen und sich über die seltsame Farbe gewundert. In ihrer Siedlung waren die Hütten braun vom Lehm, mit dem die Holzhütten gegen den Wind geschützt wurden. So, wie die Erde aussah, so waren auch die Hütten. Braun, rot, oder rotbraun. Hier waren die Hütten weiß oder gelb. Weiße Erde hatte sie aber noch nie gesehen. Ob man da wohl Sand beim Trocknen auf den Lehm gedrückt hatte?

Laris löste ihre Fußfesseln und hob sie vom Wagen. „Mein Haus", sagte er und Sarosa ging die paar Schritte bis zur Wand der Hütte. Dann legte sie ihre Hand auf die Außenseite und wischte darüber. Etwas von der Farbe blieb an ihren Fingerspitzen haften. Das Seltsame daran war aber, dass offensichtlich kein Holz drunter war. Die Wand hatte regelmäßige Fugen von oben nach unten. „Was ist das für Holz?", fragte sie und Laris antwortete „Kein Holz. Das sind Steine."

Sarosa schüttelte den Kopf. „Wie bleiben die den aufeinander?", fragte sie und klopfte vorsichtig dagegen, doch sie waren stabil miteinander verbunden. Laris beantwortete ihre Frage nicht, denn er hatte sich dem Wagen zugewandt und lud mit den beiden Nubiern die Säcke aus, die sie danach in die Hütte hinein brachten. Anschließend folgte sie den Männern und betrat das Haus oder besser einen großen freien Platz, um den das Haus herum gebaut war. An drei Seiten waren Gebäude, an der vierten nur eine Mauer mit dem Eingang. Irgendwie stand sie ständig im Wege und erhielt dafür von den Nubiern so manchen Schub in den Rücken oder Stoß in die Rippen. Also stellte sie sich an die Wand neben dem Eingang und wartete, bis die Männer mit ihrer Arbeit fertig sein würden.

Aus einem der Häuser sah sie zwei ältere Frauen kommen, die sich vor Laris verbeugten. Offensichtlich waren es auch Dienerinnen. Welche freie Frau würde sich schon verbeugen? Sarosa jedenfalls nicht! Das ließ ihr Stolz nicht zu! Endlich waren die Säcke verstaut und sie hörte, wie einer der Nubier den Wagen wegbrachte. Laris schloss den Eingang und nahm ihre Hand. Dann zog er sie zu den beiden älteren Frauen. „Sie werden dir dein Zimmer zeigen und auch, wo du dich waschen kannst", sagte Laris und die beiden Frauen verbeugten sich, dann war Sarosa mit den Frauen alleine auf der freien Fläche. Eine der Beiden eilte ihr voraus und die Andere blieb dort stehen.

Durch einen Seiteneingang betrat Sarosa eines der Häuser. Darin befanden sich mehrere Räume, die durch Wände mit Türen unterteilt waren. Sie mussten drei offen stehende Türen passieren, bevor sie in einem Raum mit einem Bett standen. Die Frau sagte nicht, deutete aber mit einer Handbewegung an, das Sarosa wohl hier schlafen sollte. Da die Frau sie offenbar nicht verstehen konnte, fuhr Sarosa mit der Hand über ihr Gesicht und zeigte so, dass sie sich waschen wollte. Die Frau nickte und ging wieder zurück. Zwei Räume zuvor war ein steinerner Trog, in dem sich aber kein Wasser befand. Die Frau deutete darauf und lief nach draußen. Wenig später erschien sie mit einem Krug Wasser wieder, den sie in den Trog kippte.

Sarosa löste ihren Gürtel und zog sich das Kleid über den Kopf. Danach fasste sie in das Wasser, das warm war. Nicht zu heiß und nicht zu kalt. Genau richtig. Auch das war wieder komisch.

Die fremde Frau reichte ihr einen kleinen Würfel, der nach Kräutern roch und Sarosa sah sie fragend an. Sofort tauchte die Frau den Würfel in das Wasser, dann rieb sie Sarosas Arme damit ein. Der Würfel schäumte dabei und ließ eine schmierige Schicht auf dem Arm zurück, den die Frau wieder wegwusch. Jetzt nickte Sarosa, denn sie hatte es verstanden. In ihrer Siedlung nahmen sie Sand dazu und hier eben diesen kleinen Kräuterwürfel. Schnell hatte sie sich den ganzen Körper gewaschen und die andere Frau kam nun mit einem Tuch zurück und trocknete sie ab.

Bisher war sie es gewohnt, sich selbst abzutrocknen, oder Sonne und Wind dies zu überlassen, doch das vorsichtige Rubbeln der Frau gefiel ihr auch. Als sie sich das Kleid wieder anziehen wollte, schüttelte die Frau den Kopf, nahm es ihr fort und brachte ihr ein neues, leichtes, aus einen weißen Stoff. Es war kürzer als ihres und wurde auf einer Schulter mit einer seltsamen Spange festgehalten. Nur dieser kleine Haken hielt das Kleid oben. Schließlich legte sie ihren Gürtel um und die beiden anderen Frauen verschwanden wieder. Was sollte sie hier machen? Sarosa entschied sich, in ihr Zimmer zu gehen und setzte sich dort auf ihre Schlafstatt. Diese war weich, viel zu weich, nach den Nächten auf dem Karren. Gerade als sie sich hinlegen wollte, kam eine der Frauen zurück und zeigte mit einer Handbewegung an, dass es wohl etwas zu essen geben würde. Sarosa nickte, stand auf und folgte ihr.

Sie gingen wieder auf den Hof hinaus und von dort in einen anderen Eingang hinein. Diese Hütte war viel prachtvoller, als die andere, in der sich ihr Schlaflager befand. Feuerbecken sorgten für Licht und an den Wänden waren Zeichnungen von Männern und Frauen beim Tanz oder wilde Tiere und Jäger. In einem der Räume stand ein schon gedeckter Tisch und zwei Liegen standen davor. Laris lag auf einer davon und zeigte auf die andere, auf die sie sich setzen sollte. Dann zeigte er auf das Essen, das sie gemeinsam verspeisten. Alles schmeckte köstlich und das Getränk, dass er dazu ihr geben ließ, schmeckte süß. Es war kein Wasser, sondern es war rot wie Blut.

Nach dem Essen sah sie ihn an und wartete, was wohl nun passieren würde. Da er lange nichts sagte, sondern nur sie ansah, fragte sie ihn schließlich „Jetzt, da wir in deinem Land sind, kannst du mich doch freilassen." Der Mann überlegte eine Weile, dann sagte er „Schenke mir diese Nacht, und ich werde dir morgen deine Freiheit zurückgeben." Sarosa wiegte ihren Kopf hin und her. Ein paar Augenblicke überlegte sie, dann stimmte sie zu.

25. Kapitel

Zu spät?

Noch immer folgten sie der Spur der Mädchen, doch das Ende der Reise kam näher. Ein hoher Berg versperrte ihnen sicher in wenigen Tagen den Weg. Er war unübersehbar und wenn die andere Gruppe nicht einen Weg kannte, um dort hinüber zu gelangen, so würde Zamasos Gruppe sie dort stellen. So lange folgte er ihnen schon und bisher hatte er sich noch gar keine Gedanken darüber gemacht, was passieren würde, wenn sie die Gruppe eingeholt hatten. Nach dem Gesetzt der Rache gab es zwei Möglichkeiten. Erstens konnte er sie alle töten und dann gab es auch die zweite Möglichkeit: Zamaso konnte von ihnen einen Ersatz für den entstandenen Schaden fordern. Doch wie sollte dieser wohl für zwölf Tote aussehen? Eigentlich dreizehn, wenn sie das Mädchen mitzählten, das die Männer auf dem Weg getötet hatten.

Nun mussten sie auch vorsichtiger gehen, denn nun, am Ende des Weges, konnte es auch eine Falle geben, in die sie dann geraten konnten. Darum gingen sie also nun mit eingelegten Pfeilen durch den Wald. Praktisch jederzeit schussbereit. Vorsichtig und nachts ohne Feuer. Dafür mit der Hälfte der Männer immer auf Wache. In der Nacht lag Zamaso wach und versuchte eine Antwort für die Frage der Rache zu finden. Was konnten sie gewinnen, wenn sie ebenfalls zwölf Opfer forderten? Nicht viel! Aber was konnten sie als Ausgleich fordern? Die Waffen aus dem Metall? Das würde in seinen Augen einen größeren Gewinn darstellen. Allerdings mussten sie dafür erstmal die andere Gruppe stellen und überwältigen. Da sie nur zu acht waren, gehörte da viel Glück oder Geschick dazu.

Darum bat er den Geist des Bären, ihnen zur Hilfe zu kommen und sie alle mit der nötigen Kraft auszustatten. Als sie dann am nächsten Tag weiter gingen, sah er die Spur eines Bären vor sich. Mitten auf dem Weg war ein einziger Abdruck, der zur Seite zeigte und er beschloss dem Hinweis zu folgen. Nun wichen sie das zweite Mal von der Spur der Männer ab. Beim letzten Mal waren sie gefangen worden und nur mit viel Glück wieder entkommen.

Was würde dieses Mal geschehen?

Ohne ein Geräusch zu verursachen, folgten sie einem schmalen Weg, den vermutlich ein Reh als Weg zu einer Tränke benutzt hatte, zumindest ließen das die Spuren erahnen. Die Bärenspur war nicht noch einmal aufgetaucht, dafür hörten sie schon bald das Geräusch eines spielenden Kindes. Das ließ auf eine nahe Siedlung schließen. Damit standen sie den Menschen einer ganzen Siedlung gegenüber. Zu acht gegen vielleicht hundert!

Zamaso ließ sie stoppen und sie teilten sich in zwei Gruppen auf. Mit angelegten Pfeil stürzten sie aus dem Wald und hatten immer noch keinen Plan, wie es weiter gehen sollte. Doch direkt vor Zamaso stand ein älterer Mann, den der junge Jäger am Arm zu packen bekam, danach riss er ihn herum und setzte ihm dann sein Messer an den Hals. Seine Leute standen neben ihm und sahen auf die wild durcheinander laufenden anderen Menschen. Schon wenig später standen sich zwei Gruppen mit gespannten Bogen gegenüber. Zamaso mit dem anderen Mann in der Mitte. Die andere Gruppe war ihnen mehr als doppelt überlegen, doch der Bärengeist hatte es so gewollt, dass Zamasos Messer am Hals des anderen Stammesführers lag.

Obwohl sie unterlegen waren, machte dieses Messer den Unterschied. Der Stammesführer hob die Hand und sagte „Frieden!", daraufhin ließen alle ihre Waffen sinken, denn dieses Wort durfte nun niemand mehr brechen. Zamaso nahm die Klinge herunter und steckte das Messer weg. Der andere Mann drehte sich um und sie gaben sich die Hand, dann bat er die Jäger in sein Haus. Nun herrschte das Gesetz der Gastfreundschaft, aber er hatte ja noch etwas zu tun. Der junge Jäger hatte einige der Männer wieder erkannt, die in seinem Dorf gewesen waren. Nur den Anführer und die beiden Nubier hatte er nicht gesehen.

Am Tisch sitzend fragte der Stammesführer nach dem Grund des Überfalles und Zamaso begann den Angriff auf sein Dort zu schildern, aber er sah in den Augen des anderen, dass ihm diese Geschichte nicht ganz unbekannt war. Sicher hatte einer der Männer ihm schon alles erzählt. Zamaso endete mit den Worten „Gib mir die Mädchen heraus! Ich könnte zwölf von deinen Frauen und Kindern tötet, gib mir dafür eine gerechte Entschädigung." Der andere Mann war überrascht. Sicher hatte er erwartet, das Zamaso Blut von ihm fordern würde, doch er stimmte dem Vorschlag zu.

Auf ein Handzeichen von ihm wurden die Mädchen geholt. Diese fielen ihren Rettern um den Hals. Zamaso sah sich um. Nur drei waren es und Sarosa fehlte. Enttäuscht fragte er „Und die vierte?" Doch der andere Mann schüttelte den Kopf. Eines der Mädchen erzählte, wie sich Sarosa für ihre Freiheit geopfert hatte und mit den Männern mitgegangen war. „Nur ein paar Tage zu spät", dachte Zamaso, aber er wollte ihr folgen. „Könnt ihr mich über den Berg bringen? Damit ich ihnen folgen kann?", fragte er und der Anführer nickte. Nun wurde die Entschädigung geklärt. Für jeden Getöteten gab es eine Axt, ein Messer, eines der kurzen Schwerter und ein Dutzend Pfeile mit Spitzen aus dem glänzenden

Metall. Mit einem Handschlag wurde die Entschädigung von Zamaso angenommen.

Am Abend gab es noch eine Art von Versöhnungsfeier, aber die Mädchen hielten sich verständlicherweise zurück. Nach all dem, was sie auf dem Weg durch die Männer zu erleiden gehabt hatten, wollten sie verständlicherweise nicht am selben Tisch sitzen wie sie. Damit fiel dann auch die Frage weg, ob eine von ihnen einen der Männer als Partner wählen wollte, wie es auch möglich gewesen wäre.

Die Feier ging bis weit in die Nacht und dabei beschloss Zamaso, alleine weiterzuziehen, um seine Sarosa zu befreien. Die anderen Jäger würden zum Dorf zurückgehen. Noch während dieser Feier fragte er seinen Freund, ob er die Gruppe übernehmen würde und dieser stimmte zu.

26. Kapitel

Liebe und Gewalt

Sie hatte erst eine ganze Weile überlegen müssen, bevor sie zugestimmt hatte. Eigentlich war es seltsam, dass er gefragt hatte, denn immer noch gehörte sie ihm und sie hatte ihm ja dieses Recht im Gegenzug für die Freiheit der anderen Mädchen versprochen. Also hätte er sie nicht fragen müssen, doch er hatte es getan. Nun saß sie wieder in ihrem Zimmer und wartete, dass er sie holen würde. Draußen war es mittlerweile vollkommen dunkel. Die Frauen hatten die, wie er es genannt hatte, Fensterläden geschlossen und Fackeln in Halterungen an den Wänden gesteckt. Sarosa stand in dem Raum und dachte daran, ob es wohl richtig war, aber welche Wahl hätte sie gehabt? Wenn sie sich verwehren würde, so würde sie wortbrüchig werden, und ihr Wort war wie ihre Ehre. Niemand sollte und durfte daran zweifeln. Und insgeheim mochte sie den Mann ja auch!

Sarosa sah noch einmal das Kleidungsstück an, das ihr die Frauen gegeben hatten. Es war ein ganz feiner Stoff. Nicht das gewebte Schafsfell, das sie für ihr Kleid selbst gesponnen, verwebt und genäht hatte. Das hier war nicht wirklich ein Kleid. Eher ein kurzer Schlauch, der an einer Schulter und mit dem Gürtel festgehalten wurde. Dieses Kleidungsstück fiel ihr nur bis zur Hälfte des Oberschenkels. Der Schnitt war ähnlich dem, was die beiden anderen Frauen trugen, nur dass es bei ihnen länger war, da sie etwa einen halben Kopf kleiner waren, wie Sarosa. Auch hatten die Kleider der beiden Sklavinnen Ärmel, die bis zum Ellenbogen reichten. Zum Glück hatte sie die beiden Nubier nicht mehr gesehen, sicherlich waren sie in dem dritten Gebäudeteil untergebracht und sie wollte ihnen lieber nicht mehr begegnen. So wie deren

Blicke waren, würden sie sicher nicht sehr freundlich mit ihr umgehen.

Ein Geräusch ließ sie Aufsehen. Eine der Frauen war mit einer Fackel in der Hand in den Raum gekommen und winkte Sarosa zu sich „Es ist so weit", sagte sie zu sich selbst, zog das Kleid noch einmal richtig straff und folgte der Frau wieder durch die Räume, über den Hof, in das andere Haus. Dort gingen sie in eine andere Richtung, als beim Essen. Kurz darauf betraten sie einen Raum mit einem Bett und vielen gemalten Bildern an der Wand, wie sie im Schein eines Feuers sehen konnte. Durch die zuckenden Flammen schienen sich die Figuren zu bewegen. Alle waren beim Liebesspiel in inniger Vereinigung oder kurz davor. Lauter nackte und wunderschöne Menschen. Laris war aber noch nicht in dem Raum. Die andere Frau ging und Sarosa begann sich die Abbildungen anzusehen.

Schließlich fiel nach einer Weile des Staunens ein Schatten auf sie und sie drehte sich um. Laris stand ein paar Schritte vor ihr. „Und du lässt mich wirklich morgen frei?", fragte sie ihn und er nickte. „Wenn du es möchtest, ja. Ich muss ja noch eine Seefahrt mit den Steinen machen", antwortete er und sie trat einen Schritt auf ihn zu. Unschlüssig stand sie in dem Raum. Was wollte er von ihr? Obwohl das ja klar war, wusste sie dennoch nicht, was er von ihr erwartete. Also blieb sie einfach so stehen und wartete. Dann trat er auf sie zu, löste ihren Gürtel und öffnete die Spange an der Schulter. Mit einem leisen Geräusch glitt der Stoff über ihre Hüften und fiel zu Boden. Der Mann fasste sie an den Händen und zog sie ein Stück zu sich, wodurch sie aus dem am Boden liegenden Kleid treten musste.

Nackt stand sie in der Mitte des Raumes, vom rötlichen Feuerschein beleuchtet. Wie damals im Wald begann er sie erneut am ganzen Körper zu streicheln und zu küssen. Der sowieso kaum vorhandene Widerstand in ihr schmolz vollkommen zusammen. Ein Schauer lief über ihren Körper und jedes Härchen stellte sich auf. Nun konnte sie es kaum erwarten, dass auch er seine Sachen ablegte, doch er machte einfach weiter. Zärtliche Berührungen tasteten sich über ihren Körper.

Schließlich streifte er sich seine Kleidung über den Kopf, zeigte er auf die Bilder an der Wand und fragte „Was möchtest du wählen?" Die Frau sah sich nur kurz um und sagte dann „Wie unser erstes Mal, damals im Wald." „So sei es. Eine gute Wahl", antwortete er und führte sie zu dem Bett. Dort setzte er sich und sie glitt auf seinen Schoß. Erneut begann er sie zu streicheln, bevor er in ihren Körper eindrang. Die Beine hinter seinem Körper, Bauch an Bauch, vereinigten sie sich in einem wahren Rausch der Liebe. Seine Finger krampften sich um ihre Hüften und nun bewegte er sie. Mit jeder dieser Bewegungen schmolz auch ihr Wunsch, ihn verlassen zu wollen. Dann bäumten sie sich gemeinsam auf, schrien ihre Leidenschaft heraus und als sie zitternd in das Bett fiel, da wusste sie, dass sie bei ihm bleiben würde.

Mit dem nächsten Morgen erwachte sie in seinen Armen, als eine der Frauen die Fensterläden von außen öffnete und die Sonne in ihr Gesicht schien. Laris lag neben ihr und hatte einen Arm auf ihren Bauch. Sie sah in sein schlafendes Gesicht und musste an Zamaso denken. Was würde nun werden? Konnte sie zurück in den Wald? Zu ihm. Und wollte sie das überhaupt noch? Sarosa war hin- und hergerissen, aber im Moment, so Haut an Haut, wollte sie nicht mehr hier weg. Auch der Wunsch aus der Nacht fiel ihr wieder ein. Der Mann erwachte, küsste sie und fragte „Hast du gut geschlafen?" „Danke. Sehr gut", antwortete sie und stieg aus dem

Bett. Dann hob sie das Kleid auf, zog es an und befestigte es. „Und? Möchtest du heute gehen?", fragte er und sie schüttelte den Kopf. „Vielleicht morgen", sagte sie lächelnd und ging nach draußen.

Hatte er nicht gesagt, dass er auf eine Seereise gehen wollte? Vielleicht konnte sie ihn ja dorthin begleiten? Egal was eine Seereise auch war, zumindest würde sie in seiner Nähe bleiben, die sie schon jetzt wieder vermisste. Sicherlich war es eine Reise zu einem See. Das Tor war offen und der Karren stand wieder davor. Sarosa sah nach oben, zu den langsam dahinziehenden Wolken und hinter ihr trat Laris aus dem Haus. Seine Hände berührten streichelnd ihre Arme und Schultern. Die Gänsehaut der Nacht kam durch diese Berührung zurück. Dann erschienen die beiden Nubier mit zwei Säcken aus dem dritten Haus und luden diese auf den Wagen. „Wir sind fertig", sagte einer der Beiden, als sie wieder zu Laris zurückkamen. Sarosa fing einen finsteren Blick von einem der dunklen Männer auf, der sie zurückzucken ließ. Sie stieß dabei gegen Laris, der ja halb hinter ihr stand.

Ohne jede Vorwarnung hatte plötzlich einer der Nubier eine Waffe gezogen und Laris damit über den Kopf geschlagen. Lautlos ging der Mann neben ihr zu Boden. Sarosa hatte den Mund zum Schrei aufgerissen, aber es kam vor lauter Schreck kein Ton heraus. Einer der Männer fesselte Laris, der Andere packte sie an den Schultern und riss die erstarrte Sarosa von den Füßen. Unsanft landete sie mit dem Rücken auf dem steinernen Boden des Hofes.

Dann kniete der Nubier über ihr. Sie spürte den Druck seiner Hand an ihrem Hals. Mit einem „Ratsch", fetzte der Mann mit der anderen Hand Gürtel und Kleid mit einem Male kaputt. Nun wich die Starre bei Sarosa. Das Funkeln in seinen Augen machte ihr

Angst. Verzweifelt schrie sie, strampelte und trat um sich, doch nun war auch der zweite Mann bei ihr. Gegen einen hätte sie sich vielleicht wehren können, aber gegen zwei?

Der erste Nubier löste seinen Griff um ihren Hals, packte ihre Knie, zog ihr die Beine auseinander und warf sich auf sie. Sarosa spürte das Brennen, als er sich in ihren Körper schob. Brutal begann er sich an ihr zu vergehen, während der andere sie mit der Schulter zu Boden presste, und nun schrie sie vor Schmerz. Dann wechselten sich die Beiden ab. Nun erlebte sie das, was die Freundinnen im Wald immer hatten erleiden müssen. Zum Schluss schlug ihr der eine Nubier noch kräftig mit der Faust in ihr Gesicht, dann waren sie verschwunden.

Sarosa hielt sich das Kleid vorn notdürftig zu und beugte sich über den am Boden liegenden Laris. Mit zitternden Fingern löste sie seine Fesseln. Ihre Tränen tropften auf den Mann herab. Immer wieder blickte sie ängstlich zum Ausgang der Hütte. Würden die Nubier noch einmal zurückkommen?

27. Kapitel
Wieder auf der Spur

Mit den ersten Strahlen der neuen Sonne brachen sie auf. Die Gruppe mit den Mädchen in die eine Richtung und Zamaso mit dem Stammesführer in die andere. Er hatte seine Pfeile behalten, aber nun trug er eines der kurzen Schwerter, ein neues Messer und eine metallene Axt in seinem Gürtel. Etwas Verpflegung und Wasser hatte er in die Umhängetasche getan und so zogen sie den Bergpfad hinauf. Der Anstieg war beschwerlich und er musste daran denken, dass seine Partnerin diesen Pfad nur wenige Tage vor ihm gegangen war. Sein Stolz auf diese starke Frau wurde immer größer. Auch die Schilderungen der anderen Mädchen, über ihren Einsatz, hatten ihn gefreut. Die Erzählungen über die unentwegten Schändungen hatten ihn abgestoßen und fast hätte er eine höhere Entschädigung gefordert, doch wie sollte man eine beschmutzte Ehre und das Leid der Mädchen aufwiegen?

Schweigend folgte er dem Führer. Er hatte ihm einen Stock gegeben, auf den sich Zamaso nun stützen konnte. Immer wieder blickte sich der Mann zu dem jungen Jäger um. Sicher war er doppelt so alt wie Zamaso, ging aber viel schneller und musste oft auf ihn warten. Vermutlich lief der Mann aller paar Tage hier über den Berg und kannte sich daher gut aus. Offensichtlich war er damit auch die Luft hier oben besser gewöhnt, als der junge Jäger. Die Anstrengung ließ Zamasos Brust beim Atmen rasseln. Erst unmittelbar vor dem Gipfel machten sie eine Rast. Von hier aus konnte er weit in das Land sehen, aus dem sie hierhergezogen waren.

„Deine Partnerin ist auch sehr stark. Ich habe sie vor ein paar Tagen mit den anderen Männern hier hoch geführt. Von ihr kam kein Wort der Klage", sagte der Mann und Zamaso nickte. Weiter gingen sie, nun auf der anderen Seite wieder hinab. Der Bergpfad wurde ein Waldpfad und wenig später standen sie am Rande einer Siedlung. Eine Wache erwartete sie und führte sie in eine geräumige Hütte. Darin saß der Führer dieser Siedlung an einem Tisch und fragte etwas in einer fremden Sprache. Zamaso schüttelte den Kopf, daraufhin fragte der Mann ihn in seiner Sprache „Was führt dich über den Berg? Handel kann es nicht sein. Du trägst keine Waren." Zamaso nickte, griff in die Tasche und zog die Spange heraus, die der fremde Mann Sarosa in der heimatlichen Siedlung geschenkt hatte. „Ich suche diesen Mann!", sagte er und übergab dem anderen den Schmuck.

Der Mann betrachtete den Schmuck und sagte dann „Was willst du von meinem Bruder?" „Dein Bruder?", fragte Zamaso überrascht und der andere nickte „Ja. Mein jüngerer Bruder. Ich habe ihm diese Spange mal geschenkt. Sein Name steht hinten drauf", sagte er und drehte die Spange um, dann gab er sie zurück. „Also?", fragte er nach und Zamaso begann „Er hat mir meine Partnerin geraubt." „Eine kleine mit braunen Haaren?", fragte der Mann nach und Zamaso nickte. „Sie schien ihm nicht so abgeneigt, obwohl sie in Fesseln hierhergekommen ist", sagte der Mann und Zamaso musste schlucken. „Ich will sie zurück!", sagte er schließlich.

„Und ich will mein Geld von Laris!", sagte der andere Mann, „Er schuldet mir noch was und wollte bezahlen, wenn er das nächste Mal herkommen wollte, aber warum hole ich es mir nicht ab? Willst du mich begleiten?", fragte er Zamaso und der junge Jäger nickte „Gut! Dann brechen wir morgen früh auf! Ruhe dich noch etwas aus. Mein Sohn wird dir zeigen, wo du schlafen kannst", sagte der Mann, dann machte er eine Handbewegung und ein junger Mann, in Zamasos Alter, trat zu ihnen. Wenig später schlief der Jäger schon.

Im Traum war er Sarosa ganz nah. Sicherlich hatte sie noch vor ein paar Tagen hier ganz in der Nähe geschlafen. Nun sah er sie vor sich, aber als er sie berühren wollte, wachte er auf. Die ersten Strahlen des neuen Tages fielen in die Hütte. Er ging nach draußen und wusch sich in einem kleinen Bergbach, der hinter der Hütte in das Tal strömte. Als er sich erhob, sah er, nur wenige Schritte entfernt, einen Bären im Wald stehen. Dieser schien ihm zuzuwinken und verschwand dann im Dickicht. Der junge Jäger nahm es als gutes Zeichen, zog sich wieder an, steckte seine Waffen ein und setzte sich auf einen großen Stein, der direkt vor der Hütte lag. Dann traten die beiden alten Stammesführer hinter ihm aus der Hütte. Zamaso verabschiedete sich von dem einen mit einem Handschlag, danach brach der Mann wieder auf, zu der anderen Seite des Berges.

„Können wir?", fragte der zweite Stammesführer und Zamaso nickte „Sie haben fünf Tage Vorsprung und der Weg ist sieben Tage weit. Sie sind also auch noch nicht angekommen", sagte der Mann und sie brachen auf. „Kannst du denn so lange von deinem Stamm weg?", fragte der Jäger, nachdem sie schon ein Stück gegangen waren und der andere Mann sah noch einmal kurz zurück. „Mein Sohn wird für alles Sorgen. Schließlich wird nun Winter und da ist nicht viel zu tun. Ich bin ganz froh, dass ich in die Stadt kann. Diese Wildnis hier draußen ist nichts für mich", erklärte er. Zamaso sah sich nach allen Seiten um, er konnte hier nirgendwo eine Wildnis sehen, nicht mal einen richtigen Wald. „Was ist denn eine Stadt?", fragte er und der andere Mann begann ihm davon zu erzählen, aber das würde er sicher auch sehen, wenn sie dort sein würden.

Dieser Mann schien seinem Sohn mehr zu vertrauen als seinem Bruder. Irgendwie seltsam. In der Gemeinschaft musste man sich doch aufeinander verlassen können. Aber vielleicht hatte er auch nur nach einer Ausrede gesucht, um zur Stadt zu gehen. Zu schnell hatte er zugesagt und er hätte ja für den Weg einen anderen Mann als Führer mitschicken können.

Diese „Stadt" musste etwas Besonderes sein. Nun war Zamaso gespannt, diese zu sehen und natürlich wollte er auch unbedingt seine Sarosa zurückholen.

28. Kapitel
Verfolgung

Laris wachte auf und ihm tat der Kopf weh. Er schlug die Augen auf und sah Sarosa, die sich weinend über ihn gebeugt hatte. Sie kniete neben ihm, ihre Nase blutete und eine Wange war rot. „Was ist geschehen?", fragte er und sie begann unter Tränen „Die Nubier ... sie haben dich zusammengeschlagen ... sie haben mir Gewalt angetan ...", dabei zog sie die zerrissene Tunika vorn mit beiden Händen zusammen. „Sie sind fort!", sagte sie zum Schluss, dann versagte ihre Stimme. Laris fasste sich an den Kopf und richtete sich auf. Erst jetzt bemerkte er, dass er im Hof des Hauses lag. Das Tor stand weit offen und der Wagen war verschwunden. Die beiden Sklaven waren geflohen! Er spürte die Beule an seinem Kopf unter seinen Fingern und ihm war schwindelig, weil er sich so schnell aufgerichtet hatte. Auf die Frau gestützt stand er auf und taumelte an ihrer Seite in das Haus hinein. Wenn sie ihn nicht gehalten hätte, so wäre er sicher der Länge nach in den Raum gefallen.

Drinnen setzte er sich auf einen der Hocker und erst jetzt kamen die beiden Sklavinnen in den Raum gelaufen. Sicher hatten sie sich irgendwo versteckt, um nicht der Gewalt der beiden Nubier ausgesetzt zu sein. Sarosa stand neben ihm und er sah die tiefen Kratzer auf ihrer Haut. Durch den Schreck hatte sie diese sicher noch gar nicht bemerkt. Eine der Sklavinnen kümmerte sich um ihn, während die andere Sarosa das Blut aus dem Gesicht und vom Körper wusch. Erst jetzt stöhnte die Frau bei jeder Bewegung vor Schmerz. Wenig später hatte er einen nassen Verband um den Kopf und Sarosa eine neue Tunika an. „Wo sind die hin? Kommen die noch mal zurück?", fragte sie mit Angst in der Stimme.

Laris wollte den Kopf schütteln, hielt aber im Beginn der Bewegung inne. Zu sehr brummte ihm noch der Schädel. Er stützte den Kopf in die Hand und sagte „Nein! Die sind fort!" Anschließend begann er zu überlegen. „Der Karren ist auch fort? Oder?", fragte er und eine der Dienerinnen antwortete „Er steht nicht mehr vor dem Haus. Auch die beiden Esel fehlen. Die Nubier müssen sie mitgenommen haben." „Dann weiß ich, wo sie hin sein könnten. Fehlt sonst noch etwas im Haus?" „Ein Beutel mit Münzen ist auch verschwunden. Den, den sie heute Früh auf den Tisch gelegt hatten", antwortete die andere Dienerin. „Nun ist mir alles klar!", sagte Laris und wollte sich erheben, fiel aber wieder auf den Hocker zurück.

„Herr, Ihr müsst euch noch schonen", sagte eine der Dienerinnen und erneuerte den kühlenden Verband. Sarosas Wange wurde nun dick und sie verzog vor Schmerzen das Gesicht. „Was ist?", fragte er und sie zeigte auf die Wange. „Es tut so weh", sagte sie fast weinend. Bisher war sie so stark gewesen und nun erschien sie mit einem Mal so zerbrechlich. Er winkte sie zu sich und sagte „Mache mal den Mund auf." Dann sah er hinein. „Die haben dir einen Zahn ausgeschlagen", sagte er und fasste in ihren Mund. Mit einem kurzen Ruck war der Zahn draußen und sie schrie auf. Unter Tränen hielt sie sich die Wange und eine der Sklavinnen brachte ihr einen kühlenden Lappen, den sie sich auf die schmerzende Stelle drückte.

Dieser Tag hatte so schön begonnen. Und nun? „Heute ruhen wir uns aus und morgen werde ich die Beiden verfolgen", sagte Laris und stand, auf eine der Sklavinnen gestützt, auf. „Ich will mit. Die werden dafür bezahlen, was sie mir angetan haben", sagte Sarosa nun wütend und zu allem entschlossen. Er nickte und sie gingen zurück in das Schlafzimmer, aus dem sie vor nicht allzu langer Zeit erst aufgestanden waren. Aneinander gekuschelt legten sie sich in das Bett und versuchten sich zu erholen.

Einige Zeit später fragte er „Möchtest du etwas essen?", da sie ja noch nicht dazu gekommen waren, sich zu stärken, doch sie sagte „Nein. Es tut noch zu weh." Die Wange war nun sichtbar geschwollen. Daher rief er nach einer der Sklavinnen und zeigte auf Sarosas Wange. Die Sklavin verbeugte sich und eilte davon. Wenig später erschien sie mit einem Kräutersud, der die Schmerzen beenden und die Schwellung schnell abklingen lassen sollte. Sarosa trank das seltsam riechende Gebräu mit kleinen Schlucken. Dann legten sie sich wieder in das Bett zurück und er wollte nicht essen, während sie nur zusehen konnte, auch wenn er Hunger hatte.

Am Abend war dann die Schwellung deutlich zurückgegangen. Die Schmerzen sicher auch, denn sie konnte schon wieder lächeln. „Möchtest du jetzt etwas essen?", fragte er und diesmal nickte sie zustimmend. Laris stand auf und rief nach der Dienerin. Schnell war der Tisch gedeckt und sie saßen dort, wo sie am Abend zuvor gegessen hatten. Dabei stellte er ihr die Frage „Bleibst du auch weiter bei mir?" und schenkte ihr einen Becher Wein ein. Ohne ein Wort trafen sich ihre Blicke über den Becherrand hinweg. „Ja. Aber nur als freie Frau. Nicht als dein Eigentum", sagte sie lächelnd, nachdem sie den Becher leergetrunken wieder abgesetzt hatte. „So soll es sein", sagte Laris, erhob sich und küsste sie über den Tisch hinweg.

„Wo sind die Nubier hin?", fragte sie ihn und er dachte an die Fakten. „Der Karren ist fort. Die Säcke darauf natürlich auch. Die Esel und die Münzen haben sie auch mitgehen lassen. Sicher sind sie schon weit gekommen und versuchen die Steine zu verkaufen.

Ich werde sie einholen und mein Eigentum zurückholen!", sagte er dann. „Und ich werde mich rächen für das, was sie mir im Hof angetan haben", sagte sie und ihre Hand krampfte sich um den Griff des bronzenen Messers, dass auf dem Tisch lag, wobei ihre Fingerknöchel weiß wurden. „Und für den Zahn auch!", setzte sie entschlossen hinzu.

Laris nickte und sagte „Dann lass uns jetzt in das Bett gehen. Es wird sicher eine beschwerliche Verfolgung und für lange Zeit die letzte Nacht in einem Bett." Die Frau nickte und stand auf. Hand in Hand gingen sie in das Schlafzimmer hinüber.

Vor dem Bett stehend löste sie ihren Gürtel und die Spange. Mit einen leisen Geräusch fiel die Tunika zu Boden. „Ich hatte an schlafen gedacht", sagte er. „Ich auch", entgegnete sie lächelnd und zog ihn hinter sich her.

29. Kapitel

Eine Reise zu einem See

Der Tag begann, wie der zuvor. In seine Arme gekuschelt und an ihn angeschmiegt erwachte Sarosa. Sie blinzelte in die Sonne und rieb sich die Wange. Die Stelle, an der sie den Zahn verloren hatte, tat noch weh, aber nicht mehr so sehr, wie am Tag zuvor. Der Kräutersud hatte gut geholfen. Schade nur, dass sie die Sklavin nicht nach dem Rezept fragen konnte, die Frau verstand sie ja nicht. Vorsichtig setzte sich Sarosa auf der Schlafstatt hin, trotzdem weckte sie damit den Mann auf, der sich zu ihr hinauf bewegte und sie küsste. „Wann brechen wir auf?", fragte sie und er antwortete „Gleich nach anziehen und essen." Sie nickte, stand auf und nahm ihr Kleid in die Hand. Nackt ging sie in den nebenan liegenden Waschraum, wo eine der Sklavinnen gerade Wasser in den Trog goss. Sarosa zeigte mit einer streifenden Bewegung, dass sie einen der Kräuterwürfel zum Säubern haben wollte und die Sklavin zeigte zur Seite, wo schon einer neben dem Trog, in einer kleinen Nische versteckt, für sie bereit lag.

Mit dem Kleid auf dem Körper, aber noch ohne Gürtel, stand sie wenig später wieder im Schlafzimmer, wo der Mann immer noch im Bett lag. „Steh auf! Wir haben viel vor!", sagte Sarosa, während sie sich nach ihrem Gürtel bückte und ihn sich um die Hüften legte. Knurrend stand der Mann auf und gab ihr einen Kuss „Hast ja recht", sagte er und verschwand.

Am Tisch trafen sie sich wenig später wieder, wo sie sich danach für den Aufbruch stärkten. „Gibst du mir eine Waffe?", fragte Sarosa und der Mann verschluckte sich dabei. „Frauen und Waffen?", fragte er hustend und sie nickte. „Das wäre mir gestern sicher nicht passiert, wenn ich eine Waffe gehabt hätte!", sagte sie entschlossen. „Also ich hatte eine und sie hat mir nichts genutzt. Aber gut. Du sollst deine Waffe bekommen", sagte er und sie lächelte ihn dankbar an. „Freie Frauen dürfen Waffen tragen!", sagte sie, um alle Zweifel des Mannes zu zerstreuen.

Laris erhob sich und kam wenig später mit einem der kurzen Schwerter zurück „Du weißt, wie man das benutzt?", fragte er und sie antwortete schnippisch „Was gibt es da zu wissen? Hinten anfassen und vorn zuhauen!", dann zog sie das Schwert und ließ es durch die Luft zischen. Der Mann nickte und ging noch einmal zurück. Mit einem zweiten Schwert am Gürtel kam er wenig später zurück und half ihr dann ihr Schwert zu befestigen. Das ging aber mit ihrem Gürtel nicht, woraufhin er einen seiner Gürtel holen ging, den er ihr danach umlegte. „Wir nehmen noch ein paar Sachen. Etwas zu Essen und zu trinken mit", sagte er, rief die Sklavin, die wenig später mit zwei Umhängetaschen wieder erschien.

In Sarosas Tasche war auch ihr Kleid, das sie im Wald getragen hatte. Sarosa bedankte sich mit einer freundlichen Geste bei der verdutzen Frau, die diese danach kurz umarmte. Nun konnte es losgehen. Schnell verließen sie das Haus. Laris trug nun auch einen Speer in der Hand.

Nebeneinander gingen sie die Straße entlang an vielen Häusern vorbei. „Wir machen eine kleine Seereise", sagte er zu ihr. Davon hatte er ihr ja schon zwei Tage zuvor etwas gesagt. Wo mochte dieser See wohl liegen? Immer weiter folgten sie dem Weg und kamen auf eine freie Fläche nach der Siedlung. Als sie über einen Hügel kamen, schreckte Sarosa zurück. Direkt vor ihr lag der See. Aber er schien gar kein Ende zu haben. Überall vor ihr war Wasser! „Was ist das denn?", fragte sie und zeigte den Hügel hinab. „Die See", sagte der Mann und schulterte seinen Speer. „Die See?

Nicht der See?", fragte sie überrascht nach und er nickte. Die See schien sehr viel größer zu sein, als sie es sich jemals hatte vorstellen können. Der Teich hinter ihrem Dorf war ja schon groß, aber das hier? Der Mann folgte dem Weg und sie schloss sich ihm schnell an.

Der Weg führte zu ein paar Häusern, die direkt am Rande des Sees standen. Dorthin ging Laris. Hinter den Häusern setzte sich der Weg auf Holzbohlen weiter fort und endete mitten im Wasser. Vorsichtig berührte ihr Fuß die Holzkonstruktion und Sarosa schaute hinunter in das Wasser, während Laris mit ein paar Männern an einer der Hütten redete. Schritt für Schritt ging sie langsam und zaghaft weiter, bis zu der Stelle, wo der Weg mitten in der See endete. Dort kniete sie sich hin und fasste in die Flüssigkeit. Sarosa leckte ihre Finger ab, es schmeckte salzig und ein kleiner Fisch schwamm zu ihr, als sie die Hand erneut in das Wasser steckte. Hinter sich hörte sie Schritte und drehte sich im Knien halb um. Laris kam auf sie zu und sagte „Sie sind mit dem Schiff geflohen."

„Aber ich habe ein schnelleres!", setzte er nach einer Weile hinzu und zeigte auf das Wasser hinaus. Ein braunes Viereck über einem dunklen Bretterstapel kam schnell auf sie zu und Sarosa stand auf. „Was ist das?", fragte sie. „Ein Schiff. Ein schnelles, phönizisches Schiff!", sagte er und sah wohl, dass sie damit nichts anfangen konnte. „Wie ein Floß. Nur schneller und komfortabler", setzte er erklärend hinzu. Flöße kannte sie von der Überquerung des großen Flusses. Ein paar zusammen gebundene Baumstämme, die langsam über das Wasser gerudert wurden. Aber das hier? Es kam immer näher und sah aus wie eine Hütte, die verkehrt herum gebaut war und aus der oben ein Baum wuchs. Dort dran war ein großes Tuch befestigt.

Wenig später lag das „Schiff" neben ihr und sie sah, wie groß es wirklich war. Laris begann mit den Männern zu verhandeln. Ein Beutel wechselte den Besitzer. Vermutlich waren Münzen darin gewesen. Einige Männer entluden Säcke, Krüge und Kisten. Dann wurden andere Kisten und Säcke verladen. Als letztes stiegen Laris und Sarosa hinüber. Der Mann musste sie regelrecht ziehen, denn eigentlich wollte sie das feste Land nicht verlassen. Das Wasser schien ziemlich tief zu sein und auch ihre Schwimmkünste aus dem Teich würden bei der Größe des Wassers nicht viel nützen. Auch die Angst auf dem Floss hatte sie noch im Kopf. Wenn sie jedoch die Männer verfolgen wollten, so würden sie wohl das Schiff nehmen müssen und unnötig würde Laris sie wohl nicht so einer Gefahr aussetzen wollen.

Schließlich setzte sie sich auf eine Kiste und umklammerte den Griff des Schwertes, als ob das was nutzen würde. Noch waren sie am Land festgemacht, aber es würde sicher gleich anders werden. Die Seereise begann.

30. Kapitel

Neue Zeiten, neue Welten

Dieses Schiff war ein furchtbares Fortbewegungsmittel! Immer wieder musste sie an das Floss denken. Hatte es auf dem Karren gerüttelt, so schwankte und schlingerte nun das ganze Schiff hin und her. Sarosa hing fast nur über der Kante und musste sich übergeben. Alles, was sie jemals in ihrem Leben gegessen hatte, das wollte nach draußen und ebenfalls die See sehen. Es dauerte ewig, bis einfach nichts mehr drin war, was noch herausgewollt hätte, doch gut ging es ihr damit immer noch nicht. Sie versuchte sich das Gesicht mit etwas Wasser zu waschen, was ihr einer der Männer aus der See holte. Dann drehte es in ihrem Magen und wieder hing sie nach draußen. Laris hatte recht gehabt. Das Schiff war schnell. Es schoss wie ein Pfeil dahin, doch für die Fahrt hatte sie keinen Blick.

Sarosa sah nur die grünliche Oberfläche des Wassers unter sich und die Küstenlinie nicht weit entfernt, an der sie entlang glitten. Die Männer liefen einfach an ihr vorbei und beachteten sie gar nicht. So als wäre sie ein Teil des Schiffes. Wenn sie das hier vorher gewusst hätte, so hätte sie bestimmt auf ihre Rache verzichtet und hätte es sich in Laris Hütte bequem gemacht, bis dieser wieder da sein würde. Doch nun musste sie eben mit!

Wie viel Vorsprung mochten die beiden Nubier haben? Maximal einen Tag und wie schnell war deren Schiff? Wie viele Tage mochte es wohl dauern, bis man sie eingeholt haben würde? Schließlich setzte sie sich an ihre Kiste, mit dem Rücken zur Wand des Schiffes. Mit angezogenen Beinen versuchte sie, zum Land hinüber zu schauen und nicht an die Schaukelei zu denken und das half. Ihr Magen beruhigte sich und sie konnte etwas Wasser trinken.

Hier war alles so neu für sie. Um sich noch weiter abzulenken, dachte sie daran, was sie alles so in den letzten Tagen gesehen hatte. Da kam eine ganze Menge zusammen. Esel, Karren, Münzen, Bronzeschwerter, Steinhäuser, bequeme Betten und nun eben auch noch die See und das Schiff. Dabei ließ Sarosa ihren Blick über die geschäftig dahin eilenden Männer gehen. Jeder schien etwas Wichtiges tun zu müssen. Einer am hinteren Ende brüllte etwas und alle wirbelten durcheinander. Es waren nur fünf Männer, aber sie schienen tausende Hände zu haben. Da wurde an Seilen gezogen und an Hebeln gedreht. Die Frau verstand nichts von all dem und hoffte, dass die Männer in den hunderten Seilen nicht das falsche erwischten, denn alle sahen sehr wichtig aus. „Wo ist eigentlich Laris?", dachte Sarosa und sah sich um, konnte ihn aber nirgendwo sehen. Sicherlich konnte er doch das Schiff nicht einfach so verlassen? Oder etwa doch? Nach einer Weile rief sie ihn und er tauchte aus einer Öffnung im hinteren Teil des Schiffes auf.

Der Mann winkte zu ihr herüber und sie erhob sich mühsam. Breitbeinig ging sie die vier Schritte über das schwankende Schiff zu ihm hinüber. „Ich habe uns unten zwei Decken für heute Nacht in das Schiff gelegt", sagte er und zeigte in das halbdunkel nach unten. Sarosa sah an ihm vorbei, konnte aber nicht viel erkennen. „Oder möchtest du lieber oben schlafen?", fragte er sie. „Ich möchte lieber an Land schlafen!", sagte sie trotzig, setzte aber ihren Fuß auf die oberste Stufe einer Treppe. Wieder so was Neues. Treppen hatte sie auch erst hier kennengelernt. Die eigenen Hütten waren immer zu ebener Erde gebaut und da brauchte man keine Treppen. Für die Aufstiege in der Scheune gab es einen Baumstamm mit kleinen Aststümpfen an der Seite. Vorsichtig stieg sie in das Dunkel des Schiffsbauches hinab.

Es dauerte eine Weile, bis sich ihre Augen an das Dämmerlicht gewöhnt hatten. Zwischen Kisten und Säcken sah sie die kleine Freifläche. Gerade mal so groß, dass zwei Menschen nebeneinander dort schlafen konnten. Zwei alte Decken, die Laris vermutlich hier irgendwo gefunden hatte, lagen dort schon ausgebreitet. Vorsichtig legte sich Sarosa auf eine der Decken und schloss die Augen. Hier war das Schaukeln noch deutlicher spürbar. Oder lag das an den geschlossenen Augen? Sarosa sah zu Laris hinauf, der sich über sie gebeugt hatte, und nickte. „Ich will es versuchen, hier zu schlafen", sagte sie und stand langsam auf. Eine unvermittelte Bewegung des Schiffes warf sie in seine Arme und er küsste sie. Im Kuss vereint war die Schaukelei auszuhalten.

Plötzlich musste sie an Zamaso denken. Was machte sie hier? Unwillkürlich zuckte zurück. Jetzt war sie doch eine freie Frau und nicht mehr die Beute von Laris! Trotzdem lag sie in seinen Armen. Es fühlte sich falsch und gleichzeitig richtig an. Das Ganze war ziemlich verwirrend für Sarosa. Würde sie ihren Partner im fernen Wald jemals wiedersehen? Wollte sie das überhaupt noch? Sie war noch keinen halben Mond in dieser neuen Welt und hatte doch den Eindruck gewonnen, dass hier alles viel schöner und besser war. Nicht nur die Kleidung und der Schmuck, sondern einfach alles. Wieder warf sie eine Welle in die Arme des Mannes.

Schließlich begann sie, um sich von dem aufkommenden Gefühl der Zuneigung abzulenken, ihn zu fragen, „Warum musst du eigentlich nichts tun? Ich muss im Wald von Sonnenaufgang bis Sonnenuntergang jeden Tag schwer arbeiten. Dich habe ich noch nicht bei irgendetwas gesehen, was man Arbeit nennen könnte." Dabei sah sie ihn an und er überlegte kurz. „Das hier ist meine Arbeit", begann er, „Ich lebe durch den Transport von Waren", setzte er fort und sie ließen sich auf einer Kiste nebeneinander nieder. Danach zeigte er auf all die Kisten im Bauch des Schiffes und begann zu erklären „Ich lebe davon, dass manche Waren an einem Platz wertvoller sind, als an einem anderen." „Aber wenn ich eine Kuh habe, so ist diese doch überall gleich viel wert. Ich erhalte immer zwei große Schweine dafür", erwiderte Sarosa und der Mann erklärte weiter „Du hast doch die Säcke mit den Steinen gesehen?" „Die, welche die Nubier dir geraubt haben?", fragte sie und er nickte „Für dich sind sie nicht viel Wert. Aber meine Auftraggeber bezahlen mir viele Münzen dafür." „Und du bringst sie von einem Platz, wo sie nichts wert sind zu einem Platz, wo sie wertvoll sind?", fragte sie und er nickte. „Wenn der Transport mich nicht zu viel kostet, so ist es immer ein gutes Geschäft", setzte er hinzu. Langsam verstand Sarosa, wie das alles in dieser, ihr fremden Welt, funktionierte.

31. Kapitel
Ein Sklavenlos

Das war also nun die von Velus viel gerühmte Stadt. Zamaso stand mit dem älteren Mann auf einem kleinen Hügel und konnte eine große Ansammlung von Häusern sehen. „Das da drüben, das ist Comacchio", sagte Velus und zeigte zur anderen Seite. Diese Siedlung schien in die See hineingebaut zu sein. Dahinter hob sich blau das Meer ab, wie es Velus nannte. „Aber wir müssen da rüber", erklärte Velus und zeigte zurück. „Ich wollte dir nur die große Stadt zeigen", erklärte er. Dann gingen sie den Hügel wieder hinab und zu einer anderen Ansammlung von Häusern. Nun war das große Wasser vor ihren Blicken verborgen. Auf dem Weg zu dieser kleineren Siedlung begann Velus zu erzählen „Unser Gebiet liegt eigentlich noch weiter im Süden. Hier oben im Norden sind wir nur, weil die Handelswege genau hier sind. Mein Dorf liegt am Pass nach Norden und meines Bruders Haus ist genau hier, weil in Comacchio ein großer Hafen ist."

Mittlerweile war Zamaso diese Straßen schon gewohnt. Die Menschen hier hatten die Wege mit Steinen belegt, wodurch man auch bei Regen entlang laufen konnte und nicht im Schlamm versank. Auch gab es hier Wagen, die von Tieren gezogen wurden. Man hatte die Straßen genau so breit gemacht, dass zwei Wagen sich darauf begegnen und nebeneinander vorbei fahren konnten.

Viele dieser Wagen brachten Waren zum Hafen der anderen Stadt hinüber. In der Ebene, die der Jäger weit überblicken konnte, da es hier nur wenige Bäume gab, wurde Getreide in einer Menge angebaut, die sich Zamaso vorher nicht vorstellen konnte. Im Moment waren die Felder abgeerntet, aber man sah noch die Größe der Felder und dabei dachte er an sein kleines Feld bei seinem

Dorf. Hier gab es kleine Bewässerungskanäle, die immer für frisches Wasser sorgten. „Wer erntet den diese Felder ab?", fragte er Velus und der antwortete „Das machen die Sklaven." Der Mann hatte Zamaso schon erzählt, dass man hier Menschen als Eigentum haben konnte. So etwas hatte er noch nie gehört, aber hier schien es normal zu sein. Vielleicht beruhte der ganze Reichtum ja auch nur darauf, dass sie andere Menschen für sich arbeiten ließen. So ganz hatte er noch nicht verstanden, wie das alles funktionierte, aber er würde Velus dazu befragen, wenn er die Zeit dafür haben würde. Im Moment zog ihn nur das baldige Wiedersehen mit Sarosa nach vorn. Er konnte schon an nichts anderes mehr denken, als das er sie noch am selben Tag wieder in seine Arme schließen würde.

Nach vielen Schritten standen sie am Rande der Siedlung vor einem großen Haus. Velus öffnete wie selbstverständlich das Tor und ging hindurch. Staunend folgte ihm Zamaso. Ein grüner Hof tat sich vor ihm auf, um den das Haus herum gebaut worden war. Aus einem der Häuser kam eine Frau gelaufen und verbeugte sich tief vor Velus. Er fragte sie etwas, was Zamaso nicht verstehen konnte und die Frau antwortete ihm, immer noch tief gebückt. „Mein Bruder ist nicht da", sagte Velus schließlich. „Und Sarosa?", fragte Zamaso nach, doch Velus schüttelte den Kopf. „Wo sind sie denn hin?", fragte Zamaso enttäuscht und Velus wendete sich wieder an die Sklavin. „Sie verfolgen die Nubier, die ihnen etwas gestohlen haben", erklärte Velus nach ein paar Augenblicken und ein paar Antworten der Frau.

„Na dann komm erst mal rein", setzte Velus schließlich hinzu und zeigte auf einen Eingang an der anderen Seite, dem Haus, aus dem die Frau gekommen war, genau gegenüber. Danach zeigte er auf die Frau und sagte „Das da ist eine der Sklavinnen meines Bruders. Sie sorgen dafür, dass das Haus immer bewohnbar ist, selbst wenn er nicht da ist." Zamaso sah sich noch einmal nach der Frau um. Immerhin war es die erste Unfreie, die er getroffen hatte. Gern hätte er sie dazu befragt, aber er konnte ja die Sprache der Frau nicht verstehen.

Langsam folgte er dem Mann und trat in das andere Haus ein. Noch war die Enttäuschung groß, dass er Sarosa nun doch nicht an diesem Tag antreffen konnte, aber sie würde sicher hierher zurückkommen und da brauchte er ja nur auf sie zu warten. Er betrat einen großen Raum, der durch Öffnungen in der Wand beleuchtet war. Es war hell darin, nicht so eine Dunkelheit wie in den Hütten seiner Siedlung, die nur durch die Tür und das Feuer beleuchtet wurden. Die hellen Wände waren bemalt und es standen verschiedene Gegenstände dort herum, von denen er sich erst durch Velus die Funktion erklären lassen musste. In einem weiteren Raum standen zwei Liegen um einen Tisch und Velus ließ sich sofort auf einer davon nieder. Dabei zeigte er mit der Hand auf die andere und Zamaso setzte sich dort darauf. Velus klatschte in die Hände und die Sklavin erschien im Raum. Die Frau verbeugte sich und eilte dann wieder davon.

„Leg dich hin! Wir essen immer im Liegen!", sagte Velus und Zamaso versuchte es sich so bequem wie möglich zu machen. Eigentlich war das ziemlich ungewohnt, aber für Velus schien es ganz normal zu sein. Es dauerte eine ganze Weile, bis zwei Frauen zurück in den Raum kamen. Mit einem Teller, auf dem ein paar gebratenen Hühner lagen und einem Krug mit Wein betraten sie hintereinander den Raum und stellten alles auf den Tisch. Velus nahm sich einen Becher und trank den Wein, dann spukte er ihn aus und brüllte die Sklavin an, die sofort in einer Art von Schockstarre verfiel. Velus sprang so behände von seiner Liege auf, wie Zamaso es nicht für möglich gehalten hätte. Mit Fußtritten jagte Velus die Sklavin aus dem Zimmer. Dann legte er sich zurück und aß eines der Hühnchen, als wäre nichts passiert. „Was war denn?", fragte Zamaso, immer noch erschrocken über den Wutausbruch.

„Der Wein war zu warm!", sagte der Mann ihm gegenüber zwischen zwei Bissen. Die Sklavin erschien mit einem neuen Krug und machte dutzende Verbeugungen. Sie wartete geduckt, bis Velus getrunken hatte und zustimmend nickte. Auf Zamasos Fragen nach der Ursache seiner Behandlung der Frau sagte er nur „Was meinst du? Sie ist doch nur eine Sklavin. Kein Mensch, mehr ein Ding!"

Zamaso sah der Sklavin nach, dann schüttelte er den Kopf. Das verstand er noch nicht. Wie konnte man so mit einem Menschen umgehen? Aber das Huhn und der Wein schmeckten sehr gut und für Velus schien die Behandlung der Sklaven völlig normal zu sein, doch bei Zamaso sträubte sich da etwas dagegen. Er war es nicht so gewohnt, aber für die Frauen war es sicher Sklavenlos. Klaglos nahmen sie alles hin und lächelten sogar dabei.

32. Kapitel

Herrenfreuden

Dieser junge Mann war ihm ganz recht gekommen. Jetzt würde sowieso die ungemütliche Jahreszeit beginnen und genauso würden ab jetzt auch kaum noch Händler den Pass überqueren. Damit war seine Anwesenheit da ja nur unnütz gewesen. Die Münzen, die sein Bruder ihm schuldete, waren da auch nur ein eher vorgeschobener Grund. Auf dem Weg zu ihm würde er sicher dieselbe Menge für die Unterkunft und Verpflegung verbrauchen. Doch zum Glück hatte er ja den jungen Jäger. Auf dem ganzen Weg besuchten sie nur wenige Tavernen, die am Wegesrand lagen. Durch das gute Auge und die sichere Hand des Schützen brauchten sie sich um das Essen keine Sorgen zu machen. Am ersten Abend hatte der Mann noch seltsam in den Becher geschaut, in dem sich der beste Wein aus dem Keller des Wirtes befand, doch nach ein paar Bechern davon konnte Velus in seinen Augen sehen, das er ihm schmeckte.

Die Nächte verbrachten sie dann draußen auf der Wiese am Feuer. Es ging zwar schon in den Herbst und damit war es nachts schon etwas frischer, aber am Feuer ließ es sich aushalten. Mit seinen fast fünfzig Jahren hatte er schon ziemlich mit den Schmerzen in seinem Rücken und den Gelenken zu kämpfen und er freute sich auch darauf, in die geliebten Termen gehen zu können. Er wusste ein paar Orte mit heißen Quellen in der Nähe des Hauses seines Bruders und die würden ihm den kalten Winter versüßen. Gar nicht an die süßen kleinen Sklavinnen zu denken, die dort die Speisen servierten und auch sonst für diverse Gefälligkeiten bereit standen. Zum Glück war er recht wohlhabend, wodurch er sich um die Bezahlung keine Sorgen machen brauchte und dazu kam dann noch, dass er im Hause seines Bruders wohnen würde und damit zahlte Laris auch noch für seinen Aufenthalt.

Nach den sieben Tagen waren sie dann endlich am Hause angekommen. Es war keine etruskische Stadt, so wie die im Süden, die dem zwölf Städtebund angehörten, sondern eine Gründung der Gallier, die immer noch in dieser Gegend lebten, aber die Gegend war einfach ideal für den Handel und durch die heißen Quellen auch für die Heilung diverser Leiden. Somit hatten viele etruskische Familien hier einen Landsitz, auf den sie sich in den kalten Jahreszeiten zurückzogen, oder in denen sie die heißen Tage des Sommers verbrachten. Je nachdem, wie die jeweiligen Wünsche waren. Durch die Nähe des Meeres und des Hafens war auch der Handel nach Griechenland von hier aus sehr begünstigt. Irgendwann würden diese Siedlungen sicher mal unter etruskischer Führung sein und einem König nach ihrer Wahl unterstehen, so wie es in den Städten im Süden war.

Laris war unterwegs, wie ihm die Sklavin erzählte, und er würde es sicher auch noch eine Weile bleiben, aber dadurch hatte er nun vollkommen freie Hand im Haus. Er konnte ja, als älterer Bruder, auf alles zugreifen, was Laris gehörte. Innerhalb der Familie unterstützten sie sich immer, so wie er für den Bruder die Münzen das ganze Jahr über verwahrt hatte, so durfte ihn nun sein Bruder über den Winter beherbergen. Wahrlich ein glänzendes Geschäft und wenn er mit seinem Handel erfolgreich sein würde, so würde sicher auch ein mehr oder weniger großer Anteil des Geldes für ihn mit abfallen. Laris hatte die Arbeit und er den Gewinn. In Gedanken rieb er sich schon die Hände, aber noch hatte er die Münzen nicht. Die Sklavin hatte berichtet, dass die beiden nubischen Sklaven die Säcke geraubt hatten und das Laris ihnen folgte.

Damit seine Verfolgung von Glück gekrönt sein würde, beschloss Velus am nächsten Morgen in den kleinen Tempel zu gehen und dort um die sichere und erfolgreiche Rückkehr zu bitten. Ein kleines Opfer würde da sicher auch nicht schaden. Die Götter mussten Gnädig gestimmt werden. Die Nacht legte er sich in das große Bett seines Bruders, während Zamaso in einem der Gästezimmer untergebracht wurde.

Mit den ersten Strahlen des neuen Tages trafen sie sich zum ersten Essen des Tages. Es gab Brot und Wein. Dann ließ er sich eine Amphore des besten Weines holen und dann brachen sie zu dritt, er, Zamaso und eine der Sklavinnen, auf, um zu dem Tempel zu gehen. Die Frau war eigentlich nur dabei, um den schweren tönernen Krug zu tragen, den sie im Tempel den Göttern opfern wollten. Auf die Frage des jungen Jägers „Warum tragen wir den Krug nicht selbst?", antwortete er nur mit der Bemerkung „Wir haben doch eine Sklavin. Warum sollen wir uns damit belasten?" Der junge Jäger hatte anscheinend immer noch nicht verstanden, wie das hier zwischen Herren und Sklaven so zuging. Da würde er ihm sicher noch so einiges erzählen und erklären müssen.

Sie betraten den Tempel und gingen nach vorn, wo sich der Altar befand. Dort verbeugte er sich vor dem unsichtbaren Gott, der all das bewirken konnte, was die Menschen sich wünschten. Auf dem steinernen Tisch, der den Altar bildete, stellte er den Krug ab. Dann sprach er seine Bitte um sichere Rückkehr des Bruders aus und verbeugte sich erneut. Danach verließen sie den Tempel und schlugen den Weg zurück zum Haus ein, doch er überlegte sich unterwegs, einen kleinen Umweg zu machen und in eine der kleinen Schänken einzukehren. Die Sklavin schickten sie zu dem Haus vor und sie selbst widmeten sich wieder den Bechern mit dem besten Wein des Wirtes. Doch besonders gefielen ihm die kleinen Sklavinnen, die mit den Amphoren zwischen den Tischen umherliefen und die Becher nachschenkten. Sie waren nur spärlich bekleidet und dies war sicher die Absicht des Wirtes gewesen, denn so konnte er viel mehr Männer in seine Schänke locken, als wenn er nur Wein ausgegeben hätte.

Doch die Preise bei ihm waren ziemlich hoch, womit nur die vermögenderen Männer es sich leisten konnten, bei ihm zu trinken und zu essen. Das waren also die Freuden der Herren und genau hier war der richtige Platz, um dem jungen Jäger den Unterschied zwischen Herr und Sklave zu erklären. Oder besser, den Unterschied zwischen Herr und Sklavin, die so flink durch die Räume liefen. Eine von ihnen hatte es ihm besonders angetan. Klein und zierlich schleppte sie den schweren Krug. Er winkte sie zu sich und sie eilte auf ihn zu.

33. Kapitel

Handel und Wandel

Zwei Tage ging diese Reise schon auf dem Schiff. Es fuhr immer in Sichtweite der Küste entlang. In einigen Siedlungen legten sie an. Kisten wurden entladen und neue Kisten kamen auf das Schiff. In der Nacht lag das Schiff ruhig in der Nähe der Küste. Wie das ging, ohne dass sie durch die Strömung abgetrieben wurden, hatte sie noch nicht verstanden. Aber sie hatten gesehen, dass die Männer abends etwas Schweres an einem Strick in das Wasser warfen, was sie Früh wieder heraufzogen. Mittlerweile hatte sich Sarosa an die See gewöhnt. Die Übelkeit des ersten Tages war lange vergessen. Während sie tagsüber oben unter dem Himmel saßen, erklärte Laris ihr, wie das mit dem Handel funktionierte. Einiges davon hatte sie schon verstanden, den Rest sah sie nun jeden Tag. Der Tausch von Kisten gegen Münzen.

Laris hatte gesagt, er betreibe Handel, aber in Wirklichkeit war es eher eine Art von Verwandlung. Die Münzen machten es einfach. Wenn sie den direkten Tausch gemacht hätten, so wie er in ihrer Siedlung übrig war, dann wäre das Schiff nun schon voller Rinder und Schweine. Aber so war nur der kleine Beutel, den der Mann, der am hinteren Ende des Schiffes stand, an seinem Gürtel trug, voll geworden. Laris hatte ihr auch erzählt, dass das Material seines Schwertes aus zwei Metallen bestand. Die gab es nur selten am selben Platz und so war durch dieses Material der Handel zur See nur viel wichtiger geworden. Beide Metalle wurden geholt und zu einem Platz gebracht, an dem man sie verarbeiten konnte. Von dort wurde das sonnenglänzende Material dann mit Schiffen zu jedem gebracht, der es benötigte. Auch das war eine Wandelung.

Doch auch in Sarosas Gefühlen begann eine Wandelung. Nun war sie zwar frei, doch ein unsichtbares Band fesselte sie an Laris. Wann immer er konnte, gab sie sich ihm mit Freuden hin. Manchmal liebten sie sich mehrmals am Tage leidenschaftlich. Wenn sie so an Zamaso zurückdachte, so war das zwar auch schön gewesen, aber eigentlich kein Vergleich zu dem, was sie nun fühlte. Dort ging es darum, ein Kind zu bekommen, das war ihre Pflicht als Paar. Hier war das eher wie ein Rausch, eine Art von Spiel. Sie wurde jedes Mal von einem Glücksgefühl geflutet und konnte es oft kaum erwarten, dieses Gefühl wieder zu erfahren. Es war einfach viel zu schön und sie dachte daran, ob Zamaso ihr noch folgen würde. Würde er sie finden? Und wollte sie überhaupt noch, dass er sie fand? Manchmal zuckte sie bei dem Gedanken zurück, sich von Laris trennen zu müssen.

Bei all dem Glück, dass sie im Moment erfuhr, vergaß sie aber nicht den Schmerz der Gewalt, auch wenn sie es gewollt hätte. Nachts, im Traum, sah sie wieder die beiden Nubier. Sie sah die Gesichter und sie spürte den Schmerz. Dann lag sie wieder, festgehalten, im Hof des Hauses und wachte schreiend auf. Laris nahm sie danach meist tröstend in seine Arme und hielt sie fest, bis das Zittern aufgehört hatte. Diese Reise machte sie ja eigentlich, um sich an den beiden Männern zu rächen. Aber konnte sie das? Sie hatte Laris gebeten, ihr das Kämpfen beizubringen und er hatte schnell zugestimmt, auch wenn die anderen Männer etwas seltsam schauten. Eine Frau, die ein Schwert schwang, war ihnen sicher nicht ganz geheuer. Schon alleine eine Frau an Bord zu haben, war für sie nicht einfach.

So gingen die Tage dahin. Am Tag übte sie oben auf dem Schiff das Kämpfen und nachts lag sie in seinen Armen und drückte sich an seinen Körper. Wenn sie nicht schlief, so konnte sie auch nicht träumen. So einfach hatte sie sich das ausgedacht, doch das funktionierte nicht so einfach. Irgendwann schlief sie meist dennoch ein und wurde von den beiden hämisch grinsenden Nubiern erwartet. Bis sie dann wieder schreiend erwachte. Konnte das Enden, wenn sie ihre Rache hatte? Die Männer waren ja in ihrem Geist. Vielleicht würde die schmerzliche Erinnerung mit der Zeit verblassen? Sie konnte es nur hoffen.

Wenn sie dann am vorderen Ende des Schiffes stand und auf die See hinaus sah, so dachte sie doch auch gleichzeitig an ihre Heimat weit hinter ihr. Irgendwie gehörte sie nicht in diese Welt, die ihr doch aber so gut gefiel. Immer wieder kam Zamaso zurück in ihren Kopf. Sarosa gehörte zu ihm, aber meist nur solange, bis Laris sie in seine Arme nahm, dann war er in ihrem Kopf. Konnte man zwei Männer gleichzeitig lieben? Konnte diese Liebe zu Laris falsch sein? Natürlich hatte er sie geraubt und hierher verschleppt, aber ihre Zuneigung zu ihm fühlte sich gut an und konnte etwas falsch sein, das sich so gut anfühlte? Sie beschloss die Gedanken an Zamaso bis an das Ende der Reise zu verdrängen, doch das war nicht so einfach.

Sie wollte diese Reise genießen und zusätzlich dazu wollte sie keinen Augenblick verpassen, den sie mit Laris verbringen konnte. Manchmal endeten die Kampfübungen mit einem Kuss und dann trug er sie auf seinen starken Armen nach unten. Das Schwanken des Schiffes verband sich dann mit ihren Bewegungen. Irgendwie kam sie nicht von ihm los. Der Liebesrausch hielt weiter an! Seine Finger auf ihrer nackten Haut waren alles, was sie in diesen Momenten brauchte. Nichts denken, nur fühlen!

Mit der Zeit hatten sie alle Positionen ausprobiert, die sie am ersten Abend als Bild in seinem Zimmer gesehen hatte. Doch ihre Lieblingsposition war dieselbe geblieben, die er damals auf der

Lichtung im Wald gewählt hatte. Dabei konnte sie sich richtig fallen lassen und sie behielt die Kontrolle. Danach lagen sie dann zwischen den Kisten und sie spürte seine Streicheleinheiten auf ihrer Haut.

Laris nahm sich die Zeit, die sie brauchte. Hier fühlte sie sich gut. Das leichte Schaukeln störte sie nicht mehr, aber Laris hatte ihr gesagt, dass es auch öfters Stürme gab, die das Schiff regelrecht durchrütteln würden. Bei dem Gedanken an diese Stürme bat sie den Geist des Bären, sie davor zu schützen. Schließlich konnte sie sich ja noch gut an den ersten Tag auf dem Schiff erinnern.

34. Kapitel

Gefangen oder frei?

Sie eilte durch die Reihen von Bänken und brachte den Wein zu den Tischen. Es war mitten am Tage und nur die wohlhabendsten Männer konnten sich leisten, um diese Zeit hier in der Schänke zu sein. Alle anderen würden erst gegen Abend dafür Zeit haben. Kanuta war noch sehr jung, im Gegensatz zu den anderen Frauen, die als Sklavinnen hier arbeiteten. Erst in diesem Sommer war sie von zu Hause hierhergekommen. Mit gerade mal sechzehn Sommern war sie von ihrem Herrn an den Wirt verkauft worden, der sie nun hier in dieser Schänke angestellt hatte. Hier im Hause mussten sie kurze Kleidchen tragen, die jeder anderen Frau wahrscheinlich sofort die Schamesröte in ihr Gesicht gebracht hätten. Normalerweise trugen die Frauen hier knielange Kleider mit langen Ärmeln oder aber auch, bei festlichen Anlässen, auf Taille geschnittene Tuniken aus kostbaren Stoffen. Doch diese kurzen Kleider bedeckten grade mal den Hintern und ließen die Schultern frei. Offensichtlich hatte der Wirt den Stoff absichtlich so kurz gewählt und im hinteren Bereich der Schänke gab es auch ein paar Räume, in denen die Sklavinnen den Gästen auch anderweitig zu Diensten sein mussten.

Die Gäste ruhten auf den Liegen, die neben den Tischen angeordnet waren und sie musste sich beeilen, jeden Wusch der Gäste zu erfüllen, sonst würde sie der Wirt sicher wieder mit Schlägen dafür belohnen. Zum Glück benutzte er für seine Sklavinnen nicht die Peitsche, wie er sie für seine Küchensklaven benutzte, sondern schlug nur mit der flachen Hand zu, um sie nicht zu entstellen. Doch die Schläge waren trotzdem sehr schmerzhaft. Einer der Gäste winkte sie zu sich. Es war ein älterer Mann, der auf einer der Ruhebänke Platz genommen hatte. Schnell eilte sie zu ihm und stolperte. Unmittelbar vor ihm ließ sie die Amphore fallen und zuckte zusammen. Der Wirt sah zu ihr herüber und sie konnte schon die Hand spüren, die sicher am Abend auf ihrem Körper landen würde. Ein junger Mann, der neben dem anderen gesessen hatte, war aufgesprungen und half ihr die Scherben zusammenzusammeln. Er war in etwa so alt wie sie, hatte aber eine sonderbare Kleidung an.

Ihre Hände trafen sich immer wieder, weil sie nach denselben Scherben griffen. Nach der letzten Scherbe sagte sie „Danke", doch er schien sie nicht zu verstehen. Er nickte nur und setzte sich wieder. Sie eilte zurück zur Küche und duckte sich unter dem Blick des Wirtes hindurch. Mit einem neuen Krug rannte sie zu dem Tisch zurück und war nun viel vorsichtiger. Schnell schenkte sie die Becher voll und der junge Mann nickte ihr zu. Ihre Blicke trafen sich und da war etwas darin, was sie nicht richtig deuten konnte. Für alle anderen Männer war sie nur eine Sklavin. Ein Ding, was man benutzte und dann gehen ließ, doch in seinen Augen war sie ein Mensch. Anscheinend hatte auch der ältere Mann diese Blicke bemerkt, denn er warf ihr ein paar Münzen zu und zeigte auf den jungen Mann und dann nach hinten. Sie nickte verstehen und verbeugte sich vor dem jungen Mann, der aber anscheinend nicht wusste, was sie meinte.

Wieder verbeugte sie sich und ergriff dann seine Hand. Bei der Berührung zuckte der Mann zurück, doch der andere hatte ja schon bezahlt und wenn sie noch einen Fehler machen würde, so würde der Wirt vielleicht doch die Peitsche holen und das wollte sie lieber nicht riskieren. Die für den zerbrochene Krug und verschütteten Wein zu erwartenden Schläge waren schon schlimm genug. Schließlich zog sie ihn einfach hinter sich her in einen der Räume hinter der Schänke. Es standen nur ein Tisch und eine der Ruhebänke darin. Man konnte sich auch nur so bedienen lassen und hier ungestört Essen, doch die meisten Männer wollten ganz was anderes. Wie sollte sie sich ihm allerdings verständlich machen? Nach seiner Kleidung kam er von weit her. Er trug nicht einen dieser gewebten Stoffe mit dem Karomuster, sondern hatte eine graue Kleidung an, die sie hier noch nie gesehen hatte. So standen sie nun im Halbdunkel des Raumes direkt voreinander.

Sie deutete nach hinten auf die Bank und es kam ihr irgendwie falsch vor, doch sie hatte keine Wahl. Wenn der Gast sich beschweren würde, wäre es sicher um sie geschehen und so streifte sie einfach ihr kurzes Kleid über den Kopf und warf es auf den Tisch, neben dem sie gerade stand. Dann ergriff sie seine Hand und zog ihn zu der Bank. Sie löste seinen Gürtel und streifte ihm seine Kleidung über den Kopf, ohne dass er auch nur eine Regung machte. Kanuta sah schon die Peitsche immer näher kommen und versuchte verzweifelt alles Mögliche, um ihn dazu zu bewegen, das mit ihr zu tun, wofür der ältere Mann sie bezahlt hatte. Doch es war gar nicht so einfach. Schließlich begann sie vor Verzweiflung zu weinen und der Mann nahm sie in den Arm.

So blieben sie einfach ein paar Augenblicke stehen. Haut an Haut. Einfach nackt aneinander geschmiegt und sie genoss es einfach nur so zu stehen. Die Verzweiflung flog davon. Was konnte sie dafür, wenn der Gast nicht wollte? Weiter standen sie einfach eine ganze Weile, bis sie sich wieder gegenseitig anzogen und den Raum anschließend gemeinsam verließen. Der Mann setzte sich zu dem breit grinsenden älteren Mann und sie machte wieder ihre Runden. Immer noch sah der Wirt ziemlich böse zu ihr herüber. Es war ein sehr kostbarer Wein gewesen und die Amphore noch fast voll. An den Blicken der anderen Mädchen und Frauen sah sie, wie diese sie für das Missgeschick bemitleideten. Immer wieder wurden auch die beiden Männer von ihr bedient. Als sie sich dabei über den Tisch beugte, schob der ältere seine Hand unter das ohnehin sehr kurze Kleid und ließ seine Hand auf ihrem Hintern liegen.

Der Tag wurde immer länger und die beiden schienen keine Eile zu haben. Becher für Becher brachte sie ihnen und als die beiden Männer dann endlich aufbrechen wollten, rief der ältere Mann den Wirt zu sich. Ein etwas größerer Beutel mit Münzen wechselt von ihm zum Wirt als Bezahlung und noch bevor sie wusste, wie ihr geschah, hatte der Wirt ihr die Hände zusammen gebunden und der ältere Mann zog sie am Strick hinter sich her.

Wieder hatte sie ihren Herren gewechselt. Was würde nun kommen? War sie nun erneut gefangen? Oder vielleicht frei? Zumindest würde sie den Schlägen des Wirtes für den vergossenen Wein entgehen.

35. Kapitel
Eigentum oder nicht?

Er hatte sich nicht rühren können. Erst das Weinen hatte ihn bewogen, sie in den Arm zu nehmen. Was sie mit ihm wollte, war ihm schon klar gewesen und auch, dass Velus sie dafür bezahlt hatte. Doch die ganze Zeit hatte er nur an Sarosa denken müssen. Es wäre falsch gewesen, die Notlage dieses Mädchens hier auszunutzen. Sie hatten einfach nur nackt nebeneinander gestanden. Die Frau war schön. Nicht so, wie seine Sarosa, sondern eher anders. Sie war klein und schlank. Mit schmalen Hüften und auch oben rum nicht so gut bestückt wie seine Partnerin. Doch da war etwas in ihrer Art, wie sie sich bewegte und es lag auch so ein Funkeln in ihren Augen. Die schwarzen Haare rahmten ein eher bleiches Gesicht ein. Die leicht schräg stehenden Augen gaben ihr den Blick eines Luchses. So ähnlich waren auch ihre Bewegungen. Geschmeidig, wie dieses Katzentier der Wälder.

Als sie aufbrechen wollten, fesselte der Wirt plötzlich die Hände der jungen Frau und schon hatte Velus das andere Ende des Strickes in der Hand. Auf dem Heimweg zog er sie einfach hinter sich her. Zamaso stellte keine Fragen und sah auch nur nach vorn. Ihm war schon klar, was der alte Mann mit der jungen Frau machen wollte. Sicherlich hatte auch er ihre Schönheit bemerkt und die Hand auf ihrem Hintern war auch nicht zu übersehen gewesen. Doch es kam anders.

Unmittelbar vor dem Betreten des Hauses blieb der alte Mann stehen und sagte „Mein Bruder hat dir deine Partnerin entführt. Als Ausgleich schenkt er dir diese Sklavin." Dabei drückte er dem verblüfften Jäger die Schnur in die Hand und betrat das Haus. Zamaso sah ihm einen Moment nach, dann sah er die Frau an. Nun war er im Besitz eines Menschen! Das war ein sehr komisches Gefühl. Er betrat den Hof und sie musste folgen, da sie ja an der Schur hing und hinter ihm her musste. Eine der Sklavinnen betrat den Hof und da er nicht wusste, was er mit der jungen Frau anfangen sollte, drückte er der Sklavin die Leine in die Hand.

Die Frau zog das Mädchen hinter sich her in das Haus hinein, aus dem sie gerade gekommen war. Er folgte Velus in das Haus. Der ältere Mann saß bereits essend am Tisch, obwohl sie doch erst vor kurzem in der Schänke gegessen hatten. Zamaso setzte sich auf die zweite Liege, aber da er schon satt war, ließ er sich nur etwas Wein bringen. Die beiden Sklavinnen beeilten sich, jeden Wunsch von Velus sofort zu erfüllen. Das junge Mädchen ließ sich allerdings nicht blicken.

Das Gelage dauerte, bis es draußen langsam zu dämmern begann. Schließlich erhob sich Velus und winkte Zamaso einfach hinter sich her. Er sagte auch etwas zu einer der Sklavinnen, die sich verbeugte und dann eilig den Raum verließ. Die beiden Männer betraten zusammen einen großen Raum, in welchem in der Mitte ein sehr breites Bett stand.

Zamaso ahnte, was der Mann vorhatte. Wenig später betrat das junge Mädchen den Raum und verbeugte sich. „Ich gehe heute Abend auf eine Feier. Darum überlasse ich euch diesen Raum. Tobt euch aus, habt Spaß", sagte er zu Zamaso. „Aber sie kann mich doch nicht verstehen", antwortete der Jäger und der ältere Mann zeigte auf die Wände. Zamaso drehte sich zu den darauf gemalten Bildern, die verschiedene Pärchen in unterschiedlichen Positionen zeigten. „Suche dir etwas aus und dann zeigst du einfach darauf. Sie wird dir jeden deiner Wünsche erfüllen!", sagte

Velus, dann wendete er sich dem Mädchen zu, sagte etwas zu ihr und sie verbeugte sich.

Lachend ging Velus aus dem Zimmer und ließ die beiden jungen Leute in dem Raum zurück. Eine der Sklavinnen erschien und zündete ein Feuer in einer großen Schale an, dann verschloss sie die Fenster und zog sich mit einer Verbeugung ebenfalls zurück.

Da standen sie nun, nur drei Schritte voneinander getrennt. Er konnte sie nicht verstehen und sie ihn auch nicht, aber die Bilder an den Wänden waren ziemlich eindeutig. Wenn der Raum durch das Feuer nicht schon in ein rötliches Licht getaucht gewesen wäre, so hätte sie sicher sehen können, wie seine Ohren beim Betrachten der Bilder eine rötliche Farbe angenommen hatten. Er konnte es spüren, wie das Blut ihm in den Kopf schoss. Langsam ging er an der Wand entlang. Eigentlich sah er die Bilder schon nicht mehr an, sondern versuchte Zeit zu gewinnen und vermied es das Mädchen anzusehen.

Zamaso kämpfte die ganze Zeit gegen sich selbst an. Er wusste, dass seine Partnerin im Moment bei Laris war und er hier mit dieser Frau in einem Raum. Wie sollte er sich verhalten? Seit vielen Monden hatte er keine Frau mehr gehabt und nun stand eine nur drei Schritte hinter ihm, die ihm jeden seiner Wünsche erfüllen würde. Erfüllen musste! Sie war ja sein Eigentum. Auch, wenn sich das irgendwie komisch anfühlte. Es gab eben nur ein kleines Problem: sollte er Sarosa treu bleiben? Konnte er einfach so eine andere Frau lieben? Sie war ja nicht seine Partnerin und das durfte nicht sein! Er warf einen Blick über die Schulter, eigentlich war sie ja kein Mensch, sondern ein Gegenstand. Zählte das als Ausrede? Konnte er sich damit selbst etwas vormachen?

Am Ende des Raumes drehte er sich zu ihr um und sie trat auf ihn zu. Ohne ein Wort küsste sie ihn. Zögerlich erwiderte er ihren Kuss, dann nahm er ihr Gesicht in seine Hände. Alles was folgte, das ging ohne sein eigenes Zutun von sich.

Die Monde ohne Frau führten dazu, dass alles vorbei war, als sie sich nur streichelten.

Wenig später lagen sie kuschelnd zusammen im Bett. Haut an Haut, aneinander, nebeneinander. Sie hatte nicht einen Laut von sich gegeben und ihm war es einfach nur peinlich, dass er so schnell auf ihre Berührungen reagiert hatte. Es dauerte eine ganze Weile des intensiven Streichelns, bis er wieder für sie bereit war. Er schob alle Zweifel von sich und küsste die Frau neben sich. Auch seine Finger begannen nun, ihren Körper zu erkunden. Sie war so anders, als Sarosa. So zart, so zerbrechlich und drückte sich ihm entgegen.

Zamaso schaute zur Wand und zeigte auf eines der Bilder, das direkt vor dem Bett zu sehen war. Ihr Blick folgte seinem Fingerzeig und sie nickte verstehen. Dann drehte er sich auf den Rücken und sie schwang sich auf seinen Bauch. Langsam schob sie ihren Schoß nach unten und nahm ihn schließlich in ihrem Körper auf. Ihre Bewegungen waren langsam und die junge Frau schien dies nicht zum ersten Mal zu machen, obwohl sie jünger war als er. Zamaso sah ihr zu und brauchte eine ganze Weile, bis sich seine Finger in ihre Hüften krallten und sie nach unten zogen. Erschöpft fiel die Frau auf seine Brust und dann schliefen sie zusammen ein.

Sie wurden durch Velus geweckt, der in den Raum kam und fragte „Na? Wie war es?" Die junge Frau sprang aus dem Bett, zog ihr Kleid schnell wieder über und verbeugte sich vor ihnen beiden.

Danach lief sie schnell durch die Tür. Zamaso stand auf und nickte ihm zu. Velus schlug ihm lachend auf die Schulter und ging ebenfalls. Noch einmal sah Zamaso zum Bett zurück. Schön war es bei der Frau gewesen. Er nickte sich selbst zu und ging sich anschließend im Nachbarzimmer waschen.

Das Glück dieser Nacht hatte die Gedanken an Sarosa in den Hintergrund gedrängt, doch nun kamen sie zurück. War es richtig gewesen? Zumindest hatte es sich richtig und gut angefühlt.

36. Kapitel

Ein einsames Segel

Wie lange konnte das den dauern, bis sie das andere Schiff eingeholt hatten? Sie waren nun schon einige Tage auf See und sonst war um diese Jahreszeit ein Segel nach dem anderen zu sehen. Sie hätten bei all den Schiffen nur das Richtige finden müssen. Doch auf der See war nichts zu sehen. Jeden Tag stand Laris am Bug und schaute nach vorn, doch der Horizont blieb leer. Bei jeder Kampfübung mit Sarosa stellte er sich so, dass er nach vorn sehen konnte. Die Frau machte große Fortschritte beim Kämpfen, aber er glaubte nicht, dass sie in der Lage war, die beiden großen Nubier, oder einen davon, zu bezwingen. Ehrlich gesagt glaubte er selbst nicht daran, gegen die beiden gewinnen zu können. Da würden sie schon großes Glück brauchen.

Vermutlich genauso viel Glück, wie die Besatzung für das Einholen des anderen Schiffes benötigte. Wenn die beiden Sklaven erst mal den Zielhafen erreicht hatten, so wäre der Aufwand, den er das ganze Jahr gehabt hatte, umsonst gewesen. Dann konnte er nur Versuchen den beiden die Münzen wieder abzunehmen. Doch das Land da drüben, auf der anderen Seite des Meeres, war groß und wie sollte er sie dann dort finden? Zwei Nubier mitten in Nubien? Das war fast aussichtslos. Er musste sie einholen, solange sie noch auf der See waren. Die Stunden mit Sarosa, die sie unter Deck verbrachten, waren auch sehr schön, aber er konnte den Gedanken an die gestohlenen Steine nicht ablegen und solange sie noch auf der Jagd waren, würde das vermutlich auch so bleiben.

Eigentlich hatte er hier an Bord nichts zu tun und damit es ihm nicht langweilig wurde, half er bei allen möglichen Dingen, die hier an Bord so anfielen. Zusätzlich zu den Kampfübungen und den Kuschelstunden mit Sarosa war damit nicht mehr so viel Zeit zum Grübeln übrig. Kein „Was wäre wenn?" mehr. Er hatte sich absichtlich für eines der schnelleren phönizischen Schiffe entschieden. Die anderen Handelsschiffe waren schwerer, konnten mehr laden, waren dafür aber eben langsamer. Hatte er sich mit der Geschwindigkeit verschätzt? Die Zeit hier an Bord kam ihm schon so unendlich lang vor und mit jedem Blick auf das leere Meer vor dem Schiff wurde es nur noch unerträglicher. Er hatte dem Mann im Ausguck ein paar Münzen gegeben, damit er besonders gut nach dem Schiff Ausschau hielt, aber bisher war auch von ihm nichts gesehen worden.

Da ihr Schiff nicht so groß war, war der Platz darauf natürlich auch sehr beschränkt. Etwa zwanzig Schritte lang und fünf breit, das war ihre kleine hölzerne Welt. Zum Glück blieb die See ruhig und er begann jeden Tag mit einem Dankgebet für seinen Gott, dass dies auch so bleiben würde. Nicht auszudenken, was wohl mit diesem kleinen Holzhaufen passieren würde, wenn sie in einen starken Sturm gerieten, wie er jetzt im Herbst immer mal wieder über die See zog.

Wieder begann er mit Sarosa eine neue Übung auf dem Deck. „Wenn du mit den Männern kämpfst, dann haue einfach zu. Egal wo du triffst. Du musst nicht schön kämpfen, du darfst dich nur nicht treffen lassen. Bleibe in Bewegung und weiche den anderen Schlägen aus", erklärte er und übte mit ihr. Er hatte einen Holzeimer an einen Strick gebunden und diesen an dem Mast befestigt. Laris schob diesen an, wodurch er immer hin und her pendelte und Sarosa ihm immer ausweichen musste. Da sie nur das kurze Kleid trug, das die Beine weitestgehend frei ließ, war sie schnell und beweglich. Geschickt wich sie dem Eimer aus. Dann übte er und Sarosa versetzte den Eimer in Schwingungen. Das übten sie eine ganze Weile, bis sie beide völlig außer Atem waren. Wie sie es sich angewöhnt hatten beendeten sie das Training mit einem langen Kuss. Dann hob er sie auf seine Arme und trug sie nach unten in den Schiffsbauch.

Nun setzten sie das Training anders fort. Sie streiften sich gegenseitig die Kleidung ab und wollten sich gerade auf den Decken ausstrecken, als oben der Ausguck „Schiff in Sicht!", rief. Schnell hatte Laris seine Sachen wieder an und lief nach oben. Sarosa ließ er einfach so dort liegen. Nicht einmal zurück zu ihr sah er. Nach wenigen Augenblicken stand er oben an Deck und blickte nach vorn. Weit voraus war ein kleiner weißer Punkt über dem Blau zu sehen. Noch konnte man nicht erkennen, was es war, aber sicher ein Segel, denn etwas anderes weißes gab es hier nicht.

Sarosa tauchte aus der Luke wieder auf und brachte ihm seinen Gürtel mit dem Schwert. Ihr eigenes hatte sie sich schon umgelegt. Nun starrten beide nach vorn. Wenn er gekonnt hätte, so wäre er ausgestiegen, um das Schiff zu schieben, doch es würde alles nichts bringen. Sie musste einfach warten. „Da hätten wir jetzt aber noch jede Menge Zeit gehabt", versuchte Sarosa einen Scherz, aber an ihrer Stimme war auch ihre eigene Anspannung zu hören gewesen. War es das gesuchte Schiff? Wie konnte er es erkennen? Vermutlich nur, wenn sie hinübersprangen und es untersuchten. Oder sie die beiden Nubier auf dem anderen Schiff erkannten. Laris ging zum Mast, kletterte hinauf und band zwei Seile oben fest, die lang genug waren, damit sie daran auf das andere Schiff springen konnten. Das hatten sie nicht üben können und es gab nur einen einzigen Versuch. Verfehlten sie das andere Schiff, so würden sie im Meer landen und vermutlich ertrinken.

Schnell rutschte er wieder hinab und ging zu Sarosa. Nebeneinander stehend wartenden sie ab. Seine Hand krampfte sich um den Griff des Schwertes, dass er am Gürtel trug. Nur langsam holte ihr eigenes Schiff auf. Das andere Schiff wurde immer größer und schon bald konnten sie den bauchigen Schiffskörper erkennen. Es war eines der gesuchten Handelsschiffe, aber war es auch das Gesuchte?

Die Schiffsbesatzung versuchte so nah wie nur möglich an das andere Schiff heran zu kommen. Suchte man sonst eher den Abstand, so war es diesmal genau anders herum. Schon trennten nur noch etwa hundert Schritte die beiden Schiffe. Der Mann wechselte mit Sarosa zu der Stelle, an der sie die Seile hängen hatten und suchten sich einen sicheren Halt am Seil. Wie gebannt starrte er hinüber. Das andere Schiff hatte nun seinen Verfolger bemerkt und versuchte Abstand zu gewinnen, aber dafür waren sie nicht schnell genug.

Laris erkannte einen der Nubier auf dem anderen Schiff und zeigte auf ihn. Sarosa nickte. Sie hatten sie!

37. Kapitel

Im Gefühl des Glücks

Es war anders gewesen, als all die Male zuvor. Diesmal hatte es ihr Spaß gemacht! Etwas, was sie bisher als unschöne Zugabe zur Bewirtung angesehen hatte, war nun etwas, was ihr wirklich gefallen hatte. Sie hatte schon von dem alten Mann ihre Einweisung erhalten, alle Wünsche des Jüngeren zu erfüllen. Für einen Moment hatte sie das zurückschrecken lassen, doch als Sklavin war sie es ja sowieso gewöhnt, jeden Wunsch ihres Herrn, und sei dieser noch so absurd, ohne Nachfrage sofort zu erfüllen. Sie hatte dabei sofort wieder daran gedacht, wie sie ihr Herr damals zu sich gerufen hatte, um sie „Einzuweisen". Zwei Sommer war das nun schon her und sie dachte immer noch mit Zorn daran zurück.

Die „Einweisung" hatte darin bestanden, dass der Herr ihr Kleid zerrissen hatte, sie einfach in sein Bett geworfen hatte und dann mit Gewalt in sie eingedrungen war. Ihr Schreien hatte ihn nur noch mehr angestachelt. Nachdem er mit ihr fertig gewesen war und er sie aus dem Zimmer geworfen hatte, konnte sie ein paar Tage nicht mehr richtig laufen. Aber in Schutz nehmen konnte sie niemand. Sie war ja nur eine Sklavin, die Tochter einer Sklavin. Ein Gegenstand. Nicht viel mehr wert, als irgendeine Vase. Vermutlich eher weniger wert. Die Zeit bei dem Wirt war nur kurz gewesen, aber lang genug, um mehr als einmal die Schläge des Mannes zu erhalten. Oft schon wegen Nichtigkeiten. Kanuta wollte gar nicht daran denken, was ihr wohl für den zerbrochenen Krug passiert wäre. Der alte Mann war oft sehr jähzornig gewesen und nach seinem Blick zu urteilen, hätte er sicher die Peitsche für sie gebraucht.

Erneut gingen ihre Gedanken zurück. Einmal war sie dabei gewesen, als ihr Herr damals einen der Sklaven hatte auspeitschen lassen. Die Schreie des Mannes hatte sie noch lange in den Ohren gehabt und sie war froh, dass ihr dies erspart geblieben war. Dafür würde sie nun alles tun, um ihren neuen Herren jeden Wunsch von den Augen abzulesen. Er war sicher nur einen Sommer älter als sie und so wie er sie ansah, sah er nicht den Gegenstand in ihr, sondern den Menschen. Das hatte ihr irgendwie ein gutes Gefühl gegeben und sie hatte ihm gern geholfen. Das erste kleine Ungeschick hatte sie mit einem Lächeln einfach so hingenommen, wie es passiert war. Danach hatte er sich, vermutlich instinktiv und ohne viel darüber nachzudenken, für eine Position entschieden, die ihr alle Freiheiten gab und sie zum aktiven Teil machte. Bisher hatte sie dieses Glück noch nie gehabt und es hatte ihr sehr gefallen. Dabei hatte sie eine nie gekannte Lust in sich gespürt.

Gemeinsam waren sie eingeschlafen und erst der alte Mann hatte sie geweckt. Schnell war sie in ihr Zimmer geeilt und hatte sich dort gesäubert. Eine der anderen Frauen erschien und brachte ihr etwas zu essen. Danach erhielt sie auch ein neues Kleid, das deutlich länger war, als das, was sie bis zum Vortag getragen hatte. Es hatte richtige Ärmel, war auf Taille gearbeitet und ging bis zur Hälfte der Oberschenkel. Fast ein herrschaftliches Kleidungsstück. Sie zog es sich über und legte sich den passenden Gürtel um, auch diesen hatte sie von der anderen Frau erhalten. Er war mit kleinen Metallteilen versehen und sah sehr kostbar aus. Was würde nun ihre Aufgabe für den Rest des Tages sein? Wie es sich für eine Sklavin gehörte, setzte sie sich auf das Bett und wartete auf die Anweisungen. Wenig später erschien die alte Frau wieder und holte sie ab. Gemeinsam gingen sie in das Haus hinüber, wo die beiden Männer schon an dem Tisch auf den Ruhebänken Platz genommen hatte.

Der ältere Mann zeigte auf die Bank, auf der der Jüngere lag und sie nickte ihm zu. Sie legte sich zu ihm und erhielt einen Becher mit Wein. So lag sie nun mit dem Rücken zu ihrem Herrn und dieser drückte seinen Bauch gegen ihre Rückseite. Der Wein, den er ihr immer wieder nachschenkte, schmeckte sehr gut. Kanuta konnte sich nicht erinnern, jemals solch einen köstlichen Wein bekommen zu haben und irgendwie trank sie vermutlich einfach zu viel davon, denn als sie sich erheben wollte, da fiel sie wieder zurück auf die Bank.

Alles in dem Raum schwankte. Der alte Mann lachte und der Jüngere nahm sie auf seine Arme und trug sie in ihr Zimmer zurück. Eine Sklavin wurde von ihrem Herrn getragen? Der Wein verhinderte ihren Widerstand. Sie schlang ihre Arme um seinen Hals und fühlte sich wohl bei ihm. Dann legte er sie auf dem Bett ab, aber sie wollte ihn nicht loslassen. Schließlich zog sie ihn einfach zu sich herunter und küsste ihn.

Gerade eben hatte sie an dem Essen teilgenommen wie eine richtige Frau, nicht wie eine Sklavin, die nur holen und bringen durfte. Sie hatte auf der gepolsterten Bank an der Seite ihres Herrn geruht, der alte Mann hatte bestimmt gewusst, was das bedeutete. Ihr Herr sicherlich nicht. Es war noch nicht mal ein Tag her, dass sie mit gefesselten Händen dieses Haus betreten hatte. Vielleicht hatte auch der viele Wein dafür gesorgt, dass sie nun alles etwas lockerer sah. Kein Sklave konnte es wagen, etwas ohne die Zustimmung seines Herrn zu tun. Doch ihr war es im Moment egal. Kanuta zog ihren Herren einfach zu sich. Sie löste ihre Lippen nicht von den Seinen und die Umklammerung seines Halses löste sie auch nicht. Er musste einfach bei ihr bleiben!

Ohne sich aus dem Kuss zu lösen, streifte sie ihr Kleid hoch, zog ihn weiter zu sich und umklammerte ihn mit ihren Beinen. Offensichtlich gefiel ihm das, denn sie konnte seine Erregung an ihrem pochenden Schoß spüren. Kanuta rieb sich an ihm und bäumte sich auf, als er endlich in sie glitt. Jede seiner Bewegungen löste Glücksschauer aus, die durch ihren Körper jagten. So hatte sie noch nie empfunden.

Zum ersten Mal fühlte sie sich als Frau, als Mensch. Geliebt, gewollt! Glücklich! Als er sich zuckend in ihr verströmte, löste sich ihre Anspannung mit einem erlösenden Schrei und nur das Glücksgefühl blieb in ihr zurück. Sie fiel erschöpft auf das Bett zurück und er zog sich aus ihr zurück. Dann löste der Mann sich von ihr und noch bevor er ging, war sie schon fest eingeschlafen.

Als sie erwachte lag sie nackt allein in ihrem Bett und dachte an den Abend zuvor. Dabei erschrak sie und sprang auf. Sie hatte nur an sich gedacht und war nicht auf die Bedürfnisse ihres Herrn eingegangen. Schnell zog sie sich an und rannte in sein Zimmer, in dem er noch schlief. Dort kniete sie sich vor sein Bett und wartete auf ihre Strafe. Sicherlich war der Wein an ihrer Verfehlung schuld und sie würde sich bei ihrem Herrn entschuldigen.

Kanuta hoffte, dass er sie nicht verkaufen oder wegjagen würde. Das Gefühl des Glücks, das sie am Abend zuvor erlebt hatte, war der Angst gewichen.

38. Kapitel

Die Heilkraft des Wassers

Zamaso erwachte in seinem Bett und sah die junge Frau vor sich auf dem Boden knien. Sie weinte und verbeugte sich mehrmals vor ihm. Er hatte keine Ahnung, was los war. Die Worte sprudelten nur so aus ihr heraus und er konnte keines davon verstehen. Er stand auf, zog sich an und hob sie auf die Füße, dann schleppte er sie zu Velus, der gerade aufgestanden war und bat ihn zu übersetzen, was die junge Frau von ihm wollte. Velus hörte zu und fing dann an zu lachen. Zamaso sah den Mann an und er erzählte mit einem Lächeln im Gesicht „Sie hat Angst, dass du sie davon jagst, weil sie gestern Abend nur an sich und nicht an dich gedacht hat." Dabei zwinkerte er ihm zu und verschwand aus dem Zimmer zum Essen in den Nebenraum. Wie sollte er ihr erklären, dass alles in Ordnung war? Er küsste sie einfach und zog sie hinter sich her zum Essen. Dann legte er sich auf die Bank und zeigte auf den Platz vor sich. Freudestrahlend ließ sie sich nieder und fütterte ihn mit den erlesensten Speisen.

„Ich muss unbedingt eure Sprache lernen", sagte er zu Velus und der nickte. „Ich werde heute zu meiner geliebten heißen Quelle aufbrechen. Wenn du möchtest, so komm mit und ich bringe dir unterwegs den ersten Teil unserer Sprache bei." Zamaso nickte, dann sagte Velus etwas zu der Frau und die nickte ebenfalls freudestrahlend. „Na dann los!", setzte Velus hinzu und klatschte in die Hände. Wenig später saßen sie zu dritt in einem Karren, der vier Plätze hatte. Es hatte ihm einige Mühen gemacht, die Frau, von der er nun wusste, dass sie Kanuta hieß, in den Wagen zu bekommen. Ihrer Meinung nach mussten Sklaven hinterherlaufen, wie ihm Velus übersetzt hatte. Eigenartigerweise hatte der Mann kein Problem mit Kanuta zusammen im selben Wagen zu sitzen.

Zamaso erinnerte sich noch an den ersten Abend, als er die andere Sklavin mit Fußtritten aus dem Raum gejagt hatte.

Als er ihn darauf ansprach, sagte dieser „Es ist deine Sklavin. Dein Eigentum!" und lachte. Der Wagen holperte über die Straße, aber in dem Wagen, der mit weichen Kissen ausgepolstert war, ließ es sich gut reisen. Die Lehrstunden begannen und Kanuta machte eifrig mit, nachdem sie begriffen hatte, wie sie es ihm beibringen sollte. So wechselten sich Kanuta und Velus gegenseitig ab. Velus nannte den Begriff in beiden Sprachen und Kanuta machte dasselbe, indem sie auf einen Gegenstand zeigte und den Namen in ihrer Sprache nannte. So lernte er den ganzen Weg über und als sie am Abend die Taverne in der Nähe der Therme erreicht hatte, konnte Zamaso schon einiges und sich vor allem mit Kanuta verständigen.

In der Taverne wollte der Wirt Kanuta und ihn trennen, da sie durch das Halsband eindeutig als Sklavin zu erkennen war, und Sklaven nicht in den Gästeräumen geduldet wurden, doch Zamaso hatte so viel gelernt, um sich für sie einzusetzen und ein paar Extramünzen von Velus taten ihr Übriges, um ihn umzustimmen. Nach der langen Reise verschwanden sie alle drei ohne Essen auf ihren Zimmern. Noch wusste Zamaso nicht, was so besonderes an dieser Quelle war. Doch das würde er sicher am nächsten Tag erleben. Da sie beide müde waren, kuschelte sich Kanuta nur an ihn an und sie schliefen schnell ein.

Der nächste Tag empfing sie mit Sonnenschein, aber es war doch schon herbstlich frisch. Wer würde da wohl freiwillig in das kalte Wasser gehen? Velus stand schon auf dem Gang und hatte eine dralle Sklavin in seinem Arm, in die Kanuta zweimal hinein gepasst hätte, aber nicht in der Höhe, sondern in der Breite. Anscheinend hatte die Sklavin die Nacht bei Velus verbracht, seinem glücklichen Lächeln nach zu urteilen. Zu viert gingen sie den mit Steinen belegten Weg hinüber. Schon aus einiger Entfernung sah Zamaso Dampf aufsteigen.

Dann standen sie vor einem Becken, in dem schon einige ältere Männer saßen. Zamaso bückte sich und steckte seine Hand in das Wasser. Es war sehr warm. Schnell zog er die Hand zurück. „Wer heizt den das Wasser hier? Sklaven?", fragte er und Velus entgegnete lachend „Nein. Das kommt schon so aus der Erde." dabei zeigte er zur Seite, wo das Wasser direkt aus dem Felsen in das Becken lief. Schnell legte er seine warmen Sachen ab und ließ sich mit einem Wohllaut nackt in das Becken gleiten. „Ach! Wie habe ich das vermisst!", rief er und weiter, „Kommt rein! Keine Scheu." Die drei anderen legten ihre Sachen ebenfalls ab und setzten sich neben den älteren Mann in das Becken.

Am Rande liefen Sklaven, die Getränke und Speisen brachten. Zamaso bestellte Wein und bekam einen Teller, auf dem Beeren lagen. Als er etwas seltsam schaute erklärte Kanuta ihm, das daraus Wein gemacht wurde und die Beeren ebenfalls Wein hießen. Er nahm einen Becher und hielt diesen hoch, der Sklave nickte und verschwand. Wenig später hatte er eine Amphore mit Wein gebracht. „Trinkt nicht zu viel. Das Wasser ist warm, da geht der Wein schnell in das Blut", sagte Velus lachend und sie stießen an. Kanuta war bei der Bemerkung rot geworden, wurde sie doch dadurch an ihre Verfehlung erinnert. Zamaso lachte darüber und küsste sie, aber sie beließ es bei einem Becher und machte danach mit den Beeren weiter, von denen sie sagte, es seien Trauben, und die sie ihm immer wieder in den Mund schob.

„Diesen heißen Quellen wird eine große Heilwirkung nachgesagt und sie sind das Beste für meinen Rücken. Für meine Hüften habe ich ja diese süße Sklavin", sagte Velus und streifte den Arm der drallen Frau neben sich. Dass sie alle nackt waren und jeder sehen konnte, was er mit dieser Bemerkung meinte, das störte ihn offensichtlich nicht.

Sie blieben bis fast zur Abenddämmerung in dem warmen Wasser. Dann gingen sie, in dicke, warme Sachen gehüllt, schnell zurück in die Taverne, wo sie sich zu viert, in einen gut geheizten Raum, zusammen zum Essen auf zwei Bänke legten.

39. Kapitel

Auf Messers Schneide

Gebannt starrte Sarosa nach vorn und kniff die Augen zusammen. Die Haare hatte sie sich schnell hinten mit einem Band zusammengezogen, damit sie ihr nicht in die Augen fielen, wie es beim Üben oft passiert war. Sie trug eines der Kleider mit den Ärmeln, das ihr eine der Sklavinnen eingepackt hatte. Es war zu kurz und auf Taille gearbeitete, die aber etwas zu hoch saß. Die Sonne blendete sie, doch das Schiff war deutlich zu sehen. Langsam schob sich ihr Schiff an die Seite des anderen. Dessen Bordwand war etwas höher als die ihrige und so würden sie nach oben springen müssen. Mit dem Seil in der Hand wartete sie auf den richtigen Moment und als nur noch wenige handbreit Wasser die Schiffe voneinander trennten, sprang sie los.

Sie riss die Beine nach oben und der Wind fuhr unter ihr Kleid. Nur der Gürtel mit dem Schwert sorgte dafür, dass sie es überhaupt anbehielt. Mit praktisch nackten Unterkörper fiel sie auf das Deck des anderen Schiffes, dann sprang sie auf und riss das Schwert aus dem Gürtel. Nun stand sie alleine den beiden Nubiern gegenüber. Laris war nur einen Augenblick nach ihr gesprungen und hing draußen an der Bordwand, aber sie konnte ihm im Moment nicht helfen. Hektisch versuchte sie den Hieben der beiden großen Männer auszuweichen.

So, wie sie es bei Laris gelernt hatte, blieb sie in Bewegung und wich den niedersausenden Schwertern immer wieder aus. Zugleich versuchte sie ihrerseits einen Treffer zu landen, aber das war gar nicht so einfach. Zum Glück hielten sich die anderen Männer der Schiffsbesatzung zurück. Sie schrie und tobte und es war ihr egal, dass das nicht wirklich gut aussah. Aber sie musste versuchen die Beiden solange in Bewegung zu halten, bis Laris endlich an ihrer Seite war. Ein Schlag traf ihr Bein und sie schrie auf. Sie spürte den Schmerz und wie ihr das Blut am Bein herunterlief. Lange würde sie nicht mehr standhalten können. Ihre Bewegungen wurden langsamer und endlich schaffte es Laris, auf das Deck zu gelangen.

Sie fiel auf die Knie und schlug seitlich nach vorn, dabei traf sie einen der Nubier am Unterleib. Mit einem Schmerzensschrei ließ der Mann sein Schwert fallen und griff sich an den Bauch. Zwischen seinen Fingern lief Blut hervor und er fiel nach hinten um. Vor Schmerzen krümmte er sich auf dem Deck und nun konnte Sarosa auch nicht mehr aufstehen, sie musste im Knien zusehen, wie Laris gegen den anderen Nubier kämpfte. Die Frau ließ das Schwert fallen und riss sich einen Streifen Stoff vom Saum ihres Kleides, dann setzte sie sich zurück, zog die Knie an und verband sich die Wunde an ihrem Bein. Diese war nicht sehr tief, aber schmerzhaft. Der Mann vor ihr hielt sich mit einer Hand den Bauch und angelte mit der anderen sein Schwert. Mühsam erhob er sich und kam schwankend auf sie zu. Sarosas Augen suchten ihr Schwert, doch das lag unerreichbar weit vor ihr.

Langsam rutschte sie nach hinten und der Mann kam hinter ihr her. Die Spitze seines Schwertes zeigte bedrohlich in ihre Richtung und schon bald war hinter ihr die Bordwand. Weiter konnte sie nicht ausweichen. Verzweifelt rief sie nach Laris, aber der war im Moment mit dem anderen Nubier beschäftigt. Nicht weit von ihr kämpften die beiden Männer verzweifelt miteinander und vor ihr holte der Nubier zum tödlichen Schlag aus. Was konnte sie tun? Aus lauter Verzweiflung trat sie mit dem noch gesunden Fuß zu und der Mann verlor das Gleichgewicht. Mit einem Schrei kippte er über die Bordwand. Direkt über ihr traf das Schwert das Holz und blieb dort nur eine Handbreit neben ihrem Ohr stecken.

Sarosa zog sich an der Bordwand hoch und sah hinunter, der Mann war jedoch schon verschwunden. Sie zog das Schwert aus der Bordwand und humpelte zu Laris hinüber, um ihm zu helfen. Aber eine wirkliche Hilfe war sie nicht. Immer stärker wurden die Schmerzen in ihrem Bein. Schließlich traf Laris den Sklaven tödlich am Hals und der Nubier fiel wie ein gefällter Baum nach hinten um. Nun ließ sie wieder das Schwert fallen und setzte sich auf das Deck. Mit beiden Händen umklammerte sie ihr Bein. Der Verband war mittlerweile rot vom Blut und Laris kniete sich vor sie hin. Schnell zog er den Verband fester und sie biss die Zähne zusammen, um nicht laut zu schreien. „Das war ziemlich knapp", stöhnte sie und er nickte. Nun kamen die anderen Männer der Besatzung zu ihnen und Laris stand auf. Mit dem Schwert in der Hand erklärte er den Männern etwas und diese nickten nur. Als Nächstes landete auch der zweite Nubier im Wasser.

Laris steckte sein Schwert in die Scheide und hob sie auf seine Arme, dann trug er sie in einen Raum am hinteren Ende des Schiffes, wo er sie auf einem Tisch absetzte. Einer der Männer brachte Nadel und Faden. Vorsichtig nähte Laris die Wunde an Sarosas Bein wieder zusammen. Dann verband er die Verletzung und legte sie in das Bett an der Seite des Raumes. Vor Erschöpfung schlief sie schnell ein. Im Traum sah sie die beiden Männer im Meer versinken. War damit auch ihr Albtraum zu Ende? Nicht wirklich, denn wieder wachte sie schreiend auf. Laris saß an ihrem Bett und wischte ihr die Stirn ab. „Alles ist gut", sagte er und sie nickte dankbar. „Möchtest du etwas essen oder trinken?", fragte der Mann sie und sie antwortete „Trinken wäre gut." Dann verschwand er kurz aus dem Raum und kam mit einem Becher Wasser zurück, den sie hastig austrank.

„Sind denn deine Säcke alle noch da?", fragte sie und er nickte. „Wir sind nun mit diesem Schiff unterwegs und hier haben wir sogar eine Kabine mit einem Bett. Wir müssen also nicht mehr unter Deck gehen", sagte er mit einem Lächeln. Sie nickte, aber im Moment war ihr nicht nach Zärtlichkeit. Die Schmerzen im Bein waren einfach noch zu stark.

„Kann ich noch etwas Wasser haben?", fragte sie und hielt ihm den leeren Becher hin. Er nickt und ging, um schnell mit dem gefüllten Becher für sie zurückzukommen, dann schlief sie wieder ein. Als sie erwachte lag er neben ihr in dem Bett und sie kuschelte sich an ihn an. Es war noch ein weiter Weg mit dem Schiff, aber nun mussten sie ja niemanden mehr verfolgen und kämpfen mussten sie nun auch nicht mehr üben.

Langsam ließen die Schmerzen nach und sie weckte ihn mit einem Kuss. Zärtlich streichelte er ihr Gesicht.

40. Kapitel

Dinge und Menschen

Seit sieben Tagen waren sie nun schon bei den heißen Quellen. Die Wärme tat Velus gut, aber langsam wurde es Zeit, den Rückweg wieder anzutreten. Als er sich abends aus dem Becken erhob, sagte er „Morgen brechen wir wieder auf", alle anderen schauten ihn überrascht an, doch er nickte nur. Dann zog er seine Sklavin am Arm hinter sich her zu der Taverne hinüber. Die anderen beiden ließ er einfach dort zurück. „So! Ein letztes Mal kannst du mir etwas Gutes tun!", sagte er zu seiner Sklavin, als er mit ihr in seinem Zimmer war. Sie streifte ihr Kleid ab und ließ sich für ihn in das Bett fallen. Wenig später war er fertig, gab ihr ein paar Münzen und warf sie nackt aus dem Zimmer. Gerade in dem Moment, als Zamaso zu seinem Raum ging, mit seiner Sklavin an der Hand.

Am nächsten Morgen fragte er ihn, warum er dies so gemacht hatte und Velus zuckte mit den Schultern. „Sie ist eine Sklavin", sagte er nur. Dann zeigte er auf Kanuta und sagte „Warum habe ich dir wohl diese Sklavin geschenkt?", als Zamaso nicht antwortete, setzte er fort „Ich habe sie dir geschenkt, weil Laris dir deine Partnerin geraubt hat. Sie ist eine Sklavin und nur dazu da, deine männlichen Bedürfnisse zu erfüllen. Sie ist ein Gegenstand und wird alles machen, was du ihr sagst. Wenn du ihr sagst, dass sie mit mir in das Bett gehen soll, so wird sie es mit einem Lächeln tun. Sagst du ihr, sie soll auf einem Bein hopsen, so wird sie dies tun, bis sie tot umfällt. Sie ist kein Mensch. Eine Sklavin. Ein Schoß, auf zwei Beinen. Bereit dich aufzunehmen, wann immer du es willst."

Er sah die beiden Gesichter vor sich, aber eigentlich störte ihn nur das erschrockene Gesicht der Sklavin. „Ich war freundlich zu dir, damit du freundlich zu ihm bist. Weißt du, wo dein Platz ist?", fuhr er sie an und die Sklavin nickte. Sie stellte sich hinter Zamaso und Velus nickte „So ist es Recht." Mühsam erhob er sich und trat aus der Taverne. Er bezahlte den Wirt und bestieg den Wagen. Zamaso folgte ihm und stieg ein. Die Sklavin trat an den Wagen, blieb aber draußen stehen. Velus nickte und ließ den Wagen anfahren. Die Sklavin lief hinterher. Er wollte dem Jäger zeigen, wie das Verhältnis zwischen Herr und Sklave war und dieser Moment war genau jetzt. Er hatte in den letzten Tagen bemerkt, dass sich das Verhältnis zwischen den Beiden geändert hatte und dagegen musste er jetzt etwas unternehmen, bevor es zu spät war.

„Aber für mich ist sie kein Gegenstand, sondern ein Mensch", begann Zamaso und Velus hob den Finger. „Vorsicht! Solange sie für dich nur ein Gegenstand ist, so ist alles gut. Aber wenn sie ein Mensch ist, so betrügst du deine Partnerin!", erklärte er und damit hatte er sicher Zamasos wunden Punkt getroffen, denn er sah den betroffenen Blick, den der Jäger auf die Sklavin richtete. Dann nickte Zamaso. „Kann ich sie nicht trotzdem gut behandeln?", fragte er und Velus antwortete „Natürlich. Sie ist dein Eigentum!" „Dann möchte ich, dass sie zu uns in den Wagen steigt!", sagte Zamaso, hielt den Wagen an und half seiner Sklavin einzusteigen.

„Solange du daran denkst, dass sie ein Gegenstand ist, solange ist alles gut", erklärte Velus und war mit einem Mal wieder so freundlich, wie er es die letzten Tage gewesen war. Er bot der Sklavin sogar einen Becher Wein an, den sie gierig austrank, schließlich war sie dem Wagen schon eine ganze Strecke hinterher geeilt.

Der Rest des Weges war ruhig in dem Wagen. Er streckte sich aus und genoss die Stille. Gegen Abend erreichten sie wieder das Haus. Am Tor wurden sie schon mit einer tiefen Verbeugung von den beiden Sklavinnen begrüßt, doch weder Laris noch Sarosa waren anwesend. Er konnte die Enttäuschung und gleichzeitig die Erleichterung in den Augen des jungen Jägers sehen. Erleichterung, da er nun noch ein paar Tage seine Sklavin um sich haben würde, die nun sicher jeden Wunsch von ihm erfüllte und Enttäuschung, dass er seine Partnerin nicht vorfand. Danach gab es noch ein ausgiebiges Mal, bei dem die Sklavin, auf Zamasos Wunsch, teilnahm.

Nach dem Essen zeigte er auf eine der beiden Sklavinnen und sagte „Ab in mein Zimmer!" Die Frau verbeugte sich und verschwand. Dann erhob er sich und nickte dem jungen Mann zu, der immer noch neben seiner Sklavin auf der Bank lag. Langsam ging Velus hinüber in den Schlafraum, wo die Sklavin bereits auf ihn wartete. Sie war eigentlich nicht sein Typ und auch schon ein paar Sommer zu alt, aber darüber konnte er sich im Moment keine Gedanken machen. Die beiden auf der Bank und die Erinnerung an die Sklavin in der Therme hatten ihn zu sehr erregt. Er zeigte nur auf das Bett und zog sich seine Kleidung über den Kopf. Da die Frau gezögert hatte, schrie er sie an und riss ihr das Kleid über den Kopf. Mit einem Stoß landete sie Rücklings im Bett.

Wenig später war er mit ihr fertig und schlief im Bett ein. Vielleicht war es Zeit wieder in sein Dorf zurückzugehen. Er konnte ja jederzeit wieder zurückkommen. Seine heißen Quellen und deren Annehmlichkeiten hatte er ja nun zur Genüge genossen. Am nächsten Morgen setzte er sich auf seine Bank und verkündete seinen Entschluss, wieder zurückzugehen. Er sah die Erleichterung in den Augen der Sklavinnen und das Gefiel ihm gar nicht. Aber sie waren nicht seine Sklavinnen, sonst hätte er jetzt gern die Peitsche benutzt, um diese Genugtuung und das Grinsen aus den Gesichtern der Frauen zu bekommen. Velus erhob sich und gab Zamaso die Hand.

Gemeinsam gingen sie zum Tor des Hauses. „Dieses Haus gehört nun dir. Mit allem, was darin ist. Bis mein Bruder wieder zurück ist. Er schuldet mir immer noch einige Münzen!", sagte er, dann ging er aus dem Haus und beschritt den Weg, der zur Straße führte. In sieben Tagen würde er wieder an seinem Berg sein. Unterwegs gab es auch noch eine heiße Quelle und die würde für eine längere Rast genau richtig sein. Es war nur ein kleiner Umweg.

41. Kapitel

Mit dem Wind

Nun würden sie sicher viele Tage unterwegs sein. Das große, bauchige Schiff zog gemächlich dahin. Es war ein etruskisches Schiff, das sich so weit aus dem Tyrrhenischen Meer heraus gewagt hatte. Früher, zu Zeiten von Laris Großvater, gab es hier nur die Schiffe der Phönizier, die immer noch hier unterwegs waren. Doch nun fuhren auch die Etruskischen Schiffe hier und trieben Handel. Warum sollte man das ganze Geschäft den fremden Händlern überlassen? Es war mehr als Glück gewesen, dass sie das Schiff gefunden hatten und noch mehr, dass sie es geschafft hatte, die beiden entflohenen Sklaven zur Strecke zu bringen. Er hatte als Dank ein paar Münzen für seinen Gott geopfert, indem er sie dem Meer übergeben hatte.

Schnell hatte er sich mit dem Schiffsführer geeinigt, die Sache zu vergessen. Der Mann wollte ja nicht als Unterstützer von geflohenen Sklaven dastehen und Laris konnte so mit seiner Ware sicher auf die andere Seite des Meeres gelangen. Es war schon ein gefährliches Leben als Händler, dachte er, während er auf einer Kiste am Bug des Schiffes saß. Zuerst die wilden Wälder des Nordens, wo ein Mann einfach so verschwinden konnte und nun die tiefe See des Südens, wo es auch nicht viel ungefährlicher war. Schon oft hatte er vom Schiffbruch gehört. Von Männern, die nie zurückkehrten. Von spitzen Klippen, die ein Schiff einfach so aufschlitzen konnten, von Stürmen, die die kleinen Boote umherwarfen und auch von riesigen Meeresungeheuern. Er drehte sich um und sah zu Sarosa, die in der kleinen Kabine auf dem Bett lag. Der Vorhang, der die Kabine sonst verschloss, stand offen und er konnte ihr Gesicht sehen. Von all den Gefahren erzählte er ihr lieber nichts.

Er war ihr sehr dankbar, nur durch sie hatte er seine Ware wieder zurückerhalten. Sie hatte wie eine Löwin gekämpft und ihr eigenes Leben nicht geschont. Vermutlich aber auch, weil sie sich an den beiden Männern rächen wollte. Die kleine Wunde an ihrem Oberschenkel würde in ein paar Tagen abgeheilt sein, dann würde er den Faden wieder herausziehen. Ein paar Möwen kreischten um seinen Kopf und er sah nach vorn. Das Schiff fuhr immer an der Küste entlang. Er hatte den dünnen schwarzen Strich zu seiner linken Seite. Immer nah genug, um diese Linie zu sehen und immer weit genug davon weg, um nicht auf eine Untiefe aufzulaufen. Die Möwen waren das Zeichen dafür, dass sie sich mal wieder der Küste näherten, um in einen Hafen einzulaufen und Waren zu tauschen.

Im Laderaum waren dutzende Amphoren gestapelt. Sie waren mit Seilen verschnürt, damit die Ladung nicht verrutschte und die Verschlüsse zeigten den Inhalt des jeweiligen Behältnisses an. Er war schon lange genug Händler, um auseinander halten zu können, in welchem sich Öl und in welchem sich Wein befand. Die Frau stand plötzlich hinter ihm und legte ihre Hand auf seine Schulter. Er blickte zu ihr auf und zeigte auf die Kiste, auf der er saß. Sie humpelte um ihn herum und setzte sich neben ihn. „Ich habe noch gar nicht gefragt, wohin wir eigentlich fahren", sagte sie und Laris zeigte nach rechts auf das offenen Meer. „Da drüben ist unser Ziel. Die Stadt Sais. Dort werden wir die Steine an den Pharao verkaufen. Er bringt mir das meiste Geld ein", sagte er und sie nickte ihm zu. „Wenn wir dahin fahren wollen, warum fahren wir dann dahin?", fragte sie und zeigte zum Bug des Schiffes.

Er überlegte einen Moment, dann zog er sein Schwert und ritzte einen Bogen in die Planke zu seinen Füßen. „Schau mal. Wir sind hier." Dabei setzte er sein Schwert auf die obere Ecke des Bogens „Und unser Ziel ist hier." Dabei zeigte er auf die untere.

„Und wir fahren hier entlang, um dorthin zu gelangen", sagte er und zog mit dem Schwert den ganzen Bogen entlang. „Aber kürzer wäre es doch quer durch? Oder?", fragte Sarosa und zog mit seinem Schwert einfach eine Gerade von oben nach unten. „Kürzer schon, aber auch gefährlicher. Und wir wüssten ja auch nicht, wo wir da drüben rauskommen. Wenn der Wind uns abtreibt oder die Strömung, dann kommen wir vielleicht hier, oder hier an", sagte Laris und zeigte auf zwei Punkte weit weg von ihrem Ziel. „Aha", sagte sie und setzte fort „Und wie lange fahren wir nun bis zu unserem Ziel?" „Wenn der Wind uns günstig steht einen Mond, vielleicht zwei." „So lange", sagte sie und blickt nach rechts, wo das ferne Ziel über dem Meer lag.

Einer der Männer der Besatzung des Schiffes warf an der Seite, nur ein paar Schritte neben ihnen, eine Angel in das Wasser und zog schon wenig später einen Fisch an Bord. Das machte er ein paar Mal, bis sein Eimer voller silbern glänzender Fische war, mit denen er nach hinten ging, wo sie über einem dampfenden Feuer in eine leckere Fischsuppe verwandelt werden würden. Wann immer möglich gab es Fisch auf dem Boot. Brot nur, wenn sie in einem Hafen lagen. Dort gab es dann auch frisches Obst, Trauben, Nüsse und all das, was die Händler am Hafen anboten. Bisher war Sarosa immer mit ihm mitgegangen, doch im nächsten Hafen würde er wohl alleine das Schiff verlassen, um all das einzukaufen, was sie gern aß.

Die ersten Häuser waren schon zu sehen und das Kreischen der Möwen wurde nur noch durchdringender. Vermutlich hatte der Mann die Fischreste über Bord geworfen und darauf stürzten sich nun die Seevögel. Es war ein kleiner griechischer Hafen und schon weit waren die weißen Häuser zu sehen gewesen. Die fünf Männer der Besatzung rannten für das Anlegemanöver hin und her und die beiden Passagiere zogen sich in ihren Raum zurück, um nicht im Wege herumzustehen.

Laris stützte die Frau, die humpelnd an seiner Seite nach hinten ging. Direkt über ihnen lief der Rudergänger hin und her und brachte so das Schiff auf den richtigen Kurs, um die kleine Enge am Hafeneingang zu durchfahren. Sarosa saß auf dem Bett und er stellte sich in die Tür. Von dort aus sah er den Männern zu.

Das Schiff glitt in den Hafen, legte an und eine breite Planke wurde vom Land aus zu ihnen herüber geschoben. Laris war der erste, der das Schiff verließ und sich im Hafen umsah. Schnell fand er die gesuchten Früchte und kaufte die saftigsten für Sarosa ein. Wenig später sah er ihr zu, wie sie glücklich hineinbiss und der Saft ihr am Kinn herunterlief.

42. Kapitel

Sklavenjahre

Der Abschied von Velus kam reichlich überraschend. Hatte er nicht gesagt, dass er den Winter bleiben wollte? Und nun der doch schon sehr hektische Aufbruch. Damit war also Zamaso praktisch der Herr im Haus. Mit den drei Sklavinnen blieb er zurück, aber die Ansichten des alten Mannes konnte er nicht teilen. Für ihn waren alle drei Menschen. In seiner Gemeinschaft war jeder genauso viel Wert, wie der andere. Er hatte in der Therme gesehen, dass hier Männer und Frauen oft gemeinsam bei den Gelagen auf den Ruhebänken nebeneinander ausgestreckt lagen und sich von den Sklaven bedienen ließen. Es war gar nichts dabei und für ihn war es auch ganz normal, dass die Frauen bei ihren Männern waren, außer wenn sie gerade zur Jagd gingen. Er hatte nur gesehen, dass dort auch einige Griechen waren, die eher skeptisch zu den anderen herübersahen. Sie waren an ihrer anderen Kleidung zu erkennen und daran, dass in ihrer Nähe nie Frauen zu sehen waren.

Irgendwie war das auch komisch und er würde mit Kanuta einfach mal darüber reden. Es gab noch so viel, was er wissen wollte und nun war sie der einzige Mensch, den er Fragen konnte. Er betrat das Haus wieder und sah, dass sie sich vor ihm verbeugte. „Bitte lass das!", sagte er, doch sie erwiderte „Velus hat ganz recht gehabt. Ich bin nur deine Sklavin. Ich bin es nicht Wert, dass du mir in die Augen siehst." Dabei sah sie auf den Boden und blieb in der Verbeugung. „Aber du bist mein Eigentum und musst machen, was ich will", sagte Zamaso und sie antwortete „So ist es. Mein Herr. Was ist dein Wunsch?" „Ich möchte, dass du das lässt. Wir sind beides Menschen." „Wenn das dein Wunsch ist", antwortete sie und erhob sich. Sie sah ihm in die Augen und da war eine Art von Stolz und Dankbarkeit darin.

„Du musst mir noch viel von dieser Welt erzählen. Bisher kenne ich nur dieses Haus und die Therme. Da gibt es sicher noch viel mehr", begann Zamaso und Kanuta nickte. „Wo möchte mein Herr anfangen?", fragte sie und er erwiderte leicht genervt „Lass das!" Die Frau nickte verstehen und begann „Du musst noch mehr von unserer Sprache lernen und wenn du möchtest, dann machen wir weiter." Er stimmte ihr zu und schon begann die nächste Lernstunde. Nach einer ganzen Weile hatte er schon wieder einige Worte gelernt und so forderte er Kanuta auf, etwas aus ihrem Leben zu erzählen, damit er dabei noch mehr von ihrer Sprache und natürlich auch von ihr selbst lernen würde.

Die junge Frau begann „Ich bin eine Sklavin. Die Tochter einer Sklavin. Meinen Vater kenne ich nicht. Wir haben in einem Haus, weit im Süden gelebt. Von klein auf wurde ich dazu erzogen, die Wünsche meines Herren jederzeit zu erfüllen. Solange ich mich erinnern kann, habe ich den Herrschaften gedient. Ich war eine Haussklavin. Als Kind habe ich die Herrschaften bei den Essen bedient. Oft kamen dutzende Menschen zu meinem Herrn. Sie hatten prächtige Kleider an und ich habe sie bewundert. Die Männer und Frauen lagen dann auf solchen Bänken, wie sie auch hier stehen und ich haben die Becher nachgeschenkt." Dabei gab sie Zamaso auch einen Becher Wein. Der Mann zog sie auf die Bank, wo sie sich an ihn lehnte und weiter erzählte.

„Vor zwei Sommern hat mein Herr meine Mutter verkauft und mich danach vergewaltigt. Er würde das sicher nicht so sehen, denn für ihn war ich ja nur ein Gegenstand. So wie es auch Velus gesagt hat. Danach musste ich ihm immer wieder zu Diensten sein, bis er meiner überdrüssig wurde und mich an den Wirt hier verkauft hat, wo du mich gefunden hast. Vermutlich hat er mich einfach durch eine Jüngere ersetzt." Bei der Schilderung der Gewalt war ihr eine Träne über die Wange gelaufen und Zamaso wischte sie ihr vorsichtig weg. Diese streichelnde Bewegung tat ihr offensichtlich gut, denn sie schmiegte sich viel enger an ihn an, als es die sowieso nicht allzu breite Liege gefordert hätte. Er beugte sich über sie und küsste sie zärtlich. „Für mich bist du kein Gegenstand. Du bist eine Frau, ein Mensch", erklärte er ihr. Kanuta nickte und küsste ihn. „Aber was wird aus mir, wenn du in dein Land zurückgehst? Mit deiner Partnerin?", fragte sie laut, mehr sich selbst.

Er wich der Antwort aus, denn die kannte er ja selbst nicht. „Komm schon, du musst mir mehr von der Stadt zeigen", sagte er schließlich und stand auf, dann zog er sie von der Liege und sie lief ihm strahlend voraus. Als sie jedoch das Tor des Hauses verlassen hatten, ging sie nur noch hinter ihm, wie es ihr Platz als Sklavin war. Innerhalb des Hauses kam sie seinem Wunsch nach, aber außerhalb blieb sie anscheinend in den Zwängen der Gesellschaft gefangen. Sie zeigte ihm die kleine Stadt und erklärte leise zu jedem der Häuser etwas. „Eigentlich ist das hier Land der Kelten. Aber es leben schon viele Familien aus dem Süden hier. Und die reichen Familien der Menschen, die hier leben, passen sich immer mehr dem südlichen Stil an. Noch siehst du den Unterschied in den Häusern", erklärte sie und zeigte auf zwei unterschiedliche Gebäude, die direkt nebeneinander standen. „Aber es wird nicht mehr lange dauern, dann siehst du keinen Unterschied mehr", er nickte. „Genauso, wie ich keinen Unterschied zwischen uns zweien sehe", sagte er und schaute in ihre Augen.

„Was ist das da eigentlich für ein Haus?", fragte er und zeigte auf ein flaches Bauwerk mit einem qualmenden Schornstein obendrauf. „Das ist eine Schmiede. Dort wird aus dem Metall, welches die Schiffe hierher bringen, all das gemacht, was die Menschen brauchen. Messer, Pflüge, Äxte." Zamaso sah Kanuta an und eine Idee reifte in seinem Kopf. „Es ist also ein Ort, wo etwas verwandelt wird?", fragte er und sie bestätigte seine Annahme. Dann ergriff er ihre Hand und zog sie in das Haus.

Darin sahen sie die glühenden Feuer und hörten die Hammerschläge. Mehr als einmal nahm sie schützend die Hand vor ihr Gesicht, um sich von der Hitze abzuschirmen. Zamaso sah sich alles genau an und am Ausgang der Hütte bemerkte er einen Mann, der Metallstücke in Form hämmerte. „Was macht dich eigentlich zur Sklavin?", fragte Zamaso laut gegen den Lärm des Hammers an und sie griff zu der Kette, die unlösbar um ihren Hals geschmiedet war.

„Knie dich hin", sagte Zamaso und sah ihre fragenden Augen. „Ich bin dein Herr und du musst tun, was ich dir sage!", entgegnete er auf ihre stille Frage. Sie schlug die Augen nieder, kniete sich vor ihn hin und er trat auf den Mann mit dem Hammer zu. Kurz erklärte er dem Mann, was er haben wollte, ignorierte die hochgezogene Augenbraue des Schmiedes und mit zwei gezielten Schlägen durchtrennte dieser danach die Kette am Halse der Sklavin. Zamaso reichte Kanuta die beiden Hälften. „Nun bist du frei!", sagte er und sah ihren ungläubigen Gesichtsausdruck.

43. Kapitel

Frei wie der Wind

Sie kniete vor dem Amboss und sah auf ihre Hände. Alles um sie herum war vollkommen aus ihrem Kopf verschwunden. Sie hörte weder den Lärm des Hammers, der neben ihr das Metall bearbeitete, noch spürte sie die Hitze des Feuers. Mit zwei Schlägen hatte sich ihr Leben komplett geändert. Sie sah zu dem Mann auf „Aber das kannst du nicht tun!", stammelte sie und hielt die beiden Hälften der Kette hoch, die sie solange um ihren Hals getragen hatte, wie sie zurückdenken konnte. „Du hast doch gesagt, dass du mein Eigentum bist", sagte er und sie nickte. „Mit meinem Eigentum kann ich doch aber machen, was ich will und nun steh auf", setzte er fort und half ihr auf. Dann nahm er ihr die metallene Kette ab und warf sie in einen dort stehenden Eimer. Nun war sie frei und konnte es immer noch nicht fassen. Hand in Hand verließen sie dieses Haus, dass sie vor wenigen Augenblicken als Sklavin betreten hatte. So richtig hatte sie es noch nicht realisiert und als sie hinter ihm gehen wollte zog er sie an seine Seite.

„Möchtest du bei mir bleiben, solange ich in dieser Stadt bin?", fragte er sie und sie nickte dankbar. Noch war der Abdruck der Kette auf ihrem Hals zu sehen, doch das würde sich geben und zum ersten Mal war sie wirklich frei. „Und nun musst du auch etwas tragen, was die freien Frauen hier anziehen", sagte er und zog Kanuta hinter sich her zu den bunten Ständen am Markt. Hier gab es so viel zu sehen und zu bestaunen. Waren aus allen Ländern wurden hier angeboten. Sie hatten einen kleinen Beutel mit Münzen mitgenommen und nun reichte Zamaso ihn an sie weiter. An einem der ersten Stände wurden exotische Früchte angeboten, die am selben Tag von einem Schiff ausgeladen worden waren. Kanuta zerteilte eine der Früchte, gab ihm die eine Hälfte und biss in die andere. Der Saft der Frucht lief ihr am Mundwinkel herab und sie wischte sich lachend mit der Hand darüber. Am nächsten Stand gab es die herrlichsten Kleider, die sie jemals gesehen hatte. „Sucher dir das Schönste aus. Laris wird es dir bezahlen", sagte Zamaso lachend und sie strich mit den Fingern über den schönen Stoff.

„Bald wird es kälter werden. Da brauchen wir auch Umhänge", erklärte sie und zeigte zur Seite „Zuerst dein Kleid", sagte er. Für welches davon sollte sie sich entscheiden? Alle waren schön. Eines gefiel ihr besonders. Dieses Kleidungsstück hatte genau ihre Größe, war auf Taille geschnitten und knielang. Es war ein schöner, gewebter Wollstoff mit einem Karomuster, wie es die vornehmen Frauen trugen, mit einer schönen Stickerei am Hals. Doch sie wagte nicht, es zu nehmen, sicher war es zu teuer. Zamaso hatte jedoch ihr gespieltes Desinteresse bemerkt und nahm nun genau dieses Kleid, dann hielt er es ihr hin und sagte „Dieses, oder keines!", auch der Händler nickte, doch der wollte es ja auch verkaufen. Dann zeigte er nach hinten, wo sie es hinter einem Vorhang gleich anprobieren konnte. Es passte wirklich perfekt und wenig später hatte sie den passenden Gürtel dazu, obwohl sie auch ihren alten Gürtel gern behalten hätte. Zwei wollene Umhänge vervollständigten ihre Kleidung und nach der Übergabe von ein paar Münzen zog sie ihn lachend zum nächsten Stand.

So wirbelte sie von Stand zu Stand. Es war irgendwie ungewohnt, dass sich Sklavinnen vor ihr Verbeugten, wenn sie an die jeweilige Auslage auf dem Markt kam, um etwas zu suchen oder anzuprobieren. Schon oft war sie auf diesem Markt gewesen, um für die Schänke einzukaufen. Aber da war sie immer eine Sklavin gewesen und an der Kette deutlich als eine solche zu erkennen. Nun war alles anders! Sie lachte, als eine andere Frau nach demselben Kamm griff, wie sie und die andere Frau lachte ebenfalls.

Vor ein paar Tagen hätte sie dafür eventuell ein paar Schläge erhalten, jetzt bekam sie den Kamm und steckte ihn sich sofort in ihr schwarzes Haar. Am Ende des Marktes war die Seitenstraße, in den die Schänke lag. Direkt davor blieb sie stehen und sah sich nach Zamaso um.

Obwohl sie es nicht wollte und sich heftig dagegen sträubte, zog er sie einfach hinter sich her, in die Schänke hinein, wo sie sich auf dieselbe Bank legten. Kanuta sah wohl, dass der Wirt sie erkannt hatte, sie sah aber auch, dass er gesehen hatte, dass sie keine Kette mehr trug. Eine der Sklavin bediente sie und verbeugte sich vor ihr. Noch vor einigen Tagen waren sie zusammen in einem der hinteren Räume in der Nacht eingesperrt gewesen und hatten dort schlafen müssen. Mit einem Gitter vor dem Fenster und einer verschlossenen Tür. Zu fünft auf einem Raum, in dem sie sich gerade mal so alle hinlegen konnten. Nun ließ sie sich von der Frau bedienen. Es fühlte sich komisch an, aber sie nickte der Frau nur freundlich zu.

Auf dem Heimweg küsste sie ihn wieder und als sie wenig später das Tor des Hauses erreichten, da verbeugte sich eine der Sklavinnen vor ihr. Damit war sie praktisch die Hausherrin. Zu zweit gingen sie in das Haus und legten sich zusammen auf die Bank. Die Sklavin erschien und brachte Essen und Wein. Kanuta kuschelte sich auf der Bank an Zamaso und ließ sich von ihm füttern. Es war ein schönes Gefühl, aber eigentlich hatte sich da nicht viel geändert. Er hatte sich auch schon vorher liebevoll um sie gekümmert. Vermutlich kam dies aus seiner Einstellung, da es in seinem Land keine Sklaven gab. Und doch fühlte sie sich nun anders. Sie war frei! Die Tochter einer Sklavin war nun eine freie Frau! Zwar hatte sie keine Münzen, bis auf das, was ihr Zamaso gab, und der hatte es auch nur von Laris, aber das Gefühl war schön.

Hatte sie noch am Tag zuvor gegrübelt, was wohl werden würde, wenn Zamaso wieder in seine Heimat zurückgehen würde, so überlegte sie nun nur noch, ob sie hierbleiben oder ihn begleiten wolle. Doch was sollte sie in dem fernen Land? Zamaso würde sicher seine Partnerin dorthin mit zurücknehmen und was würde dann aus ihr? Das würde sich aber sicher zeigen. Sie stand auf und zog ihn hinter sich her zum Schlafzimmer. Zum ersten Mal war sie nun keine Sklavin mehr. Nun fühlte sie sich wirklich als Frau, geliebt und gewollt.

44. Kapitel

Allein unter Männern

Der Kampf hatte sie mehr berührt, als sich Sarosa vorher vorgestellt hatte. Sie hatte einen Menschen getötet! Zwar hatte es der Nubier verdient, für die Gewalt gegen sie bestraft zu werden. Aber den Tod zu finden war sicher nicht das, was sie sich als Rache vorgestellt hatte. Auspeitschen vielleicht oder etwas anderes, wozu sie nicht mehr gekommen war, da ja alles so schnell gegangen war. Die Wunde am Oberschenkel hatte Laris genäht und sie zwickte auch noch, aber die würde sicher heilen. Vielleicht würde eine kleine Narbe bleiben, nur was wurde aus der Narbe auf ihrem Herzen, welche der Kampf darauf hinterlassen hatte? Sie lag auf dem Bett in der Kabine und sah nach draußen, wo Laris saß. Der Raum war nicht wirklich groß. Es war nur Platz für das Bett, aber das schien schon purer Luxus zu sein. Nebenan war eine zweite Kabine, aber die Männer der Besatzung schliefen unter Deck.

In diesen Räumen waren sicher die Händler untergebracht, falls sie mal mit dem Schiff unterwegs waren. Der Schiffsführer war auch gleichzeitig Händler, was nach der Auskunft von Laris gar nicht mal so selten war. So konnte er mit seiner Ware von Hafen zu Hafen fahren und überall das kaufen, was dort billig war und verkaufen, wofür er viele Münzen erhielt. Das machten die Männer den ganzen Seeweg entlang von Hafen zu Hafen. Vermutlich waren sie beide die einzigen, die diese ganze Strecke fuhren und die Ware erst am Ende der Fahrt ausladen und verkaufen würden. Laris hatte von einem König gesprochen, einem Pharao, wie er ihn nannte. Ob das der Name oder der Titel des Mannes war, konnte sie nicht wissen. Anscheinend hatte Laris schon vor ein paar Jahren mit ihm Geschäfte gemacht und damit sein Haus bezahlt, sowie noch viele Münzen extra bekommen.

Der Preis, den er dafür erhielt, rechtfertigte sicher die Gefahren, die diese Reise mit sich brachte, denn auch wenn Laris nichts dazu sagte, war ihr dennoch klar, dass es gefährlich war. Dieses Schiff war zwar größer als das, mit dem sie zuvor gefahren waren, aber sicherer war es deswegen noch lange nicht. Einzig das gute Wetter bisher hatte ihr die Fahrt erträglich gemacht. Doch nun hatte sie nichts mehr zu tun. Das Üben war ja nun beendet und auch sonst war nicht viel los auf dem Schiff. Wenn sie daran dachte, dass sie diese Langeweile noch mindestens einen Mond lang durchhalten musste, wurde ihr davon schon fast schlecht. Was konnte sie tun? Irgendwas helfen? Die Männer der Schiffsbesatzung schauten sie schon so seltsam an, sicher war es nicht so üblich, dass eine Frau auf den Schiffen mitfuhr. Daher versuchte sie in der Kabine zu bleiben, aber ging das so lange? Momentan lag sie viel, damit das Bein heilen konnte, doch in ein paar Tagen würde bestimmt diese Langeweile unerträglich werden.

Sarosa stand auf und humpelte nach draußen. Die Frau wich einem der Männer aus und setzte sich dann auf die Kiste neben Laris. Ringsum war nur eine blaue Fläche zu sehen, einzig ein kleiner dünner Strich zog sich am linken Rand des Blau dahin. Sie sah Laris an und fragte „Was kann ich tun?" Doch er wusste es nicht, anscheinend hatte er dasselbe Problem. Viel Zeit, nichts zu tun! Gewissenhaft sah sie sich das ganze Schiff an. Ein großer Mast stand in der Mitte, direkt hinter ihr, daran war das Segel festgemacht, welches das Schiff voran schob. Vorn und hinten war das Schiff nach oben gezogen. Hinten stand ein Mann auf dem Dach der Kabine und steuerte das Schiff mit einer langen Stange, die bis in das Wasser hinunterreichte. Eigentlich war das Schiff ganz schön groß. Es war mehr wie zwanzig Schritte lang und ziemlich bauchig gebaut. Damit hatte es viel Platz im großen Laderaum.

Einer der Männer ging vor der Kiste vorbei und warf ihr einen Blick zu, der ihr komisch vorkam, aber irgendwie war es ja schon ein bisschen seltsam. Eine Frau alleine unter so vielen Männern auf diesem Schiff. Sie stand auf und ging leicht humpelnd wieder zurück in die Kabine, wo sie sich auf das Bett setzte. Die Männer hatten wenigstens was zu tun, auch wenn es auf See nicht ganz so viel war, wie in den Häfen. Wieder dachte sie an den gerade abgefangenen Blick und fühlte sich plötzlich an die beiden Nubier erinnert. Genauso war deren Blick gewesen, als sie damals neben dem Karren hergelaufen waren und sie nicht berühren durften. Bei diesen Männern war es offensichtlich ähnlich. Sie war hier als Frau auf dem Schiff und doch praktisch unantastbar, da sie ja Laris gehörte, zu mindestens irgendwie. Und der bezahlte ja für die Überfahrt. Damit war sie praktisch wie eine der Kisten: Fracht und damit unantastbar. Andererseits eben auch eine Frau!

Sie zog den Griff des Schwertes näher zum Kopfende des Bettes. Nicht dass sie es brauchen würde, aber man konnte ja nie wissen! Sarosa würde nun versuchen unscheinbar zu bleiben und die Männer nicht zusätzlich zu reizen. Einfach vorsichtiger sein. Bisher hatte ihr Laris Wasser zum Waschen in die Kabine gebracht, da sie sich ja sowieso nicht so gut bewegen konnte. Daran würde sie nun weiter festhalten, auch wenn sie sich draußen hätte waschen können, wie es Laris auf dem Vorschiff jeden Tag tat. Nach dem Blick gerade eben war es aber wohl nicht sehr ratsam, sich nackt auf das Deck zu stellen, um sich dort zu waschen. Sie dachte an ihr Dorf im Wald zurück. Da war das vollkommen normal, dass Männer und Frauen nackt in den Dorfteich stiegen. Nichts passierte, was die Frauen nicht wollten. Doch hier war eben die „Zivilisation". Dort im Wald schützte sie die Gemeinschaft und hier nur das Schwert oder Laris.

Sie musste wieder an Zamaso denken. Würde er sich immer noch suchen? Oder hatte er es schon aufgegeben? Wie sollte sie jemals zurück in ihre Siedlung finden? War sie eigentlich noch eine Bärin? Sie horchte tief in sich hinein und versuchte eine Antwort zu finden. Aber es kam nichts zurück. Kein Brummen und kein Knurren. Seitdem sie die Bärenkralle im Wald verloren hatte, entfernte sie sich immer mehr von der Gemeinschaft in ihrem Dorf und nun war sie in dieser Gemeinschaft des Schiffes, aber das war nicht dasselbe. Sorgfältig schloss sie den Vorhang und legte sich auf ihr Bett. Vielleicht würde der Bärengeist im Traum zu ihr kommen.

45. Kapitel
Auf den Boden zurückgefallen

Der erste Tag als freie Frau begann und immer noch fühlte es sich seltsam an. Als die ersten Sonnenstrahlen in das Zimmer fielen, da wollte sie aus dem Bett springen und in ihr Zimmer gehen, doch dieses hier war ihr Zimmer, ihr Bett und im Moment ihr Mann, neben dem sie erwacht war. Sie drehte sich auf den Rücken und sah eine der Sklavinnen neben dem Bett stehen. Die Frau hatte ihr Kleid in der Hand und verbeugte sich vor Kanuta. Nun wusste sie, dass alles kein Traum gewesen war. Oder war das immer noch ein Teil des Traumes? Sie kniff sich in den Arm und der Schmerz war real. Das alles war real.

Kanuta stand auf und ging langsam und nackt in das Waschzimmer hinüber. Die Sklavin folgte ihr mit dem Kleid. Die andere Frau brachte warmes Wasser und Kanuta wusch sich ausgiebig. Da war niemand, der sie antrieb, oder etwas von ihr erwartete. Dann zog sie sich das schöne Kleid an und ging zu Zamaso zurück.

Dort setzte sie sich auf die Kante des Bettes und sah dem Schläfer zu, dann küsste sie ihn und weckte den Mann damit auf. Er blinzelte sie an und fragte „Na meine Schöne. Gut geschlafen?" Sie nickte und küsste ihn erneut. Dann versuchte sie aufzustehen, aber er zog sie zu sich und so blieben sie einfach im Kuss vereinigt. Seine Lippen auf den ihrigen fühlten sich so gut an. Es konnte nichts Schöneres geben. Als die Sklavin in den Raum kam, um Bescheid zu sagen, dass das Essen bereit war, war sie immer noch über ihn gebeugt. „Wasch dich", sagte sie schließlich lachend und löste sich von ihm. Eine der Sklavinnen nahm Zamasos Kleidung und folgte ihm, während Kanuta in den Speiseraum ging. Darin legte sie sich schon mal auf die Bank und wartete auf den Mann, der sich wenig später an sie schmiegte und danach mit Brot und Wein fütterte. So ließ es sich gut aushalten. All das, was sie früher bei den Frauen bewundert hatte, das konnte sie nun selbst tun.

Immer noch griff sie sich manchmal ungläubig an den Hals, aber die Kette war wirklich fort. Dieses Symbol der Sklaverei war nun sicher schon lange eingeschmolzen und wurde zu irgendetwas anderem. Schließlich drückte sie sich ganz eng an Zamaso und überlegte „Warum geben wir hier keine Feier? Heute Abend? Einfach so? Wir laden die Nachbarn ein!", sprudelte es einfach aus ihr heraus und das erlaubte keinen Widerspruch. Anscheinend sah es der Mann auch so und deshalb nickte er ihr zu. Kanuta klatschte in die Hände und die Sklavinnen erschienen. Ganz die Herrin äußerte sie ihren Wunsch, die Sklavinnen verbeugten sich und eilten davon.

Den Rest des Tages wirbelte sie freudig durch alle Räume und war damit eher den Sklavinnen im Weg. Alle Nachbarn wussten Bescheid und sicher würden viele kommen. Schließlich gab es nicht oft einfach so eine Feier. Sie stellte sich das so schön vor. Dabei würde sie mit den Frauen über Mode und Schmuck reden, so wie sie es als Kind damals aufgeschnappt hatte. Noch gut erinnerte sie sich daran, wie sie mit sechs Sommern neben der Liege der Herrin gewartet hatte, den schweren Krug in der Hand, um auf einen Wink hin einzuschenken. Sie hatte gelauscht und gestaunt. Das wollte sie jetzt auch haben, nur dass sie nun auf der Liege lag und redete.

Als der Abend kam, erschienen die ersten Gäste. Aber nur die Männer kamen. Bald schon waren alle Liegen belegt, aber sie war die einzige Frau. Sie drückte sich an Zamaso und fühlte sich vollkommen fehl am Platze. Die Männer redeten über Thermen, Frauen, die Jagd. Und alles, so als ob sie gar nicht anwesend war. Immer mehr Wein wurde getrunken und immer plastischer wurden die Beschreibungen der Männer über ihre Eroberungen. Wenn die Liege sie nicht getragen und Zamaso sie nicht gestützt hätte, so wäre Kanuta sicher vor Scham im Boden versunken. So manche Träne musste sie zurückhalten.

Im Laufe des immer mehr ausufernden Gelages, das bald zu einem Besäufnis wurde, erfuhr sie mehr darüber, wie Männer über Frauen dachten, als sie wirklich wissen wollte. Nachdem der letzte Gast torkelnd das Haus verlassen hatte, rollte die erste Träne über ihr Gesicht. Es reichte nicht, eine freie Frau zu sein. Man musste die freie Frau eines wichtigen oder wohlhabenden, Mannes sein. Sonst nutzte es alles nichts. Die Frauen der Nachbarn hatten ihr deutlich gezeigt, wo ihr Platz war. Nicht mehr ganz unten, nicht oben. Irgendwo in der Mitte, aber nun wieder mit beiden Beinen auf dem Boden, wohin die Abweisung der Frauen sie wieder hingeholt hatte. Offensichtlich bemerkte Zamaso ihre Tränen. Er nahm sie in den Arm und sagte „Du bist meine Herrin." Der Mann hatte sie genau eingeschätzt, dann nahm er ihr Gesicht in seine Hände und küsste ihre Tränen fort.

Bis auf das Fehlen der Frauen war es ja auch so, wie sie es in der Erinnerung gehabt hatte. Damals hatten sich nach den ersten Krügen Männer und Frauen getrennt und sicherlich war es damals in der Runde der Männer ähnlich vulgär zugegangen. Zum Glück hatte sie Zamaso, der sie erfolgreich zu trösten vermochte. Er hob sie auf seine Arme und trug sie in das Schlafzimmer hinüber.

Ein neuer Tag begann und diesmal blieb sie einfach neben Zamaso liegen. Niemand zwang sie aufzustehen. Die Sklavin, die neben das Bett trat, schickte sie mit einer Handbewegung fort. Sie begann Zamaso zu streicheln, bis er erwachte und danach weiter, bis er für sie bereit war, aber das war er ja sowieso fast immer. So begann sie den Tag, wie sie den vorhergehenden Abend beendet hatte, mit einer leidenschaftlichen Verschmelzung ihrer beiden Körper. Zamaso half ihr auf dem Boden zu bleiben und das diesmal sogar wörtlich.

Erst viel später gingen sie zum Essen hinüber, das die Sklavinnen wie selbstverständlich für sie vorbereitet hatten. Alle Spuren des Abends waren schon verschwunden. Alles war ordentlich und aufgeräumt. Trotzdem drängte sich wieder der Gedanke in Kanutas Kopf, was wohl werden würde, wenn Laris wieder hier sein würde. Dann würde sie Zamaso verlieren und sie war frei. Wirklich frei! Danach würde sie sich darüber Gedanken machen müssen, wo sie etwas zu Essen herbekam. Vor ein paar Tagen war das noch kein Problem gewesen. Der Herr sorgte für seine Sklaven. Nur wer würde für sie sorgen?

46. Kapitel

Voltumna sei Dank!

Velus hatte ihm gesagt, dass man im Winter den Pass nicht überqueren konnte und da sie Sarosa nicht angetroffen hatten, war ihm schon klar gewesen, dass er wohl über die kalte Jahreszeit hinweg hier bleiben musste. Doch er hatte eigentlich damit gerechnet, dass sie nur kurz fort sein würde. Nun war er schon einen Mond in diesem Hause und wartete. Täglich war er mit Kanuta zusammen und diese Frau ließ in ihn langsam die Erinnerung an die Partnerin verblassen. Doch was sollte er hier tun? Nur faul im Haus liegen? Das hatte er die ganze Zeit schon gemacht und die Frau hatte ihm dabei Gesellschaft geleistet. Er war es gewohnt gewesen, täglich im Wald zu sein. Zu laufen und zu jagen. Hier hatte er nichts zu tun. Es gab kaum ein zusammenhängendes Waldstück und damit auch kein Wild, dass er jagen konnte. Vielleicht konnte er ja auch etwas lernen und Kanuta würde ihm dabei helfen? Grübelnd stand er am Fenster, als sie hinter ihm in den Raum trat und sich an ihn schmiegte.

„Was macht dir Sorgen?", fragte sie und er sah sie an. „Wir werden noch einige Monde hier bleiben", sagte er und sie küsste ihn „Das ist doch schön. Wir können uns im warmen Haus zusammenkuscheln", sagte sie und er nickte. „Natürlich ist das schön. Aber können wir hier nicht noch etwas anders tun? Ich möchte deine Leute kennenlernen und etwas lernen, wenn ich schon nicht zur Jagd gehen kann", erwiderte er und sah zum Fenster hinaus. „Was könntest du denn hier lernen?", fragte Kanuta sicherlich mehr sich selbst, als ihn, denn er wusste es ja nicht. „Unsere Sprache kennst du ja nun. In der Schänke warst du schon und in der Schmiede auch", setzte Kanuta fort und überlegte „Warst du schon mal im Tempel?", fragte sie ihn und er antwortete

„An dem Tag, als ich auf dich traf, waren wir im Tempel, aber da hat mir Velus nichts darüber erzählt, was er da gemacht hat."

„Dann erzähle ich dir etwas darüber und dann gehen wir in den Tempel", begann Kanuta und zog ihn zu der Bank hinüber. Sie legten sich gemeinsam darauf hin und sie begann zu erzählen „Unser oberster Gott ist Voltumna. Er ist unsichtbar und überall. Alles in unserem Leben ist durch seinen Willen vorherbestimmt." „Also war es auch vorbestimmt, dass wir uns getroffen haben und du jetzt frei bist?", fragte er nach und sie nickte. Dann setzte sie fort „Unsere Priester im Tempel versuchen seinen Willen zu deuten, indem sie die Natur beobachten. Sie deuten Blitze, die Leber von Opfertieren und den Flug der Vögel." „Und ihr versucht seinen Willen durch kleine Opfergaben zu beeinflussen?", fragte er nach und wieder nickte Kanuta. „Vor jeder Reise und vor jedem großen Handelsabschluss wird der Rat der Götter durch die Priester eingeholt. Manche davon sind unsichtbar auch unter uns."

„Bei uns haben wir nur die Geister der Ahnen und den Bären, der uns hilft. Auch ihm opfern wir, um ihn gnädig zu stimmen. Wir vergraben die Innereien der Tiere, die wir jagen, damit er sie finden kann", sagte Zamaso und verglich die beiden Ideen. „Auch unsere Geister sind unsichtbar. Aber es sind viele", erklärte Zamaso. „Voltumna handelt auch in vielerlei Gestalt und unter vielen Namen", ergänzte Kanuta. „Hast du nicht gesagt, er sei unsichtbar?", fragte Zamaso nach und sie nickte „Er kann sich uns aber auch zeigen und das tut er dann in vielerlei Gestalt", setzte die Frau hinzu. „Sollten wir ihm dann nicht danken, dass er uns zusammengebracht hat?", fragte Zamaso und sie nickte. Sie klatschte in die Hände und eine der Sklavinnen erschien fast sofort. Offensichtlich hatte sie vor dem Raum auf ein Zeichen der Herrschaften gewartet.

„Bringe uns einen Krug vom besten Wein und unsere Umhänge", rief Kanuta und erhob sich von der Bank. Die Sklavin verbeugte sich und eilte davon. Wenig später waren beide Sklavinnen wieder da. Eine von ihnen trug einen Krug, die andere die Umhänge. Zamaso legte Kanuta den Umhang um und zog dann den seinigen um die Schultern, dann ergriff er den Krug und folgte der Frau.

Gemeinsam gingen sie den Weg zur Stadt hinunter. Der Tempel war schon weit zu sehen, er war eines der größeren Häuser hier, und stand auf einem kleinen Hügel. Damit war er von allen Seiten unübersehbar. Auch wenn es eigentlich eine keltische Stadt war, so gab es für die vielen Gäste natürlich diesen einen Tempel des Voltumna. Einige Menschen hatten denselben Weg wie sie und es dauerte gar nicht lange, bis sie das Heiligtum erreicht hatten.

Den Eingang zierten vier große Säulen, die bunt bemalt waren. Beim letzten Male hatte Zamaso nicht so recht auf das Gebäude geachtet, doch nun sah er sich alles genauer an. Viele Menschen strömten dort hinein und sie mussten davor ein paar Augenblicke warten, bevor sie die Treppe hinaufsteigen konnten. Es gab drei Räume, deren Eingänge offen standen, doch Kanuta steuerte direkt auf den mittleren Raum zu, wo sich ein großer, steinerner Tisch befand. Ein Mann mit einem langen Mantel stand dort davor und redete mit einer anderen Familie. Kanuta ging an ihm vorbei zu dem Tisch, verbeugte sich dort und stellte dann den Krug, den sie sich von Zamaso geben ließ, in die Mitte des Tisches. Dann verbeugte sie sich erneut und drehte sich dem Ausgang zu.

Zamaso sah sich noch das Innere des Gebäudes an. Da waren viele steinerne Platten angebracht, mit Gestalten darauf, die ebenfalls bunt bemalt waren. Menschen, Vögel, Tiere des Waldes und auch Krüge. Kanuta zog an seinem Umhang, da sie den Tempel wieder verlassen wollte. Vermutlich blieb man nur so lange dort, wie man brauchte, um seinen Wunsch zu äußern und ging dann wieder, damit die nachströmenden Menschen Platz an dem kleinen Tisch in der Mitte fanden.

Nun verbeugte sich auch Zamaso und folgte der Frau die Treppe wieder hinab. Anschließend ging er einfach einmal um den Tempel herum. Eigentlich war er gar nicht so groß. Wenn man so wollte, war das Haus vor Laris sogar noch ein Stück größer, aber da war ja auch der Innenhof mit eingerechnet. Der Tempel war sicher nur zwanzig Schritte breit und fast genauso viele tief. Mit nicht einmal hundert Schritten hatte er das Bauwerk umrundet. „Ich habe mich bei ihm bedankt, dass ich dich treffen durfte", sagte Zamaso. „Und ich mich auch", sagte Kanuta überrascht, dann küsste sie ihn direkt vor der Treppe des Tempels. „Voltumna sei Dank!", rief sie laut aus und lachte ihn an.

47. Kapitel

Die Hand am Hals

Sarosa war in dem Bett eingeschlafen. Das Schaukeln hatte sie sanft in den Schlaf gewiegt, aber der Bär war ihr im Traum nicht erschienen. Ein Geräusch hatte sie aufgeweckt und als sie die Augen aufschlug, stand ein Mann der Besatzung direkt vor ihrem Bett. Bevor sie fragen konnte, was er hier wollte, hatte sie eine Hand auf dem Mund und die andere an ihrem Hals. Der Mann presste sie auf das harte Lager und sie konnte den Griff des Schwertes nicht erreichen. Hatte sie dieses nicht zuvor näher an das Bett gezogen? Der Griff ragte unerreichbar weit entfernt auch noch zur anderen Seite. Offensichtlich hatte der Mann die Waffe von ihr weggeschoben.

Der Mann war sehr stark. Mit ihren Händen konnte sie seinen Griff nicht lösen und sie konnte sich nicht bewegen. Daher begann sie zu wimmern und verzweifelt mit den Beinen zu strampeln, um so jemanden auf sich aufmerksam zu machen. Aus dem Augenwinkel sah sie Laris auf der Kiste sitzen, aber er schien zu schlafen. Denn er lehnte mit dem Kopf an der Bordwand.

Ihr Strampeln würde ihr sicher nichts nutzen, es sorgte nur dafür, dass ein zweiter Mann der Besatzung breit grinsend in der Tür des Raumes erschien. Sie versuchte verzweifelt den ersten Mann von sich wegzutreten, aber der hatte seinen Platz sicherlich mit Bedacht gewählt. Es gelang ihr nicht, ihn zu treffen. In Gedanken rief sie den Geist des Bären zu sich und hatte mit einem Male die Kraft den Mann kräftig in den Bauch zu treten. Er flog zur Seite, aber der zweite stürzte zu ihr und hielt sie nun fest, bis der andere sich wieder aufgerappelt hatte. Nun hielten sie die beiden Männer fest, der eine an Armen und Hals und der andere an den Beinen, mit denen sie immer noch verzweifelt um sich trat. Durch die schwere Arbeit waren die beiden Männer stark und sie fühlte sich für einen Augenblick an die beiden Nubier erinnert, die sie genauso festgehalten hatten.

Der Mann an ihrem Hals drückte immer fester zu, je mehr sie strampelte, um ihr somit zu sagen, sie solle damit aufhören. Sollte sie das wirklich tun und zulassen, was auch immer passieren würde? Oder sollte sie sich wehren bis zum Äußersten? Das würde ihr vielleicht im Moment helfen, aber die Männer konnten doch nicht weg! Sarosa würde hier im Schiff immer wieder auf sie treffen! Als sie schon fast aufgeben wollte und die Kraft sie langsam verließ, erschien der Schiffsführer und brüllte die beiden Männer an. Dann riss er den einen nach draußen und schlug ihn dort zusammen.

Mit dem anderen hatte Sarosa nun auch mit der Hand am Halse ein leichtes Spiel, zumal der Mann nach draußen zu dem anderen schaute. Mit zwei Tritten flog der Mann in die Ecke und verschwand gebückt nach draußen. Dort fing er sich zwei Schläge von dem Schiffsführer ein. Nun gelang es Sarosa an den Griff des Schwertes zu kommen und dieses zu ziehen. Hustend setzte sie sich auf und richtete ihre verrutschte Kleidung.

Der Schiffsführer sah zu ihr herein, aber sie sah die Wut in seinen Augen. Er war nicht auf die Männer wütend, sondern auf sie. Wenn sie nicht hier an Bord sein würde, hätte er auch kein Problem. Die beiden Männer brauchte er für sein Schiff, sie war da nur Ballast. Unnütz. Immer noch spürte sie die Hand an ihrem Hals und ging nach draußen, wo Laris anscheinend immer noch schlief. Als sie an ihr heran trat, sah sie, dass einer der Männer ihn niedergeschlagen hatte. Eine kleine Blutspur zog sich von seinem

Mundwinkel nach unten. Schnell setzte sie sich neben ihn und versuchte das Blut abzuwischen. Langsam kam Laris wieder zu ihr zurück.

„Sie muss fort!", rief der Schiffsführer, der sich nun vor ihnen aufbaute und die Hände in die Hüften gestützt hatte. „Aber wir haben für die ganze Fahrt bezahlt", sagte Laris, immer noch schwach. „Bezahlt wurde für zwei Nubier und zehn Säcke. Diese Frau bringt mir mein ganzes Schiff durcheinander", beharrte der Mann vor ihnen auf seiner Meinung. Laris sah sie an und schien zu überlegen, was wohl zu tun sei. Einerseits wollte er seine Ware verkaufen und, andererseits wollte er auch nicht auf Sarosa verzichten. Beides ging anscheinend aber nicht gleichzeitig. „Die zweite Kabine ist doch aber frei. Oder?", fragte er und der Mann nickte „Wenn ich im nächsten Hafen eine Sklavin kaufe und sie dort für deine Männer einquartiere?", setzte Laris fort und sah anscheinend auch Sarosa erschrockenen Blick. Der Schiffsführer schüttelte den Kopf „Das hier ist doch ein Schiff. Dann hätte ich ja zwei Frauen an Bord!", erklärte er und kratzte sich am Kopf „Das würde meine Probleme verdoppeln, statt sie zu lösen!"

„Und wenn ich bleibe?", fragte Sarosa leise und der Mann zeigte hinter die Frau. Sie blickte sich vorsichtig um und sah den Mann, der sich gerade wieder erhob. „Solange du an Bord bist, solange haben die sich nicht im Griff. Da wird es wohl keine Lösung geben. Zumindest keine, die dir gefällt", Sarosa überlegte, was der Mann wohl meinen würde und erschrak davor. Schließlich sah sie Laris von der Seite aus an und noch mehr erschrak sie darüber, dass er offensichtlich gerade überlegte, was wohl mit ihr passieren würde. Zumindest sagte dies sein Blick aus.

Es gab eigentlich nur zwei Alternativen. Sie würde im nächsten Hafen an Land gehen und dort bleiben müssen oder mit den Männern zusammen auf dem Schiff bleiben und dann wusste niemand, was wohl daraus werden würde. Von Bord gehen ging eigentlich ja auch nicht, sie war schon viel zu weit gefahren, als dass sie auf dem Landweg entweder ihr Ziel oder die Heimat jemals wieder erreichen würde. Für ein paar Momente kämpfte sie gegen die Alternative zu bleiben.

Aber hatte sie eine Wahl? Sie blickte zu Boden und dann zu Laris, der sie in diese missliche Lage gebracht hatte. Sie wollte nicht daran schuld sein, dass eine Sklavin das erleiden musste, was eigentlich ihre Schuld war. Oder die von Laris? Einen Mond mit fünf Männern! Es gefiel ihr nicht wirklich und doch gab es wohl keine andere Wahl.

Sarosa warf Laris einen zornigen Blick zu, rammte das Schwert neben ihm in die Schiffsplanke und erhob sich. Dann ergriff sie die Hand des Schiffsführers und zog ihn hinter sich her zu der Kabine. Dort verschloss sie hinter sich den Vorhang und streifte sich das Kleid über den Kopf.

48. Kapitel

Einfaches Landleben

Kanuta war ja schon immer ein Mädchen der Stadt gewesen, doch nun wollte Zamaso alles kennenlernen und so musste sie sich auch mit den anderen Menschen beschäftigen. Bisher hatte sie sich kaum Gedanken darüber gemacht, wo das Brot herkam, oder wer das Obst auf den Markt brachte. Die feinen Leute in der Stadt und den größeren Siedlungen sicherlich nicht, obwohl im hinteren Teil eines jeden größeren Hauses auch ein kleiner Garten war. Dort wurden Kräuter angebaut und manchmal auch Gemüse gezüchtet. Der Herbst war schon lange über das Land hinweg gezogen und der Winter stand praktisch schon vor der Tür. Hier im Norden konnte es sogar Schnee geben. Sie hatte das zwar noch nie erlebt, da im Süden selbst im Winter die Temperatur zu hoch für Schnee war, doch sie lebte ja auch erst seit diesem Frühjahr hier. Zamaso hatte ihr von dem Schnee in seiner Heimat erzählt. Mehrere Monde im Jahr konnte man dort kaum die Hütte verlassen, die Siedlung schon gleich gar nicht.

Die Ernte war in den Scheunen und damit konnte man nicht viel von der eigentlichen Landwirtschaft anschauen, nur wie die Menschen dort lebten, das konnte man sehen. Und so machten sie sich zu zweit, Kanuta durch einen dicken Umhang gegen die Kälte geschützt, auf den Weg zu einer kleinen Ansammlung von Hütten am Rande eines Feldes. Ein schmaler Weg führte dorthin und es waren drei Hütten auf der einen Seite und vier auf der anderen. Der Weg war auch gar nicht weit, weil man die Hütten absichtlich so nahe an die Stadt gebaut hatte, schließlich wollten die Bauern schnell auf dem Markt sein und die Waren dort verkaufen.

Diese Häuser waren ganz anders, als ihres. Sie waren klein und von einer niedrigen Mauer umschlossen. Wo das Haus des Händlers Laris das ganze Grundstück einnahm und damit praktisch an das nächste grenzte, da reichte hier eine Mauer an die andere und es gab einen kleinen Platz innerhalb des Mauervierecks, wo ein paar Hühner und Schweine herumliefen. Auch einen Stall mit ein paar Schafen gab es dort. Die Hütten waren wirklich winzig und bestanden nur aus einem Raum.

Vor einer davon saß eine alte Frau mit einem Mahlstein, den sie drehte, und damit Mehl aus Körnern machte, die sie oben in eine Öffnung füllte. Als sie beide an sie heran traten, stand die Frau auf und verbeugte sich. Sie war zwar keine Sklavin, aber den potenziellen Kunden gegenüber wollte sie offensichtlich besonders freundlich sein. Mit einer Handbewegung bat sie Kanuta und Zamaso in das Haus, in welchem zwei kleine Kinder saßen und mit etwas aus Holz spielten, was entfernt an eine Frau und einen Mann erinnerte.

Der Raum war finster und nicht sehr warm. Ein kleines Feuer konnte am Tag sicher die Hütte nicht erwärmen und wurde bestimmt erst am Abend geschürt. Die Wände waren aus Lehmziegeln geformt, die nicht mal verputzt, sondern nur notdürftig verschmiert waren. Kein Stein war verbaut. Die Frau begann zu erzählen „Wegen der Mücken, die durch das viele Wasser hier sind, können wir nur in der kalten Jahreszeit hier leben und wohnen. Wir pflanzen an und bereiten die Äcker vor. Wenn es dann wärmer wird, dann überlassen wir die Felder sich selbst und ziehen auf die Berge, kümmern uns dort um unser Vieh oder stellen Holzkohle her für die Schmieden und Hütten." „Ihr habt also zwei Hütten?", fragte Kanuta überrascht. „Im Prinzip schon", bestätigte die alte Frau, „Aber die Hütte für den Sommer ist mehr eine Laubhütte. Es ist ja warm und man braucht nur für den Regen ein Dach", setzte sie lächelnd hinzu.

Kanuta nickte. Sie hatte das noch nie gehört, dass die Bauern so auf die Wanderschaft gingen, doch sie hatte von den vielen Mücken gehört. In der Stadt waren es nicht ganz so viele, wie vermutlich hier auf dem Land. Die kleine Lagunenstadt auf den Inseln mit den vielen Bächen und Gewässern, wie sie Comacchio, die Nachbarstadt, darstellte, begünstigte sicher das Leben dieser kleinen Blutsauger, die jede Nacht zu tausenden über die Landschaft ausschwärmten. „Nur in der kalten Jahreszeit hatte man vor ihnen hier Ruhe", erklärte die Bäuerin. Danach holte sie aus einem der Tonkrüge, welcher im hinteren Bereich der Hütte stand, einen Käse und reichte ihn den beiden. „Dieser Käse wird aus Schafsmilch gemacht", erklärte sie und schnitt mit einem Messer für jeden eine Scheibe ab. Der Käse war gut gereift und schmeckte köstlich. Kanuta zog ein paar Münzen aus dem Beutel an ihrem Gürtel und gab diese der Frau. Schnell holte sie einen kleinen Korb, wie sie auf dem Markt für die Einkäufe verwendet wurden, und legte ein paar der kleinen Stücken Käse hinein. Dazu legte sie noch ein paar Möhren und etwas Salat. Kanuta verbeugte sich nun ihrerseits vor der Frau und verließ die Hütte.

Zamaso folgte ihr und schließlich gingen sie nach einer Weile zu zweit wieder zurück zu der Siedlung, an deren Anfang das Haus stand, das Laris sich hatte bauen lassen. „Sie haben es schon nicht leicht", begann sie und überlegte, „Ich habe mir nie darüber Gedanken gemacht, wo der Salat und die Trauben herkommen, die ich den Gästen gereicht hatte. Diese Frau ist eine freie Frau und keine Sklavin. Aber sie arbeitet hart für sich und ihre Kinder. Der Mann ist sicherlich auf dem Feld mit den großen Kindern zusammen." „Bei uns müssen auch alle hart arbeiten. Aber Mücken haben wir kaum. Im Wald können die nicht so gut überleben, wie sie das hier in dieser Sumpflandschaft können", sagte Zamaso und dachte sicher wieder an das heimatliche Dorf, wie sie an seinem abwesenden Gesichtsausdruck erkennen konnte. Vielleicht dachte er auch an seine Partnerin.

Kanuta sah sich noch einmal um. Als freie Frau konnte man auch dort in solch einer Hütte leben, aber wollte sie das? Das einfache Landleben war sehr schwer. Wieder grübelte sie nach, was sie wohl machen würde, wenn Zamaso in den Norden zurückging. Es blieb ihr nur etwas in der Stadt, doch was? Was konnte sie? Wieder in der Schänke arbeiten? Bei dem Gedanken schüttelte sie den Kopf. Das war nichts mehr für sie. Gemeinsam erreichten sie das Haus und damit beendete sie ihre, im Moment noch, unnützen Grübeleien. Noch war Zamaso in ihrer Nähe.

49. Kapitel
Die zwei Seiten einer Münze

Eigentlich hätte sie Laris hassen müssen, für das, was er ihr angetan hatte, doch Sarosa konnte es nicht. Er hatte sie geraubt, verschleppt, auf dieses Schiff gebracht und nun musste sie dafür bezahlen. Doch da war immer noch etwas in ihr, dass sie zu ihm zog. Seit einigen Tagen musste sie hier nun für das Recht zur Weiterfahrt auf dem Schiff „arbeiten". Das hieß aber auch nur, dass sie sich den Männern immer wieder hingeben musste, damit es keinen Streit gab. Irgendwie widerte sie das an, aber sie hatte keine Wahl gehabt. Nur unter dieser Auflage duldete der Schiffsführer sie auf dem Schiff.

Wie die zwei Seiten der Münze, die ihr Laris einst gezeigt hatte, war nun ihr Leben. Die Münze hatte eine schöne Seite mit einem Gesicht darauf und eine nicht ganz so schöne, auf der sich nur ein paar komische Symbole befanden. Genauso war es mit ihr. Am Tag hatte sie die Männer der Besatzung bei sich, die nicht wirklich liebevoll mit ihr umgingen und nachts war es Laris, der sie streichelnd in den Arm nahm. Der sie küsste und verwöhnte. Am Tag wartete er auf seiner Kiste und schaute nach vorn, weit weg von ihr, vermutlich sogar in Gedanken weit fort und schon am Ziel. In der Dunkelheit lagen sie, Haut an Haut, auf dem Bett und hörten den Wellen zu, die unter ihnen glucksend gegen den Schiffskörper schlugen.

Er zog sie an und stieß sie ab. Irgendwie schien es ihr Herz zu zerreißen und sie wusste nicht, wieso. Konnte sie ihn nicht einfach zurücklassen? Aus ihrem Gedächtnis löschen? So wie das langsam mit Zamaso geschah? Ihrem Kopf hätte sie da bestimmt etwas vormachen können, ihrem Herzen sicher nicht.

Ein neuer Tag begann und er entfernte sich von ihr. Nun war es ihr auch egal, sich nackt auf dem Schiff zu waschen. Sie musste sich nicht verstecken, denn die Männer wussten ja sowieso Bescheid. Sarosa holte sich einen Eimer mit Wasser aus dem Meer und wusch sich ausgiebig. Dann zog sie sich das Kleid an und wartete, was der Tag so bringen würde. Diese Männer, die hier auf dem Schiff waren, fuhren ewig auf der See. Nur in den Häfen konnten sie für kurze Zeit das Schiff verlassen, meist auch nur, um schnell Vorräte einzukaufen und dann lief das Schiff auch schon wieder aus. In manchem Hafen blieben sie über Nacht aber der Schiffsführer ließ dann die Männer nicht von Bord. Vermutlich hatte er Angst, dass sie am nächsten Morgen nicht mehr da sein würden und er sich eine neue Mannschaft suchen musste.

So blieb es also an Sarosa, die Bedürfnisse der Männer zu erfüllen. Sie waren nicht besonders zärtlich mit ihr. Es ging ihnen nur um die schnelle Befriedigung und die meisten ließen ihre Sachen dabei auch gleich noch an. Sie schlugen nur die Hemden hoch und waren schnell fertig. Sie erlitt es mit zusammen gebissenen Zähnen. Manchmal widerte es sie nur an, aber sie erduldete es still. Kein Laut kam über ihre Lippen, zumindest nicht am Tage. In der Nacht, mit Laris, war das etwas anderes. Er verwöhnte sie und machte sie glücklich, doch nun war Tag.

Sarosa dachte zurück. Am ersten Tag war es besonders schlimm gewesen, da hatten sie alle fünf Männer nacheinander aufgesucht, nun war es schon etwas ruhiger geworden. An manchem Tag kamen nur einer oder zwei. Manchmal gar keiner und sie konnte einfach nur auf das Meer hinaussehen und von der kommenden Nacht träumen. Das Schiff zog seine Bahn durch das Meer. Am heutigen Tag würden sie keinen Hafen finden, hatte der Schiffsführer ihr am vorherigen Tag gesagt. Da würden die Männer sicher Zeit haben, denn zum Segeln brauchte es nicht alle fünf.

An Tagen wie diesem konnten sich die Männer etwas erholen, doch was Erholung für die Männer war, das konnte leicht anstrengend für die einzige Frau an Bord sein.

Wieder dachte sie an die Zeit in der Siedlung zurück. Dabei dachte sie auch an die ersten Nächte mit Zamaso. War es da nicht ähnlich gewesen? Da hatte sie nur auf dem Rücken gelegen und der Mann auf ihrem Bauch. Schnell war Zamaso zur Sache gekommen. Sie hatte es nicht anders gekannt und es war jetzt so ähnlich. Wenn sie ihren Partner da mit Laris verglich, so war dieser doch viel zärtlicher und liebevoller zu ihr. War das nun nur, weil das Bild von Zamaso langsam verblich? Oder weil sie einfach keine Ahnung in der Waldsiedlung gehabt hatten? Sicherlich war dies der Grund. In Gedanken verglich sie Zamaso mit dem Schiffsführer. Beide hatten in etwa dieselbe Figur und auch dieselben geschmeidigen Bewegungen. So wie Zamaso seine Kraft mit der Jagd im Wald sammelte, so sammelte dieser Mann seine Kraft aus dem Kampf gegen die See.

Und so, wie es damals bei ihr und Zamaso nur darum ging ein Kind auf die Welt zu bringen und damit alles andere keine Rolle spielte, so war es bei dem Schiffsführer ganz ähnlich. Es ging zwar nicht um ein Kind, aber seine Gedanken waren sicher dieselben, die Zamaso damals gehabt hatte. Er wollte nur schnell zur Sache kommen und fertig werden! In ihrem Kopf mischte sie diese beiden Männer zu einem und verglich diese mit Laris. Dabei konnte Laris nur gewinnen und daher verlor der lieblose Zamaso. Laris saß wie jeden Tag keine fünf Schritte vor ihr auf seiner Kiste und würde sich dort auch bis zum Abend nicht mehr wegbewegen. Darüber hatten sie eine Art von stummer Absprache getroffen.

Sarosa lehnte sich in den Türrahmen und ihre Finger spielten mit dem Vorhang. Waren Zamaso und Laris auch die zwei Seiten einer Münze? Waren sie wie Tag und Nacht? Zärtlich der eine, kraftvoll der andere? Konnte das nicht in einem Mann vereinigt sein? Mussten das zwei sein? Genauso sah es auch damit aus, dass Laris einfach viel mehr mit ihr redete.

Zamaso war immer sehr verschlossen gewesen und der Schiffsführer glich ihm da. Das lag vermutlich daran, dass man sowohl im Wald als auch auf See nicht viele Worte brauchte. Im Wald war jedes Wort zu viel. Ein Fingerzeig auf die Beute reichte. Und auf See? Wenn der Schiffsführer mehr als einen Satz sagen musste, so zogen die Männer schon den Kopf ein. Im Normalfall reichten zwei Worte. Ein „Ihr Drecksbande!" hinten angehängt, wenn er mal wütend war. Bei Laris war das anders. Der war Händler durch und durch und dazu gehörte auch, dass er mit seinem Kunden reden konnte.

Der Schiffsführer erschien vor ihr, knurrte sie an und zeigte in die Kabine. Sarosa nickte und verstand. Sie ließ ihn vorbei und schloss den Vorhang. Kein Wort fiel, nur das Kleid. Wenig später lag sie nackt auf dem Bett und nahm hin, was sich nicht vermeiden ließ. Die Frau zahlte den Preis ihrer Überfahrt!

50. Kapitel

Winterwind

Der kalte Wind zwackte Kanuta ständig in die Nase und so vermied sie es, wenn irgend möglich, das Haus zu verlassen. Wenn es doch mal nicht anders ging, da Besorgungen zu machen waren, oder Zamaso etwas in der Stadt erkunden wollte, so zog sie sich drei Kleider und zwei Umhänge an. Er lachte dann immer über sie, aber sie war ein Kind der südlichen Sonne. Fast ihr ganzes Leben hatte sie in Caisra, einer der zwölf großen Städte, direkt am Meer gelebt. Und selbst da war sie eher im Haus geblieben. Sie hatte damals das „Glück" gehabt, eine Haussklavin zu sein und nicht, wie viele andere, auf dem Feld bei Wind und Wetter draußen sein zu müssen.

Das Haus, das sich Laris hier hatte bauen lassen, entsprach zwar im Stil den Häusern, die sie aus dem Süden kannte, doch es gab eine kleine Abweichung. Vermutlich des Wetters wegen öffneten sich hier die Türen nicht aller Räume zum Innenhof hin. Es gab in jedem der drei Häuser nur einen Raum, der direkt mit dem Hof verbunden war und die anderen Räume waren nur untereinander verbunden. Das mittlere Haus war ein Lagerraum mit dem Durchgang zum dahinter liegenden Kräutergarten. In dem einen Haus waren die Gästezimmer und die Räume der beiden Sklavinnen und in dem anderen Haus die Empfangsräume, das große Esszimmer und das Schlafzimmer, dessen Wand an den Kräutergarten angrenzte und durch dessen Fenster sie im Herbst noch die Vögel in den kleinen Sträuchern hatte singen hören. Nun waren die Fenster fast ständig geschlossen. Kohlebecken in den Räumen sorgten für eine angenehme Temperatur.

Eine der Sklavinnen war ständig damit beschäftigt, Kohle nachzulegen und das Feuer nicht ausgehen zu lassen. In dem Haus im Süden war der kleine Innenhof der Mittelpunkt des Hauses gewesen. Es war ein Becken mit einem Springbrunnen in der Mitte und ein Sklave war nur dafür abgestellt gewesen, das Gras und die Blumen in diesem Innenhof zu Pflegen. Der Sklave war in ihrem Alter gewesen und sie hatten sich ihr ganzes Leben lang gekannt. Er hieß Tarchi und sie hatte sich oft zu ihm hingezogen gefühlt, schließlich lief man sich täglich über den Weg. Er arbeitete im Innenhof und da musste sie ein paar hundertmal am Tag mit Dingen an ihm vorbei. Aber mehr als ein Nicken oder ein Lächeln waren ihr nicht gestattet. Die Herrin hatte ständig ein Auge auf ihre Sklaven.

Vermutlich hatte sie auch ein besonderes Auge auf Tarchi geworfen oder der Herr auf sie, den immer, wenn sie nur kurz stehen blieb, rief entweder der Herr, oder die Herrin, nach ihr und sie musste wieder eilen. Auch in der Nacht waren sie in unterschiedlichen Häusern untergebracht. Es gab ein Haus für die Sklaven und eines für die Sklavinnen und beide wurden jeden Abend sorgsam verschlossen. Sie hatte gehört, dass in anderen Häusern auch Familien von Sklaven lebten, die dann gemeinsame Räume hatten, doch bei ihnen gab es so etwas nicht. Es gab nur einen besonderen Raum, in den die Herrschaften die Sklaven ließen, wenn sie sich verpaaren sollten. Vermutlich war auch sie in diesem Raum entstanden.

Nur die Herren entschieden, was in ihrem Hause passierte und was nicht. Vermutlich hatte sie einfach mal zu lange bei Tarchi verweilt oder es hatte der Herrin nicht gefallen, dass sie ihn sympathisch fand, jedenfalls durfte sie nicht in den Raum hinein, sondern wurde von ihrem Herren an diesen weit entfernten Ort verkauft. Warum so weit fort und ob der Wirt ihren Herren kannte, das wusste sie nicht. Mit gefesselten Händen war sie damals aus dem Haus gezerrte worden. Sie hatte nur einen letzten Blick auf Tarchi werfen können und dann war sie auf dem Weg, zu Fuß, in diese Stadt im Norden. Das war im Frühling gewesen.

Nun war es fast Winter. Zamaso ging ohne Umhang aus dem Haus und lachte jedes Mal über sie, wenn sie dick eingepackt hinter ihm her ging. Mit all den Sachen an, war sie fast doppelt so dick, wie sie noch vor wenigen Tagen gewesen war. Sie hoffte, dass hier kein Schnee fallen, oder es noch kälter werden würde, denn dann konnte sie sich nicht vorstellen, die warmen Räume überhaupt noch zu verlassen. Durch die Handelsverbindungen kamen aber auch jetzt noch reichlich Waren aus den südlichen Ländern hier zu ihnen und die Münzen, die ihnen Velus so großzügig überlassen hatte, sorgten dafür, dass sie reichlich zu essen hatten. Eigentlich hätten sie ja aus dem Haus gemusst, als Velus dieses verlassen hatte. Nur dem Umstand, dass Laris, der Hausherr, Zamasos Partnerin verschleppt hatte, hatte sie es zu verdanken, dass sie noch ein Dach über dem Kopf und ein warmes Kohlebecken vor dem Bett hatte.

Und wieder schob sich der Gedanke an die Zukunft in ihren Kopf. Sollte sie wieder in den Süden zurückgehen? Oder im Norden bleiben? Und wie sollte sie gehen? Zwar hatten sie die Münzen von Laris, aber die waren ja nur für den täglichen Lebensunterhalt. Etwas davon für die Reise zu nehmen wäre Diebstahl gewesen und dafür würde sie sicher bestraft werden. Schon jetzt war ihr komisch zumute bei dem Gedanken, dass Laris ja nicht wusste, dass sie seine Münzen aufbrauchten. Zwar hatte es Velus erlaubt, aber eben ohne die Zustimmung des Hausherrn. Was würde wohl passieren, wenn Laris jetzt das Haus betreten würde? Er würde sie sicher hinauswerfen!

Kanuta betrat das Schlafzimmer und hielt die Hände über das Kohlebecken. Hier drin konnte sie im dünnen Kleid umhergehen. Alle Fenster waren verschlossen und der Rauch zog nach oben in einem kleinen Kamin ab. Die Sklavin betrat hinter ihr das Zimmer mit einem Korb voller Holzkohle. Sie legte ein paar Stücken nach und ging in den nächsten Raum hinüber.

Eine wohlige Wärme stieg von den Flammen auf und ließ Kanuta den kalten Winterwind vergessen, der draußen um das Haus zog. Solange die Kohle noch reichte, solange konnte man es hier drin aushalten. Sie dachte an die Bäuerin, die den ganzen Sommer über diese Holzkohle hergestellt hatte und die sicher nicht so viele dieser Kohlen zum Heizen der kleinen Hütte hatte.

51. Kapitel
Im Land der Palmen

Wie jeden Tag saß er auf seiner Kiste und schaute nach vorn. Er versuchte seine Ohren vor dem zu verschließen, was da ein paar Schritte hinter ihm passierte, aber so wirklich ging das nicht. Er machte sich selbst schwere Vorwürfe, dass er Sarosa auf dieses Schiff gebracht hatte, oder ihr zumindest nicht erzählt hatte, was passieren konnte. Auf dem anderen Schiff zuvor, hatten sie das Problem nicht gehabt, da hatten sie jeden Tag mit dem Schwert auf dem Deck geübt und da hatten die Seeleute von sich aus schon einen großen Bogen um die Frau gemacht, doch hier war sie nun einfach nur Frau. Das, was sie nun erleiden musste, war zum großen Teil seine Schuld, aber er konnte ihr Los auch nicht wirklich verbessern. Einzig die Zärtlichkeiten, die er ihr in der Nacht zeigen konnte, stimmten sie etwas milder.

Sie fuhren nun schon seit ein paar Tagen in südlicher Richtung an der Küste entlang und er konnte hier immer noch in dünnen Sommersachen sitzen, obwohl es in der Heimat sicher schon Winter und bestimmt auch kalt war. Er konnte sich noch an den vergangenen Winter erinnern, den er an dem nördlichen Meer verbracht hatte. Dort hatte bis zu den Knien Schnee gelegen und das Meer war sogar zeitweise zugefroren gewesen. Es war bitterkalt geworden und nur die Einheimischen hatten sie davor bewahrt, den Kältetod zu sterben. Das war sein zweiter Winter dort oben gewesen und er hoffte, dass er mit dieser Ladung, die irgendwo unter ihm im Laderaum stand, soviel verdienen würde, dass er nie wieder in dieses nördliche Land der Kälte und des Schnees reisen musste.

Laris hörte einen der Männer aus der Kabine kommen und der Vorhang fiel wieder zu. Wenig später setzte sich Sarosa auf die Kiste neben ihn. Vor ein paar Tagen hatte sie angefangen die Sprache des fernen Landes zu lernen, damit sie dem König von Ägypten wenigstens ein paar Fragen beantworten konnte und „Bitte", „Danke", sowie alles andere zum täglichen Leben gehörende, verstand. In den Häfen standen nun schon Palmen und die Frau hatte sich schon über die seltsamen Bäume gewundert. Er hatte ihr vieles erklärt und auch jetzt begann er ihr einigen beizubringen. Er versuchte nicht daran zu denken, was sie gerade eben erst, vor wenigen Augenblicken, mit dem Rudergänger in der Kabine gemacht hatte.

Es würde sicher noch einen halben Mond dauern, bis sie ihr Ziel erreicht haben würden. Damit würde auch ihr Martyrium enden, bevor es dann auf dem Heimweg wieder einsetzen musste, denn er wollte sie ja wieder mit nach Hause nehmen. Er sah in ihrem Blick keinen Zorn auf sich. Darin war eine Liebe, die er nicht für möglich gehalten hätte. Laris hatte sie nicht gefragt, ob sie nach dieser Reise wieder in ihre Heimat gehen oder ob sie bei ihm bleiben wollte. Vielleicht fürchtete er ihre Antwort. Sie war nun schon viele Monde an seiner Seite und er konnte sich ein Leben ohne sie schon gar nicht mehr vorstellen. Doch trotz dieser Liebe musste er sie mit all den anderen Männern auf diesem Schiff teilen. Gerade trat wieder einer der Seeleute an die Bank und wartete, bis Sarosa zu ihm aufsah. Der Mann sagte kein Wort und Sarosa wusste sicher sowieso, was er wollte. Stumm erhob sie sich und ging mit ihm nach hinten.

Er hatte auf seiner Kiste den Wind von hinten, der in das Segel wehte und dieser Wind brachte auch die Geräusche aus der Kabine an seine Ohren. Laris hörte das Stöhnen und Schnaufen des Mannes und er hätte sich am liebsten die Ohren zugehalten, wenn das etwas genützt hätte. Doch die Bilder waren auch so in seinem Kopf. Der nächste Hafen kam in Sicht und der Schiffsführer brüllte ein paar Kommandos. Der Mann in der Kabine fluchte laut und dann hörte er rennende Schritte. Jeder wusste, was er zu tun hatte und da er nicht stören wollte, ging er nach hinten und betrat die Kabine. Sarosa zog sich gerade das Kleid wieder an und sah ihn nicht wirklich glücklich an. Behutsam nahm er ihr Gesicht in seine Hände und küsste sie. Das Leuchten kam zurück in ihre Augen und sie legte ihren Kopf in seine Hand. So standen sie einfach nur da und umarmten sich schließlich.

„Wie lange noch?", fragte sie leise und er antwortete ihr, zwar nicht ganz korrekt, „Noch zehn Tage." Dann schmiegte sie sich noch enger an ihn. Von der Rückfahrt sagte er nichts, aber sie hatte sicher ohnehin schon verstanden, dass sie dieselbe Strecke auch wieder zurückfahren mussten. Dann zwar auf einem anderen Schiff, aber die Besatzungen waren sicher ähnlich. Auf einem Boot, zwei Monde mit einer Frau? Das hielt keiner der Männer durch. Deshalb verzichteten die Männer auch darauf, ihre Frauen mit an Bord zu nehmen. Er hatte gegen diesen Grundsatz verstoßen und Sarosa musste dafür leiden.

Das Schwanken des Schiffes wurde stärker und dann hörte es auf. An den Geräuschen erkannten sie, dass das Schiff im Hafen anlegte und sie verließen die Kabine. Nun herrschte ein geschäftiges Treiben an Bord. Die Planke wurde von unten heraufgeschoben und die ersten Händler betraten das Schiff. Laris nutzte die Gelegenheit, Sarosa hinter sich her in den Hafen zu ziehen. Gemeinsam gingen sie die kleinen Stände ab, an denen Bauern Früchte und andere Dinge anboten. An einem dieser Stände gab es Datteln, die er schon einmal gegessen hatte. Somit kaufte er ein paar davon und reichte eine davon an Sarosa weiter. Die Frau schaute die schrumpelige Frucht etwas ungläubig an und er erklärte ihr, dass sie auf Palmen wuchsen. Dann zog er eine der Früchte auseinander, gab ihr die eine Hälfte und biss in die Andere der süßen Frucht. Nun machte es Sarosa ihm nach. „Die sind aber lecker", sagte sie. „Können wir davon ein paar mit auf das Schiff nehmen?", fragte sie ihn und er nickte. Schnell hatten sie einen kleinen Korb mit den getrockneten Früchten erworben und gingen zurück zum Hafen.

Die Händler verließen gerade das Schiff wieder und alle Handelswaren waren verstaut. Wenig später zog das Schiff wieder auf das Meer hinaus und der Mann aus der Besatzung, den das Anlegemanöver unterbrochen hatte, trat an Sarosa, die auf der Kiste saß und eine der Datteln verspeiste. Sie nickte dem Manne zu „Noch zehn Tage", murmelte sie, leckte sich die Finger ab und stand auf. Wiederum verschwand sie hinter ihm und der Vorhang der Kabine fiel geräuschvoll zu.

Laris drehte sich nicht um, aber an den Geräuschen konnte er hören, was da hinter ihm passierte.

52. Kapitel
Der Schlaf des Bären

In diesem Winter kam der Schnee sehr spät. Er hatte den Geist des Bären gebeten, zu warten, bis die Gruppe der Jäger mit den Mädchen wieder in der Siedlung sein würde. Täglich erwartete er nun die Gruppe zurück. Der alte Schamane saß vor seine Hütte und schaute zum Himmel. Mit jedem Tag wurde dieser grauer und auch der Geist des Bären war nicht mehr zu erreichen. Vermutlich war er im Winterschlaf und überließ die Menschen nun wieder sich selbst bis zum Frühling. Er hatte es auch vermieden, mit Zamaso oder Sarosa Kontakt aufzunehmen. Noch wusste er nicht, wie er der Frau seine Verfehlung beschreiben sollte und wie diese wohl auf sein Geständnis reagieren würde. Der alte Mann hob die Nase, es roch schon nach Schnee und an jedem Morgen war der Raureif auf den Bäumen zu sehen.

Nun begann eine Jahreszeit, in der die Siedlung bald für ein paar Monde von der Umgebung abgeschnitten sein würde. Da seine Hütte abseits der anderen lag, wurde es auch für ihn Zeit, näher an die Menschen heran zu ziehen. Doch er wollte noch die Rückkehr der Gruppe abwarten. Würde sie es schaffen? Er konnte sich nicht vorstellen, dass es jemand im Winter tief im Wald lange überleben konnte. Zumal ja auch die Mädchen dabei waren und diese waren das Leben in der Wildnis nicht gewohnt.

Alles in der Siedlung war nun in den vergangenen Tagen noch etwas hektisch gewesen. Die Jäger versuchten schnell die letzte Beute zu machen und die Frauen kümmerten sich darum, die Häuser mit Reisig aus dem Wald gegen die zu erwartende Kälte zu polstern. In ein paar Tagen würde das Leben hier in den Häusern in eine Ruhe verfallen, die kaum einer den Rest des Jahres gewohnt war. Es wurden dann aber auch Feste gefeiert, da die Arbeit ruhen musste. Nur die Versorgung des Viehs, solange es nicht schon geschlachtet war, würde noch zu tun sein.

Wenn er so an einige Winter zurückdachte, dann war es manchmal so gewesen, dass sie die Hütte oft tagelang nicht verlassen konnten. Sie saßen dann am Feuer und er erzählte Geschichten aus seinem Leben. Oder die alten Frauen erfanden kleine Geschichten für die Kinder, die ihnen dann meist mit offenem Mund zuhörten. Es war eine Zeit der Rückbesinnung auf die Natur, die sie jeden Tag umgab. Und doch sahen sie diese erst in der Zeit, in der sie zur Ruhe kamen. Der tägliche Kampf um ihr Überleben verschleierte den Blick. Er packte seine Sachen in einen Beutel, den er sich auf die Schulter lud und mit dem er zur Hütte es Stammesführers hinüber schwankte. Dort würde er bis zur Schneeschmelze im Frühjahr bleiben.

In dieser Hütte war die Stimmung aber im Moment besonders bedrückend. Die Mutter war ja den fremden Männern zum Opfer gefallen, Sarosa war geraubt und Zamaso immer noch auf dem Weg, um sie zu befreien. Würden die beiden noch rechtzeitig im Dorf erscheinen? Die älteste Schwester von Zamaso führte im Moment die Familie, aber das war für ein Mädchen, das noch nicht mal dreizehn Sommer alt war, eigentlich nicht zu schaffen. Sie hatte versucht die Tätigkeiten der toten Mutter soweit sie es vermochte zu erfüllen und er wollte sie nun unterstützen, bis Sarosa wieder da sein würde, die dann als älteste Frau die Funktion der Mutter der Hütte übernahm.

Der Schamane betrat die Hütte und sah das Mädchen aus dem hinteren Bereich kommen, wo sie sich um die beiden Kühe gekümmert hatte. Fast großväterlich strich er ihr über den Kopf, doch im Moment zuckte sie noch zurück. Er war noch der Schamane, zu dem man nur ging, wenn es unbedingt sein musste. Das würde sich in den nächsten Tagen hoffentlich ändern, wenn er täglich in der Hütte sein würde. Dann würde diese Distanz verschwinden und wenn dann erst Sarosa wieder hier war, dann konnte er erneut mit ihr seine Gespräche führen, die er so lange vermisst hatte. Doch davor stand ja noch sein Geständnis und immer noch wusste er nicht, wie er ihr dies erklären sollte.

Als er seinen Beutel an den Haken gehängt hatte, hörte er von draußen freudigen Jubel. Er trat aus der Hütte und sah eine Gruppe von Menschen aus dem Wald zum Dorf laufen. Die Jäger waren zurück. Aus der Ferne suchten seine alten Augen die Gruppe ab und konnten Zamaso nicht erkennen. Unter den Mädchen war auch Sarosa nicht zu finden. Auf den Stock gestützt ging er auf die Gruppe zu und fragte sie nach den beiden fehlenden. Von den Männern und den Frauen der Gruppe hörte er die Geschichte von Sarosas „Opferung" für die Freiheit der Mädchen und von der Suche ihres Partners nach ihr.

Der Schamane war stolz auf die beiden, hieß es doch, dass er die richtigen ausgesucht hatte und der Geist des Bären sie gut für ihn vorbereitet und unterstützt hatte. Da sie nun aber in diesem Winter nicht zurückkommen würden, hatte er auch weiterhin Zeit, sich zu überlegen, wie er ihr entgegen treten würde, und vielleicht würde da auch schon die Zeit dafür sorgen, dass dieser Makel von ihm fiel.

Mit dem Eintreffen der Gruppe begann auch der Schnee auf die Siedlung zu fallen. Direkt auf die ausgelassen und fröhlich vor den Hütten stehenden Menschen fielen die ersten Flocken. Nur Zamasos kleine Schwester war nicht so glücklich. Hatte sie doch erwartet, den Bruder und seine Partnerin wieder begrüßen zu können. Doch nun würde sie auch den Rest des Winters alleine für die Familie sorgen müssen. Der Stammesführer und der Schamane würden sie nun zwar unterstützen, doch das war für das Mädchen sicher nicht dasselbe, als wenn Zamaso und Sarosa den Vorsitz der Hütte geführt hätten.

Der alte Mann fasste ihr an die Schulter und nickte ihr zu. „Zusammen schaffen wir das", sagte er und wusste doch, dass er eigentlich dafür zu alt war, doch es gab dem Mädchen Halt, dies auch zu hören. Gemeinsam gingen sie zur Hütte zurück und sahen noch einmal in den grauen Himmel, aus dem immer mehr Schnee zu Boden fiel. Bis zur Abenddämmerung lag er schon Knöcheltief vor der Hütte.

53. Kapitel

Gott und die Welt

Hier war es selbst im Winter noch angenehm. Er kannte die Gegend zwar nicht im Sommer, aber nach den Beschreibungen von Kanuta und der Bäuerin wollte er das auch gar nicht erleben. Jeden Tag erwartete er Sarosa zurück. Wo konnte die nur so lange stecken? Es waren nun schon mehr wie drei Monde, die er hier in diesem Haus lebte. Noch immer fühlte er sich hier nicht richtig wohl. Eigentlich wollte er so schnell wie möglich zurück in seine Siedlung, doch Velus hatte ja gesagt, dass das vor dem Frühling unmöglich passieren würde. Den Bergpfad im Winter zu überqueren, das würden nur Menschen wagen, die ihr Leben wegwerfen wollten. Man fand sie nach der Schneeschmelze irgendwo am Wegesrand. Und er wollte ja auch nicht ohne seine Partnerin zurückgehen.

Aber sonst war diese Hütte besser für den Winter geeignet, als ihre Hütten weit im Norden. Der Stein hielt den Wind besser ab. In allen Räumen standen Öllampen in kleinen Wandnischen zur Beleuchtung und Kohlebecken auf je drei Beinen zum Heizen. Überall war es schön warm und Tiere gab es nicht im Haus. Der Geruch war damit auch anders. Die Sklavinnen verbrannten in einigen der Öllampen ein besonderes Öl, das nach Kräutern duftete. Dieser Duft zog durch die Räume. Der Qualm der Kohlen zog in jedem Zimmer durch Öffnungen in der Decke ab.

Er hatte Kanuta von den verqualmten Hütten seiner Heimat erzählt. Holz und getrockneter Tierdung wurde dort mitten im Raum verbrannt und es gab nur die Tür als Öffnung, wenn diese geschlossen war, so zog der Qualm nur schlecht durch das Strohdach und einen kleinen Spalt über der Tür ab. Da war das hier schon anders. Vielleicht konnte man das auch in den Hütten so machen, es schien ja gut zu funktionieren. Einfach einen Abzug über dem Feuer in das Schilfdach stecken. Es war zumindest eine Idee wert.

Auch das Bett war sehr bequem. Die Schlafstätten in der Heimat waren hart und ihn hatte es nie gestört, er kannte ja nichts anderes, aber hier hatte er diese neuen Schlafstätten kennen und schätzen gelernt. Das würde ihm bestimmt in der Heimat fehlen, jedoch würde er es niemanden sagen, schließlich war er ein Mann und ein Jäger noch dazu. Hier war eben so vieles anders. Besser? Anders ja. Viel Schnee schien es hier nicht zu geben und die Sklavinnen fegten den auch noch sofort aus dem Hof, wenn er zu Boden gefallen war.

Kanuta konnte er da nicht verstehen. Sie verließ praktisch nie mehr das Haus und stand fast nur an den Kohlebecken herum. Mit den Händen über dem Feuer dabei war es doch überall warm. Aber sie hatte ihm erzählt, dass sie aus dem Land noch weiter im Süden kam, wo es immer warm war, oder zumindest nicht so kalt wie hier. Zamaso schüttelte da nur den Kopf. Bei diesen Temperaturen trug er noch nicht mal seine Beinlinge, die er sich von einer der Sklavinnen aus Stoff hatte nähen lassen. Zamaso hatte auch gesehen, dass kein Mann hier solche Dinge trug. Sie hatten nur die Kittel an, die sie auch im Sommer trugen. Nur in der kalten Jahreszeit ein paar mehr davon übereinander.

Wenn er abends Kanuta auspackte, dann dauerte es ganz schön lange, bis er ihr die zwei Umhänge und drei Kleider abgenommen hatte, die sie draußen trug, selbst wenn sie nur kurz auf den Innenhof gegangen war.

Eines Abends sah er auf die Bärenkralle, die er um seinen Hals trug und zog die zweite aus seinem Gürtel, von der er ja durch die Mädchen wusste, dass sie Sarosa gehört hatte und dachte dabei wieder an die Heimat. Das Außergewöhnlichste hier war, dass dieser unsichtbare Gott immer und überall zu erreichen war. Der Geist des Bären ruhte im Winter und da brauchten ihn die Menschen doch am meisten. In Gedanken versunken steckte er die Kralle wieder weg und sah zu Kanuta, die sich mit einem Tuch auf eine der Ruhebänke gelegt hatte und nun das Tuch kunstvoll bestickte.

Langsam ging er zu ihr hinüber und schaute ihr über die Schulter. Im Licht der Öllampe entstand dort ein bunter Vogel, wie er ihn noch nie zuvor gesehen hatte. „Was ist das für ein Vogel?", fragte er und Kanuta begann zu erklären, „Weit im Süden, wo ich im letzten Jahr noch gelebt habe, da hatte unsere Herrin einen solchen Vogel. Er war aus einem Land, noch weiter im Süden. Über dem Meer. Ich durfte ihn manchmal füttern. Er hatte prachtvolle Federn." Dabei zeigte sie die Stickerei vor und er nickte. Man konnte das seltsam bunte Tier schon gut erkennen. Hier in dieser Kälte konnte solch ein Vogel sicher nicht leben. Zamaso dachte wieder an die Bärenkralle und fragte „Kannst du mir noch mehr über deinen Gott erzählen?"

„Gern. Wenn ich dazu nicht hinaus muss!", sagte sie lächelnd und legte das Tuch weg. „Wir haben nicht nur den großen Altar, wo du ja schon gewesen bist, sondern in jedem Haus auch einen kleinen Altar." Dabei zeigte sie in die Ecke. „Die Sklavinnen brennen da täglich duftendes Öl ab, legen im Sommer eine Blume dort hin, oder im Winter eine Speise oder stellen einen Becher Wein davor." Zamaso stand auf und ging zu dem kleinen Tisch in der Ecke. Ein tönerner Becher mit Wein stand dort auf einer steinernen Platte, sonst war da nichts zu sehen. Er hatte sich schon nach dem Zweck dieser Stelle gefragt, nun wusste er es. Es war ein kleiner Opferplatz im Haus. Da dieser Gott ja überall sein konnte, konnte er natürlich auch im Haus sein. Der Bärengeist wurde immer nur im Freien verehrt. Wer wollte schon einen Bären in seiner Hütte haben?

„Hilft euch euer Gott bei allem?", fragte er und sah sich um. Kanuta nickte und erklärte „Ich hatte dir doch schon erklärt, dass er in vielerlei Gestalt erscheint. Als Fruchtbarkeitsgöttin, als Gott des Krieges und manchmal auch als ganz normaler Mensch. Es soll schon vorgekommen sein, dass er im Winter als grauhaariger Mann an die Türen geklopft hat und um ein Nachtlager und etwas Brot gebeten hat. Wer ihm dies dann gab, der hatte das ganze Jahr über Glück. Deshalb haben alle großen Häuser immer ein Zimmer für ihn bereit", erklärte Kanuta, dann widmete sie sich wieder ihrer Arbeit. Zamaso ging zu ihr zurück.

Dieser Gott musste ziemlich mächtig sein, wenn er so einfach erscheinen konnte. Für den Bär brauchte er immer eine Vision oder einen Traum.

54. Kapitel

Am Ziel einer Reise

Sie stand am Bug und schaute auf das flache Land hinüber. So nahe war das Schiff noch nie am Land entlang gefahren. Sarosa hätte einen Stein hinüberwerfen können und sie konnte das Schilf am Ufer deutlich erkennen. Von dort flogen seltsame Vögel auf, umrundeten das Schiff und verschwanden wieder im undurchdringbaren Wald aus mannshohen Schilf. Von Zeit zu Zeit führten breite Flüsse durch das Grün. Auch kleinere Boote konnte sie dort sehen. Die meisten so klein, dass nur zwei Männer darauf passten. Es waren Fischer, wie ihr Laris erklärt hatte. Sie zogen die silbern schillernden Fische mit Netzen und Körben aus dem Meer. Es musste hier nur so von Fischen wimmeln.

Auch auf dem Schiff wurde geangelt. Zwei der Männer standen an der Seite und fingen Fische für das Essen. Hier roch es so sonderbar. Ob das von dem Schilf kam? In den letzten Tagen waren sie wieder täglich in kleinen Häfen gewesen. An manchen Tagen in drei hintereinander. Es schien hier viele Menschen zu geben, nicht wie in den Tagen zuvor, wo öde Landstriche zu sehen gewesen waren. Der Schiffsführer kam zu ihr und sagte „Heute ist der letzte Tag unserer Reise. Heute Abend erreichen wir den letzten Hafen, dann geht es für uns wieder zurück." Sarosa sah ihn an. So viel hatte er noch nie am Stück gesprochen. Offensichtlich war er sehr froh, dass er wieder zurück in die Heimat konnte.

Doch sicher nicht so froh wie Sarosa, denn an diesem Tag nun würden diese Fahrt und damit auch das Martyrium durch die Männer enden. Der Mann ging nach hinten und der Geruch von gebratenem Fisch zog ihr in die Nase. Sie folgte ihm und alle, bis auf den Rudergänger, trafen sich an der Feuerstelle, wo der Fisch gerade fertig geworden war. Der Schiffsführer brachte Becher und eine Amphore Wein und alle stießen auf das Ende der Reise an. Dann verschlangen sie den köstlichen Fisch. Die täglich angebotene Fischsuppe gab es diesmal nicht. Hier waren die Fische deutlich größer und mussten nicht als Suppe zubereitet werden.

Nach dem Essen scheuchte der Schiffsführer seine Männer auf ihre Positionen. Alles musste für das Anlegemanöver vorbereitet werden. Sarosa ging zu ihrer Kabine hinüber und sah den Männern zu. Laris saß auf der Kiste, als wäre er der ruhende Pol dieser Mannschaft, um den sich alles drehte. Seile wurden sortiert und sie hatte keine Ahnung, was die Männer alles machten, aber es sah wichtig aus.

Mitten in dieser Arbeit trat der Schiffsführer vor Sarosa an die Kabinentür und fragte sie „Ein letztes Mal?", die Frau überlegte, denn er würde sie ja nun nicht mehr vom Schiff werfen können. Doch er hatte sie gefragt und sie legte den Kopf schräg, schließlich nickte sie zustimmend und gab ihm den Weg frei. Dann schloss sie hinter ihm den Vorhang. Der Mann nahm sich diesmal richtig viel Zeit für sie. Nicht die ruppige, schnelle Art der letzten Treffen war das, sondern er berührte sie zärtlich und fast liebevoll. Er gab ihr sogar einen Kuss und sagte „Danke", als er die Kabine verließ.

Danach wusch sich Sarosa in ihrer Kabine ausgiebig und zog sich an. Sie packte die Sachen und legte die Beutel, sowie die Waffen bereit. Dann verließ sie den Raum und setzte sich zu Laris. Die Männer der Besatzung eilten um sie herum und heute würde wohl keiner Zeit für sie haben. Die Frau blickte sich um und sah zum Schiffsführer hinauf. Gerade stand er so da, wie Zamaso immer gestanden hatte. Wieder dachte sie an ihren Partner weit hinter sich. Wo war er? Würde sie ihn jemals wieder sehen? Dann schaute sie zu Laris hinüber, der immer weiter nach vorn blickte. Hier auf dem Schiff hatte sich etwas zwischen ihnen geändert. Da war nicht mehr diese Liebe, die Sarosa früher gespürt hatte. Die Zärtlichkeit war noch da, aber sonst war da nichts mehr. Der Mann hatte sich mit zunehmender Fahrtdauer geändert.

Wenn er sie ansah, so war jetzt eher der Blick für die Münzen, die er sicher bald bekommen würde, in seinen Augen. Eine Art von Gier lag in seinem Blick und das mochte Sarosa gar nicht. Das war etwas, was sie nicht verstehen konnte. Sie lebte immer noch in Gedanken in der Gemeinschaft und da gehörte allen alles. Aber etwas nur für sich selbst zu behalten? Das kam ihr seltsam vor. Vielleicht tötete das die Liebe in ihr und bestimmt auch, dass er sie mit allem auf dem Schiff geteilt hatte, ohne sie dagegen zu verteidigen. Das Schiff bog in einen breiten Flussarm ein und dann kamen ihnen viele große und kleine Boote entgegen. Schließlich war ein solches Gewimmel von Schiffen um sie herum, wie Sarosa es noch nie gesehen hatte.

Sie legten an und alles wurde entladen. Als letztes verließ Sarosa das Schiff und wurde vom Schiffsführer gehalten, als sie die Planke betrat. Dankbar nickte sie ihm zu und ging hinunter, aber sie warf keinen Blick zurück. Laris zog sie zu einem Boot, welches unweit festgemacht war. Es war viel kleiner als das Schiff und darauf waren auch Frauen und Kinder. Nun war sie also nicht mehr alleine als Frau unter Männern. Dank der Sprachübungen konnte sie sich auch recht gut mit ihnen verständigen.

Es war ein kleines Transportschiff mit einem Mast in der Mitte. Die Säcke waren schon verladen und standen in der Mitte des Bootes um diesen Mast drum herum. Laris sagte ihr „Morgen früh fahren wir los." Sarosa nickte und setzte sich in das Schiff auf einen der Säcke. Ein kleines Kind lief immer über das Schiff und sie begann mit ihm zu spielen. Mit der untergehenden Sonne legten sich dann alle auf das Deck und das Schwanken des Schiffes sorgte dafür, dass Sarosa sehr schnell einschlief.

Das Kreischen der Möwen weckte sie am nächsten Morgen. Sie wusch sich schnell in einem Eimer mit Wasser und sah sich dann um. Am Abend hatte sie gar nicht gesehen, wie viele Menschen auf dem Boot waren. Sicher mehr wie dreißig, davon anscheinend vier Mann Besatzung, denn sie zogen das Segel zurecht. „Wie lange fahren wir?", fragte sie Laris und der antwortete „Vielleicht einen Tag. Wenn der Wind günstig steht, so können wir heute Abend schon dort sein."

Als das Boot dann ablegte, sah sie das andere Schiff, das wieder auf das Meer hinaus fuhr, während sie den Fluss abwärts fuhren. Dieser Fluss war ganz schön breit. Er hieß Nil, wie ihr Laris erzählt hatte und würde sie bis zur Hauptstadt bringen.

55. Kapitel

Schmerzen des Herzens

Auch wenn sie es nicht gewollt hatte, Kanuta hatte sich in diesen Mann verliebt und das wo sie doch wusste, dass er wieder in den Norden gehen würde. Je mehr sie sich dagegen gewehrt hatte, umso mehr war er in ihr Herz eingedrungen. Sie mochte seine Art, wie er mit ihr redete. Als Frau war sie es gar nicht gewohnt gewesen, dass ein Mann so mit ihr redete, ihre Meinung wissen wollte und auch noch auf sie hörte. Vielleicht war es aber auch so, weil Zamaso ihr die Freiheit gegeben hatte, all das zu tun. Nie wieder wollte sie die Sklavenkette tragen.

Doch gleichzeitig mischte sich auch schon ein leichter Schmerz in ihr Herz. Es war abzusehen, wann Zamaso gehen würde. Jeden Morgen, wenn sie in seinen Armen erwachte, fragte sie sich, ob es der letzte Tag mit ihm sein würde, denn wenn Sarosa wieder zurück sein würde, dann würde Zamaso sie sicher verlassen. Solange der Schnee noch lag, würde er dann zwar noch im Hause sein, aber dann sicher bei Sarosa. Und mit all dem Wissen im Kopf stürzte sie sich mit jedem Atemzug, mit jedem Blick von ihm, immer tiefer in diese Liebe.

Kanuta war zwischen Kopf und Herz hin- und hergerissen und vielleicht würde sie das auch irgendwann mal zerreißen.

Ein neuer Tag begann und sie stützte ihren Kopf auf. Dabei sah sie auf den schlafenden Mann neben sich. Mit jeder Bewegung seiner Brust vermischte sich Liebe und Schmerz in der ihrigen. Es tat auf einmal so weh, dass sie in Tränen ausbrach und stumm vor sich hin weinte. Mit einer Hand wischte sie sich die Tränen ab und blickte weiter auf den Mann. Leise stand sie auf und ging in den Waschraum hinüber. Draußen war es noch dunkel und keine der Sklavinnen war zu sehen.

Über das Becken gebeugt wusch sie sich die Tränen aus dem Gesicht und betrachtete sich danach in dem kleinen Handspiegel. Es würde eine Weile dauern, die Tränenspuren aus dem Gesicht zu bekommen. Vorsichtig tippte sie Puder in ihr Gesicht und zog die Augen mit dunkler Farbe nach. Damit machte Kanuta aber den Kontrast zwischen ihrem bleichen Gesicht und den schwarzen Augen und Haaren noch viel größer. Das ging so gar nicht! Sofort wischte sich das Gesicht erneut ab und suchte eine andere Farbe für ihre Augen. Vielleicht etwas in Grün? Oder in Blau? Das Blau war eine wunderschöne Farbe. Gemahlenes Kobaltblau als Puder. Mit einen Stück Stoff trug sie das Blau auf die Augenlider auf. Dann nickte sie sich selbst zu, legte den Spiegel vorsichtig zurück und ging in das Schlafzimmer. Dort zog sie sich das Kleid an und stellte sich neben das Bett.

Es klapperte und eine der Sklavinnen betrat mit einem Korb den Raum. Sie nickte ihr zu und die Sklavin verbeugte sich, dann legte sie die Kohlen nach und Kanuta drehte sich zurück zu Zamaso, der immer noch fest schlief. Schließlich beugte sie sich zu ihm herunter und küsste ihn. Blinzelnd erwachte er und sah sie an. „Du siehst wunderschön aus", sagte er und küsste sie wieder. „Schöner als deine Sarosa?", fragte sie und biss sich auf die Lippe. Warum hatte sie das jetzt gefragt? Dabei konnte sie doch nur verlieren und der Schmerz würde nur noch stärker werden. „Anders!", sagte er, nahm ihr Gesicht in seine Hände und küsste sie erneut.

„Sie ist kräftiger gebaut als du, stärker und doch fraulicher", sagte er und Kanuta zuckte zurück. „Dann bin ich also schwächer, nicht so gut gebaut und mädchenhaft?", fragte sie und die erste Träne lief herab. Die würde im Blau um die Augen herum sicher eine Spur hinterlassen. Warum hatte sie nur gefragt? Ihr Herz krampfte sich zusammen und die Brust begann zu schmerzen. Sie griff sich dort hin und konnte für einen Moment nicht atmen. Er zog sie zu sich herunter. „Du bist wunderschön und auch gut gebaut", sagte der Mann. „Du willst mich nur trösten. Doch du lügst!", schluchzte Kanuta zwischen zwei Tränen, dann stand sie auf und streifte das Kleid ab. „Das nennst du gut gebaut?", fragte sie und zeigte ihm ihren schlanken Körper, der nicht viele Kurven hatte. Weder Taille, noch Hüfte und die Brust waren besonders betont.

Im Kontrast zu den Bildern hinter ihr an der Wand war sie wirklich sehr schmal gebaut. Oder waren die Bilder nur sehr breit gezeichnet? Sie hatte die anderen Frauen damals in der Schänke gesehen und wusste, dass diese besser gebaut waren. Die Anderen hatten viel mehr Männer abbekommen als sie. Bisher war sie darüber ganz froh gewesen, doch Zamasos Bemerkung hatte einen alten Schmerz in ihr nach oben gespült. Nun liefen die Tränen eine nach der anderen und Kanuta rannte in den Waschraum. Dort beugte sie sich erneut über das Becken und wusch sich das Gesicht. Als sie aufsah, stand Zamaso neben ihr und hielt ihr den Spiegel hin. Sie versuchte den Kopf wegzudrehen, doch der Spiegel folgte. „Sieh dich an!", sagte Zamaso und trat neben sie, wodurch sie nun beide in den Spiegel sehen konnten.

„Also ich sehe eine wunderschöne, schlanke, junge Frau!", sagte Zamaso und küsste ihre Wange von der Seite. „Du darfst dich nicht mit anderen vergleichen. Und ich habe es nur getan, weil du mich danach gefragt hast", erklärte Zamaso und legte den Handspiegel aus poliertem Kupfer zurück auf die Bank neben dem Becken. Wieder küsste er sie und begann sie zu streicheln. Die

Tränen versiegten. Sie drückte sich in seine Hände und sagte sich innerlich „Jetzt gehört er noch mir!" Kanuta wollte jeden Augenblick mit ihm genießen. Zamaso hob sie hoch und nahm sie auf seine Arme. Dann trug er sie in das Schlafzimmer zurück und legte sie auf das Bett.

Der Mann begann sie zu küssen und zu erneut streicheln. Sie versuchte ihn zu sich zu ziehen, doch er ließ es nicht zu. Er streichelte sie weiter und sie konnte es kaum noch aushalten. „Bitte komm zu mir!", flehte sie und er erfüllte ihr diesen Wunsch. Das Glück überflutete ihren Körper und besiegte den Schmerz. Der Kummer war fort, für ein paar Augenblicke der Lust, der Leidenschaft und der Liebe.

56. Kapitel

Im Banne der Gier

Seit ein paar Tagen hatte er Sarosa schon nicht mehr richtig angesehen. In seinem Kopf kreisten die Zahlen der Münzen, die ihm der Pharao geben würde. Wenn die Preise immer noch so waren, wie beim letzten Mal, dann musste er ein ganz schönes Sümmchen bekommen. Er hatte diesmal doppelt so viele Steine mitgebracht und in einem der Säcke waren, in einem Stoffbeutel vom Rest getrennt, ein paar besondere Stücke, die sicher genauso viel Wert waren wie die anderen zusammen. Er hatte diesem Pharao schon vor ein paar Jahren getroffen und er wusste, was er wollte. So war seine erste Frage in dem Hafen auch gewesen, wie der Pharao hieß, der gerade regierte. Laris war froh gewesen, zu hören, dass es immer noch Amasis war, der nun schon mehr wie fünfzehn Sommer dieses Land führte.

Erst beim Aussteigen, nachdem alle Säcke verstaut waren, dachte er wieder an die Frau und führte sie zu einem der Flusskähne, mit denen die Bevölkerung hier im Land reiste. Diese Kähne waren das, was die Karren in seiner Heimat waren. Hier war alles nah am Nil und dadurch gab es nicht so viele Straßen. Alles wurde auf dem Rücken des Flusses transportiert. Von der steinernen Säule bis zum Huhn fand alles seinen Platz auf mehr oder weniger großen Baken. Die ihrige war etwa eine der mittleren Größe. Ein paar Familien waren schon darauf und fuhren vom Markt ohne viele Waren zurück in ihre Dörfer. Auch ein höherer Beamter war an Bord, der sicher genauso wie er in die Hauptstadt Sais wollte.

Nun hieß es die zehn Säcke gut im Blick behalten. Nicht, dass ihn noch einer so kurz vor dem Ziel gestohlen werden würde. So fuhren sie von Dorf zu Dorf. Leute stiegen aus und wieder ein.

Ware wurde entladen und verladen. Laris blieb wach und setzte sich so, dass er alle Säcke im Blick hatte. Dadurch konnte er Sarosa nur aus dem Augenwinkel beobachten. Sein wichtigstes Ziel war es nun, seine Ware zu behalten. Immer verbissener wurde er dabei, je mehr sie sich der Hauptstadt näherten. An einem Hafen fragte Sarosa ihn irgendetwas und er war kurz abgelenkt. Als er zurücksah, fehlte einer der Säcke. Er sprang auf, stieß die Frau zur Seite und rannte zu den Säcken. Es waren nur noch neun! Er brüllte Sarosa an, die sich verschreckt zusammen duckte und ihm aus dem Weg ging. Dann sah er den zehnten Sack. Einer der Mannschaft hatte ihn zur Seite gestellt und Sarosa hatte davor gestanden.

Fluchend zog Laris den Sack zur Mitte und band alle noch einmal mit einem zweiten Seil fest. Er sah kurz zur Seite, wo sich Sarosa hingesetzt hatte, dabei sah er die Tränen in ihren Augen glitzern und gleichzeitig auch Wut darin funkeln, doch er musste sich um die Säcke kümmern. Alles andere hatte noch Zeit.

In immer neuen Windungen zog sich der Fluss dahin und bei der Geschwindigkeit würden sie es an diesem Tag wohl nicht mehr schaffen, ihr Ziel zu erreichen. Der Wind war zu schwach und die Strömung, die ihnen entgegen kam, stark. Wenn die vier Männer nicht auch noch gerudert hätten, so wären sie sicher nicht vom Fleck gekommen. Also blieb es bei ihm Geduld zu haben und die Augen offenzuhalten. Als dann die Dunkelheit hereinbrach und er sich zu Sarosa auf die Säcke legen wollte, stand die Frau trotzig auf und suchte sich am Bug des Schiffes einen anderen Schlafplatz. So weit von ihm entfernt, wie es das Schiff nur zuließ.

Dann schliefen alle im Boot, nur Laris kam, vor lauter Angst um seine Steine, nicht in den Schlaf. Er lag dort und blickte zum Himmel. Der Mond sah aus wie eine Bake, die, ähnlich der ihrigen hier unten, über den Himmel fuhr. Er hörte das Schnarchen der anderen Schläfer und das leise Weinen eines Kindes. Das Schiff lag nicht am Land, sondern war zwei Schiffslängen vom Ufer entfernt fest gemacht. So wollte die Besatzung verhindern, dass Diebe an Bord schlichen. Zum Springen war es zu weit und um die Schwimmer würden sich die überall reichlich vorhandenen Krokodile kümmern. Keiner in diesem Land wollte von einem Krokodil gefressen werden. Nur wenn der Körper vollkommen erhalten und gut bestattet war, dann hatte man im Leben nach dem Tode einen guten Start. Anderenfalls war man für immer im Krokodil gefangen. Dieses holte die Seele auch, wenn man etwas Unrechtes in seinem Leben gemacht hatte.

Lauerte auf seine Seele auch schon solch ein Tier mit dem riesigen, mit spitzen Zähnen bewährten Maul? Laris dachte zurück. Er hatte vielen Menschen den Tod gebracht und Sarosa aus ihrem Dorf geraubt. Sicherlich war er damit auch bei seinem Gott in Ungnade gefallen, aber er versprach Voltumna, ihm eine große Gabe zukommen zu lassen, wenn er wieder in seiner Heimat war. Laris setzte sich auf und sah nach vorn. Dort musste irgendwo Sarosa schlafen, aber er konnte sie nicht erkennen. Das Licht der kleinen Mondsichel war dafür nicht hell genug. Auch hätte er über die Schläfer zu ihr hinüberlaufen müssen und das hätte sicher die Anderen geweckt. So blieb er einfach sitzen, lehnte sich an den Mast und sah den Fluss entlang.

Als die Sonne aufging, sah er Sarosa aufstehen. Sie zog sich ihr Kleid aus und ging zur Bordwand. Schnell eilte Laris zu ihr und konnte sie noch am Arm erwischen, bevor sie in das Wasser sprang. Über die tödliche Gefahr der Panzertiere unter ihnen hatte er ihr noch nichts gesagt und so zeigte er nur zur Seite, wo gerade zwei Augen aus dem Wasser auftauchten. Sarosa sah ihn verständnislos an und er wollte die anderen nicht wecken. So zog er ein

Stück Fleisch aus seinem Beutel und warf es hin. Das Maul öffnete sich und Sarosa zuckte zurück. Sichtbar bleich zog sie das Kleid wieder an und wusch sich dann in einem Eimer, den Laris ihr geholt hatte. Die anderen Schläfer wurden langsam wach und standen nun auch auf.

Laris ging zu Sarosa und sagte „Bitte entschuldige mein Verhalten." Die Frau nickte ihm freundlich und nicht mehr ganz so zornig zu. „Warum hast du mir nichts davon gesagt? Ich hätte tot sein können!", sagte Sarosa immer noch bleich und zeigte auf einen der Panzerrücken, der neben dem Boot her schwamm. „Ich habe es vergessen und ich habe dich vergessen. Verzeih mir", antwortete er und sie nickte. Das Boot setzte sich in Bewegung und schon bald sahen sie die ersten Häuser der Hauptstadt vor sich.

57. Kapitel
Eine prachtvolle Stadt

Dieser erste Tag auf dem Boot war der schlimmste in ihrem Leben gewesen. Überall waren Nubier, die die Angst wieder in ihren Kopf zurückbrachten. Sie spürte die Schmerzen wieder, die sie da im Hof des Hauses zu erdulden gehabt hatte. Auch wenn jeder sie anlächelte, war doch immer das Gesicht des Mannes darin, der sich grinsend an ihr vergangen hatte. Daran änderte auch die Erkenntnis nichts, dass sie ihn ja persönlich auf den Grund des Meeres geschickt hatte. Laris kümmerte sich überhaupt nicht um sie und in seinen Augen war das Funkeln von goldenen Münzen zu sehen, die er bald erhalten würde. Sarosa fühlte sich vollkommen verlassen und allein. Als sie Laris fragte, ob er etwas essen wollte, brüllte er sie vollkommen unvermittelt an. Ihre Hand krampfte sich um den Schwertgriff und sie musste sich zusammenreißen, ihm nicht sofort vor Wut die Klinge in den Leib zu rammen. Dann liefen die Tränen herab und sie setzte sich nach vorn auf einen der Säcke.

Ihre Sprachkenntnisse reichten für das Spielen mit den kleinen Kindern und das lenkte sie ab. Alle paar hundert Schritte legte das Boot am Ufer an. Da war man mit laufen am Ufer sicher schneller, aber hier konnte man ja bequem sitzen und über alles nachdenken. Laris war so anders geworden in den letzten Tagen. Da war nur noch die Gier in seinem Blick. Die Berechnung, möglichst viele Münzen zu erhalten. In der Nacht floh sie vor ihm und weinte sich in den Schlaf.

Als sie am nächsten Morgen zum Baden in den Fluss springen wollte, zeigte er ihr die tödliche Gefahr darin. Deshalb hatte sie auch noch keine Schwimmer hier gesehen. Sie hielt sich nun weit von der Bordwand weg. Wer weiß, ob diese Biester nicht auch aus dem Wasser springen konnten. Das große Maul hatte ihr jedenfalls einen ganz schönen Schrecken eingejagt. Laris hatte sich entschuldigt, aber so richtig normal würde er sicher erst wieder werden, wenn er seine Steine zu Münzen gemacht, und diese sicher zu Hause haben würde.

Dieser Fluss schlängelte sich von einer Biegung zur nächsten und man wusste nie, was hinter der übernächsten war.

Sarosa setzte sich am Bug so hin, dass sie den Fluss sehen konnte. Von Anlegestelle zu Anlegestelle fuhr das Boot weiter und dann änderte sich die Gegend am Ufer. Sarosa blieb der Mund offen stehen. Hatte sie bisher höchstens mal zweistöckige Hütten aus Lehm mit Schilfdächern gesehen, so waren es auf einmal schneeweiße, große Paläste. Riesengroße Statuen von seltsamen Göttern, halb Wolf, halb Mensch. Oder Gestalten mit Vogelköpfen. Es mussten hunderte sein. Laris trat zu ihr und sagte „Das ist Sais. Die Hauptstadt dieses Landes." Dann zeigte er auf ein besonders großes Gebäude „Da ist der Tempel des Sonnengottes und daneben der Palast des Königs, der hier Pharao heißt."

Sie hielt die Hand über die Augen, um die Sonne abzuschirmen. Das Weiß der Stadt reflektierte die Sonne, auch wenn viele Wände bunt bemalt waren. Die Säulen direkt am Hafen waren auch noch poliert, wodurch sie die Sonne direkt zu ihr in das Boot warfen. Vermutlich waren sie auch dazu hier aufgestellt. Die darauf stehenden Götterfiguren sollten sicher die Ankömmlinge begrüßen. Diese Figuren waren bunt bemalt und es sah so aus, als wenn dort wirklich überlebensgroße Männer mit Hundeköpfen standen. Sarosa legte ihren Kopf in den Nacken und sah nach oben. Sie erwartete beinahe, dass die Figur sich nach unten beugte, um sie besser sehen zu können.

Während sie noch staunend dort stand, hatte Laris schon einen Karren organisiert und die Säcke darauf verladen. „Kommst du?", fragte er sie und hielt ihr Beutel und Schwert hin. Sarosa nickte und fragte „Fahren wir jetzt zum König?" „Nein. Die Sonne steht schon hoch am Himmel. Der beste Zeitpunkt, um zu handeln, ist die Zeit nach dem Sonnenaufgang. Nachdem der Pharao zur Sonne gebetet hat", erklärte er und führte sie zu dem Karren. Zwei Ochsen waren vorgespannt und zogen das Gefährt durch die prachtvollen Gassen. Überall blieb Sarosa stehen. So eine Stadt hatte sie noch nie gesehen. An ein paar Häuserwänden waren bunte Bildgeschichten, wie ein sehr großer Mann viele kleinere Männer besiegte. Oder wie Korn geerntet wurde.

Noch bevor die Sonne versank, hatten sie eine kleine Schänke erreicht, die auch Zimmer für Reisende bereithielt. Der Wirt empfing sie vor dem Haus mit einer Verbeugung und sein Lächeln wurde noch breiter, als Laris ihm die Münzen in die Hand drückte. Schnell war ein großes Zimmer mit einem kleinen Fenster gefunden und alle Säcke dort verstaut, auch wenn der Wirt ihnen eine verschließbare Scheune anbot. Dort wurden nur der Karren und die Ochsen für die Nacht untergestellt. Kaum waren sie im Zimmer versperrte Laris das Fenster und stellte den Tisch so, dass niemand mehr die Tür öffnen konnte. Das hatte schon etwas von furchtbarer Angst und Sarosa schüttelte den Kopf. Sie konnte das einfach nicht verstehen. Bei ihnen im Wald gehörte allen alles. Bis auf den schönen, geschnitzten Kamm, den sie von ihrer Mutter bekommen hatte. Den wollte sie auch nicht verlieren, im Moment lag er unerreichbar weit weg. In der Hütte im Dorf. War das hier ähnlich? Laris hatte gesagt, es wäre sein Eigentum. Nur was war Eigentum?

Sie setzte sich auf das Bett und sah zu, wie der Mann von Sack zu Sack ging, um den Inhalt zu prüfen. Im Scheine einer Öllampe sah er sich alle Steine noch einmal genau an. Sie beachtete er gar nicht und so ließ sie sich in das Bett fallen und schlief schließlich ein. Im Traum sah sie all die seltsamen Figuren. Waren das alles Formen, in denen dieser eine, unsichtbare Gott erscheinen konnte? Sie hätte nur Laris dazu fragen können, doch der stand auch im Traum mit dem Rücken zu ihr. Ein gütiger, alter, weißhaariger Mann nahm sie in den Arm. Er sah fast wie der Schamane in ihrer Siedlung aus. Seine Kraft und Energie taten ihr gut. Dann erwachte sie. Laris suchte immer noch und die Sonne ging gerade auf.

Sarosa stand auf und wusch sich an einer Schüssel, dann zog sie das Kleid wieder an und wollte den Gürtel mit dem Schwert umlegen. Laris verschnürte gerade den letzten Sack und sah zu ihr auf „Wir dürfen keine Waffen mitnehmen", sagte er und sie löste das Schwert von dem Gürtel. Es war recht ungewohnt, die Waffe nicht an ihrer Hüfte zu spüren. Laris stand auf und fragte „Können wir?" Sie zog das Kleid zurecht und nickte. „Hast du überhaupt geschlafen?", fragte sie und er schüttelte den Kopf. „Es gibt wichtigeres", erklärte Laris und schob den Tisch von der Tür weg.

58. Kapitel

Pharaonengold

Der Weg bis zum Palast des Pharaos war eigentlich gar nicht weit, aber die Kontrollen durch die Wachen hielten ihn auf. Endlich waren sie vor dem Saal angekommen und einige Diener trugen die Säcke hinein. Der Pharao begrüßte ihn wie einen lieben Freund, auch wenn sie sich erst einmal, und das vor mehr als drei Sommern, gesehen hatten. „Was bringst du mir diesmal mit?", fragte der König und Laris öffnete einen der Säcke und holte einen, etwa faustgroßen, Stein heraus. „Die brennenden Steine des nordischen Meeres, die die Kraft der Sonne in sich gefangen haben", sagte er und hielt den Stein so, dass das Sonnenlicht an einer Stelle durch den Stein fallen konnte. Dann gab er den Brocken an den Pharao.

Laris drehte sich zu einem anderen Sack um und öffnete die Schnur. Dann holte er den Beutel mit den besonders kostbaren Steinen hervor „Und hier ist einer, in dem ein Skarabäus eingeschlossen ist", sagte er und hielt den polierten, gelben Stein hoch. Der Pharao hätte fast den anderen Stein fallen lassen und kam schnell zu Laris herüber. Zusammen betrachteten sie den kleinen schwarzen Käfer mitten in dem gelben Stein. Er sah aus, als würde er noch leben. Fühler, Panzer und Beine waren gut zu erkennen. „Das ist wirklich ein außergewöhnliches Stück", sagte der Pharao und bemerkte erst jetzt Sarosa, die an der Seite stehen geblieben war. Diese verbeugte sich und er fragte „Ist das deine Sklavin? Willst du sie mir auch verkaufen?"

Für einen Moment zögerte er und sah ihren entsetzten Blick, dass er nicht sofort etwas erwiderte, dann sagte er „Nein. Sie stammt aus diesem fernen Land und begleitet mich auf meiner

Reise." Daraufhin begrüßte der Pharao die Frau mit einem wohlwollenden Kopfnicken. „Dann kommen wir mal zu deiner Bezahlung", sagte der Pharao und klatschte in die Hände. Zwei Männer erschienen, denen er die Summe nannte, die so hoch war, dass Laris für einen Moment ganz schwindelig wurde. Die beiden Männer verbeugten sich, verschwanden und kamen wenig später mit einer Kiste zurück. Diese stellten sie vor den Pharao und er öffnete sie. Fünf lederne Säckchen waren darin und in jedem waren Stücken aus Gold. „Das soll dein Lohn sein, für diese beschwerliche Reise. Bist du damit einverstanden?", fragte der Pharao und Laris versuchte gelassen dabei zu bleiben. „Ja. Natürlich", sagte er betont ruhig.

„So soll der Handel geschlossen sein", sagte der Pharao und gab ihm die Hand. Mit einer Verbeugung ging Laris rückwärts zu der Kiste, klappte den Deckel zu und forderte Sarosa mit einer Kopfbewegung auf, den anderen Griff anzufassen. Gemeinsam trugen sie die schwere Kiste nach draußen. Erst vor dem Palast brach er in Jubel aus. Der weite Weg hatte sich mehr als gelohnt! Nie im Leben hätte er mit dieser Summe gerechnet. Der gut eingesetzte Käfer hatte seine Wirkung nicht verfehlt. Wenig später waren sie, diesmal ohne viele Kontrollen, wieder in der Schänke, wo er das Gold kontrollierte und noch einmal abzählte. Für die Frau hatte er im Moment wieder keinen Blick. Natürlich hatte er den Zorn in ihren Augen gesehen, aber er hatte sein Ziel erreicht.

Nun begann er wieder zu kontrollieren, zu sortieren und abzuschätzen. Laris merkte gar nicht, dass die Sonne unterging und wieder aufging. Er war so sehr in sein Geschäft vertieft, dass die Hütte um ihn herum hätte abbrennen können und er es vermutlich nicht mal bemerkt hätte. Dann sah er auf und Sarosa erhob sich gerade aus ihrem Bett. Sie gähnte ausgiebig und Laris schloss lautstark die Kiste. „Wir brechen dann wieder auf", legte er fest und ließ keinen Einspruch zu. Noch vor dem Essen waren sie mit der Kiste unterwegs zum Anleger, wo auch gerade ein Schiff beladen wurde. Gegen ein paar Münzen fanden sie und die Kiste noch einen Platz auf dem Schiff. Wieder sah er die zornigen Augen der Frau. „Was ist?", fragte er und sie antwortete „Ich habe Hunger! Und du hättest mich sicher verkauft, wenn der Preis gestimmt hätte. Ich habe es in deinen Augen gesehen!"

Laris sah zur Seite und winkte einen Mann zu sich, der gebratenen Fisch verkaufte. Gegen eine Münze kaufte er zwei Fische, von denen er einen an Sarosa gab. Sie hatte ihn schon verschlungen, noch bevor er seinen richtig in der Hand hatte. Sarosa musste wirklich sehr hungrig gewesen sein und im Moment schämte er sich dafür, dass er sie so vernachlässigt hatte. Daher versuchte er sie in den Arm zu nehmen, doch sie wischten seinen Arm von ihrer Schulter. Langsam setzte sich das Boot in Bewegung. Es war fast so groß wie das, welches sie hierher gebracht hatte. Der Wind trieb sie nach Norden in den schlängelnden Fluss. Jetzt saß er auf seiner Kiste und hier würde er auch nicht mehr heruntergehen.

Als die Dunkelheit auf sie herab fiel, schlief er im Sitzen ein. Die vorhergehenden Nächte ohne Schlaf forderten nun ihren Tribut ein. Er schlief so fest, dass man ihn hätte forttragen können, und damit dies nicht geschah, hatte er sich an seiner Kiste festgebunden. Laris wusste nicht, wo Sarosa schlafen würde, aber das war ihm im Moment auch egal. Er träumte von dem funkelnden Gold aus der Schatzkammer des Pharaos, auf dem er gerade saß. Dabei fühlte er sich so unermesslich reich und dankte seinem Gott für diese große Ausbeute. Nun musste er nur noch damit über das Meer.

Der Mann erwachte, als die Sonne begann über die Bordwand in das Boot zu scheinen. Sein erster Handgriff galt der Kiste, die sicher verstaut unter seinem Hintern ruhte. Erst danach sah er zu Sarosa, die gerade blinzelnd, keinen Schritt von ihm entfernt, auf dem Deck des Schiffes erwachte. Sollte er etwas zu seiner Entschuldigung sagen? Wozu? Er nickte ihr nur zu und sah das Blitzen in ihren Augen. Dann drehte sie sich um und ging sich am Bug des Schiffes in einem Eimer waschen. Er sah nur ihren nackten Rücken und die starken Arme.

Wenig später saß sie wieder angezogen neben ihm und das Boot begann schaukelnd seinen Weg fortzusetzen. Am Abend des zweiten Tages hatten sie den Hafen an der Nilmündung wieder erreicht und auch sofort ein Schiff gefunden, dass sie und ihre Kiste nach Hause bringen würden. Die Nacht verbrachten sie unter Deck, da dieses Schiff keine Kabine hatte. Sarosa hatte ihr gezogenes Schwert neben sich gelegt. Ein deutliches Zeichen für Laris, der diese Drohung respektierte.

59. Kapitel

Sehnsucht nach der Heimat

Mittlerweile fühlte er sich ganz wohl in diesem Hause, in dem er nun schon mehr wie drei Monde wohnte. Kanuta sorgte dafür, dass ihm die Zeit nicht lang wurde. Jeden Tag ließ sie sich etwas anderes für ihn einfallen und doch dachte er täglich an die ferne Heimat. Immer wenn er den Bogen sah, der in dem Schlafzimmer an der Wand lehnte, musste er an die Wälder seiner Heimat denken. Seit er hier war, hatte er weder den Bogen noch das daneben liegende Beil wieder berührt, doch nun wurde es einfach mal wieder Zeit zum Üben.

Er stellte eine Holzplatte in den Garten, legte die knöcherne Armschiene auf seinen linken Unterarm und band sie fest. Dann nahm er den Bogen und die Pfeile. Wenig später sausten die Pfeile durch den Innenhof, durch das Hinterhaus in die Scheibe im Garten. Die drei Frauen blieben in der Zeit in ihren Häusern. Die ersten Pfeile trafen nur am Rand der Platte. Er ärgerte sich, wie viel er in der Zeit hier verlernt hatte. Erst nach dem zehnten Pfeil traf er wieder jedes Mal die Mitte.

Kanuta steckte vorsichtig ihren Kopf auf den Hof und fragte „Kann ich das auch mal probieren?" und er winkte sie zu sich. Er band den Schutz vor der Sehne an ihren Arm und zeigte ihr, wie man den Bogen spannte. Vorsichtig legte die Frau den Pfeil ein und Zamaso half ihr beim Zielen. Dann ließ sie los. Die Sehne schnellte nach vorn und schob den Pfeil an, dieser traf aber die Wand des Hauses, weitab der Planke. Zum Glück hatte Kanuta keine große Brust, wodurch die Sehne diese nicht treffen konnte, das hätte sonst schmerzhaft werden können. Nach zehn Pfeilen traf Kanuta die Scheibe und hüpfte vor Freude um ihn herum.

Die Kälte des Tages hatte ihr gar nichts ausgemacht, doch jetzt wollte sie so schnell wie möglich wieder zurück. Sie gab ihm den Bogen zurück und verschwand im warmen Haus. Zamaso sammelte die Pfeile ein und kontrollierte sie sorgfältig. An einem Pfeil war die Spitze beschädigt, an einem anderen die Feder. Er sortierte die beiden Pfeile aus und verwahrte die anderen in seinem Köcher. Dann ging er hinein und nahm seinen Umhang. Anschließend legte er das Schwert ab und steckte sich die Axt in seinen Gürtel. „Ich gehe zur Jagd!", sagte er zu Kanuta und diese entgegnete „Du musst nicht jagen. Alles, was wir brauchen, können wir mit Münzen bezahlen." Doch er schüttelte den Kopf „Es sind nicht meine Münzen", erklärte er, dann verließ er das Haus.

Vor ihm zog sich eine schneebedeckte Ebene dahin. Wo sollte er hier nach Wild suchen? Selbst wenn es etwas zu jagen gegeben hätte, wo sollte er sich vor dem Tier verstecken? Wie anschleichen? Diese Jagd war etwas Vertrautes für ihn und er begann wieder seinen Instinkten zu vertrauen. Ein kleiner Wassergraben durchschnitt die Landschaft und er folgte ihm. An einer Stelle sah er Rehspuren und kniete sich daneben hin. Es mochte noch nicht lang her gewesen sein, dass das Tier hier war. Die Ränder der Spur waren noch scharf abgegrenzt, die Sonne hatte noch nicht dafür gesorgt, dass die Spur einfiel.

Vorsichtig folgte er der Fährte und sah schon bald ein kleines Waldstück. Dorthin hatte sich das Reh zurückgezogen. Ohne einen Laut zu machen, näherte sich Zamaso der kleinen Baumgruppe. Dabei lief er nun gebückt und hatte den Pfeil schon schussbereit eingelegt. In diesem offenen Gehölz würde er nur einen Pfeil haben. Langsam schob er sich nach vorn und verschmolz in Gedanken mit seiner Beute. Dann sah er das Rotbraun des Felles zwischen den Bäumen. Der Wind stand günstig und würde ihn nicht verraten. Er legte an und spannte den Bogen. Für einen Augenblick dachte er an den langen Weg zurück und schätzte das Gewicht des Tieres ein. Dann gaben seine Finger das Geschoss frei und wenig später brach das Reh getroffen zusammen.

Schnell lief er zu ihm hin und erlöste das Tier mit seinem Messer, dann kniete er sich davor und bedankte sich bei ihm, sowie dem Geist des Bären, für diese Jagdbeute. Er schnitt das Tier auf und entnahm ihm die Eingeweide, die er an Ort und Stelle für den Bärengeist als Opfer vergrub. Mit dem Reh auf der Schulter machte er sich auf den Heimweg. Das Tier war schwerer, als er gedacht hatte und so kam er ins Schwitzen. Er stapfte der eigenen Spur nach und wieder zurück. Dabei sah er den Vollmond am Himmel stehen. Erneut dachte er an die Heimat und fasste einen Entschluss. Als er bei Einbruch der Dämmerung das Haus wieder erreichte, übergab er das Reh den Sklavinnen, dann klopfte er sich den Schnee von den Beinlingen.

Entspannt und glücklich, wie lange nicht mehr, betrat er das Haus und setzte sich zu Kanuta an das Feuer. Nachdem er sich aufgewärmt hatte, sagte er „Wenn der Mond wieder voll ist, so werde ich zurück in meine Heimat gehen. Egal ob Sarosa dann schon wieder da ist oder nicht." Kanuta schien erschrocken und sagte dann fast abwesend „Noch achtundzwanzig Tage!" doch sie hatte ja gewusst, wissen müssen, dass er wieder in seine Heimat zurückgehen würde. „Aber ich bleibe hier", sagte sie dann und sah ihn an. Zamaso nickte „Noch achtundzwanzig Nächte", sagte er und küsste sie. Nur zögerlich erwiderte sie seinen Kuss. Die Unabänderlichkeit des kommenden Abschiedes schien ihr Sorgen zu machen.

Zamaso legte Pfeile und Bogen zur Seite und nahm Kanuta in den Arm. Eine Träne zeigte sich auf ihrem Gesicht. „Aber du hast es doch gewusst", sagte er und sie nickte. „Ich hätte aber gern noch mehr Zeit mit dir verbracht", sagte sie und die nächste Träne rollte über ihre Wange. „Noch bin ich da!", sagte er und küsste ihr die Tränen fort. Für einen Moment dachte er daran, wie sehr ihn doch der Aufenthalt hier und das Zusammensein mit Kanuta verändert hatte. Er fühlte sich wie ein anderer Mann und wo er früher nur das Gefühl für die Beute gehabt hatte, da hatte er nun auch Gefühle für Kanuta und Sarosa. Zärtlich nahm er die Frau auf seine Arme und trug sie aus dem Zimmer in das wohlig vorgewärmte Bett.

60. Kapitel

Ein Mann des Glaubens

Der Mann hatte sicher den Ernst der zwischen ihnen liegenden blanken Klinge begriffen, denn er ließ sie in Ruhe. In ihrer derzeitigen Verfassung hätte sie vermutlich auch kein Problem gehabt, ihm irgendein Körperteil, das er nicht auf seiner Seite belassen hätte, abzutrennen. Sie fühlte sich verraten und innerlich verletzt. Nun war sie also wieder für zwei Monde auf einem Schiff mit den Männern gefangen. Ihr graute es vor dem, was bestimmt in ein paar Tagen einsetzen würde, und wovor sie ihr Schwert nicht bewahren konnte. Ein anderes Schiff, eine andere Mannschaft, aber trotzdem Männer. Mit dem ersten Licht des Morgens legte das Boot ab und schaukelte davon. Demonstrativ behielt Sarosa das Schwert an ihrer Seite, auch als sie das Kleid bis zu den Hüften herunter streifte, um sich an Deck in einem Eimer zu waschen.

Als sie sich dann angezogen wieder umdrehte, sah sie den Schiffsführer keine fünf Schritte hinter sich stehen. Er hatte seine Augen auf sie gerichtet, aber es lag etwas Seltsames, nicht greifbares, darin. Am Abend zuvor hatte sie ihn schon kurz beim Besteigen des Schiffes gesehen. Der Mann war sicher schon sechzig Sommer alt, hatte graue kurze Haare und einen grauen Bart, den er aber gut gepflegt hatte. Irgendwie erinnerte er sie in seiner Körperhaltung an den Schamanen in ihrer Siedlung oder an den Mann, von dem sie einmal geträumt hatte. Er nickte ihr freundlich zu und machte ein paar Schritte auf sie zu. Was wollte er von ihr? Dann begann er „Ich habe eine Enkelin, die fast so aussieht, wie du. Auf meinem Schiff stehst du von nun an unter meinem Schutz. Wenn du etwas brauchst, dann lasse es mich wissen." Sarosa konnte ihr

Glück kaum fassen. Sollte die Rückfahrt wirklich so anders und angenehm für sie sein? Sie nickte dem Mann dankbar zu.

Das Schiff fuhr immer weiter an der Küste entlang und Sarosa saß nun jeden Tag vorn am Bug und schaute auf die See. Wann immer er Zeit hatte, setzte sich der alte Mann zu ihr und sie erzählten über alles Mögliche. Ihr Leben in der Siedlung und sein Leben auf dem Schiff. Schließlich kamen sie auch auf ihren Bärengeist zu sprechen und er erzählte ihr von seinem Gott, zu dem er täglich betete und der für eine gute Überfahrt sorgte. An manchen Tagen führten sie nun lange religiöse Gespräche und dieser eine Gott, mit den vielen Gesichtern, gefiel ihr ganz gut. Was vermochte er wohl alles?

Laris hielt sich immer von ihr zurück. Ihr Zorn auf ihn war schon lange verflogen, doch die alte Vertrautheit würde sicher noch etwas brauchen, bevor sie wieder hervorkommen würde, wenn sie überhaupt jemals zurückkam. Sie küssten sich auch wieder, aber im Moment passierte da bei ihr nichts. Diese Verliebtheit und das Gefühl, zu ihm hingezogen zu sein, steckten verschüttet tief in ihr drin.

Nach einem Mond auf See verdunkelte sich an einem Tag der Himmel und der Wind frischte auf. Für einen Hafen waren sie zu weit weg und Sarosa merkte an den Bewegungen der Mannschaft, wie ernst die Lage war. Aber sie wollte nicht nach unten gehen. Die ersten Wellen schlugen schon über den Bug und ein immer kräftiger werdender Wind griff in das Segel und in ihr Haar. Überall krächzte, stöhnte und knarrte das Schiff. „Geh runter!", brüllte sie der Schiffsführer an. „Nein!", brüllte sie gegen den Wind zurück. Der alte Mann winkte ab und holte ein langes Seil. Damit band er sie um die Hüfte an der Reling fest, direkt neben dem Ruder, das er zusammen mit einem der Männer festhielt. Immer mehr Wasser kam über die Bordwand und Sarosa stand so, dass ihr jede Welle in ihr Gesicht klatschte. Sie schmeckte das Salz der Wellen auf ihren Lippen und war mittlerweile vollkommen durchweicht. Der Wind sorgte dafür, dass sie vor Kälte zu zittern begann.

Aber es schien immer schwerere See zu werden. Manchmal konnte sie von ihrer Position nach vorn in ein Wellental hinuntersehen, kurz bevor sich der Bug wieder hob. Ein ohrenbetäubender Knall ließ sie zusammenzucken und ein Seil klatschte nur handbreit neben ihr gegen die Bordwand, wodurch das Holz splitternd nachgab. Ein Seil des Segels war gerissen und sie sah die erschrockenen Augen des Schiffsführers. Dann hörte sie sein lautes Gebet gegen den Sturm. Wenig später beruhigte sich die See langsam und die graue Wolkendecke am Himmel riss wieder auf. Die schlingernden Bewegungen des Schiffes wurde weniger und hörten schließlich ganz auf. Sie sah Laris bleiches Gesicht vor sich aus der Luke auftauchen und griff zu der Stelle, wo das unter Spannung stehende Seil das Schiff beschädigt hatte. Es hätte auch sie treffen können. Nur der Abstand von der Breite einer Hand hatte ihr Leben bewahrt.

Der Schiffsführer löste ihr Seil und Sarosa fiel auf ihre Knie. Sie dankte dem fremden Gott für die Errettung aus der Not. Dann wischte sie sich das Salzwasser aus dem Gesicht. Der alte Mann gab ihr ein trockenes Tuch, dann begann die Besatzung schnell das Segel zu reparieren. Während dessen ging sie zum Bug, streifte sich das nasse Kleid vom Körper und wusch sich ausgiebig. Dafür opferte sie den letzten Kräuterwürfel, den ihr die Sklavin mitgegeben hatte. Laris trat zu ihr und gab ihr ein trockenes Kleid. „Danke dir!", sagte sie und küsste ihn. Dann zog sie sich das Kleid an und zog das nasse zum Trocknen an einem Seil am Mast hoch.

Als sie wieder am Bug stand, trat der Schiffsführer zu ihr und sah auf die nun spiegelblanke See hinaus. „Dein Glaube hat uns alle gerettet", sagte Sarosa, doch der alte Mann schüttelte den Kopf. „Mein Gott hat uns gerettet. Er will nur manchmal darum gebeten werden", erklärte er und zog eine Münze aus seinem Beutel. Mit den Worten „Danke für die Rettung!" warf er die Münze weit in das blaue Meer hinaus. Sofort setzte der Wind wieder ein und kräuselte die See.

Langsam schob sich das Schiff nach vorn.

Der alte Mann ging zum Ruder zurück und Sarosa drehte sich zu ihm um. Laris kam auf sie zu und sie bat ihn um eine Münze. Er sah sie verständnislos an, gab ihr dann aber die gewünschte Münze.

Sarosa sah das Entsetzen in seinem Gesicht, als sie das Geldstück über Bord warf. Dann rief sie „Danke für die Errettung." in den Wind und ging wieder nach hinten. Sie gab das Tuch dem alten Seemann wieder, der sich erst jetzt das Gesicht abtrocknete. „Zuerst das Schiff, dann Gott und zum Schluss die Mannschaft", sagte er mit einem Lachen.

61. Kapitel

Ein Schatz?!

Seit diesem Sturm hatte sich das Verhältnis von Sarosa zu ihm wieder normalisiert. Das Schwert lag nun nicht mehr in der Nacht zwischen ihnen und doch war es wohl nicht mehr so, wie es vor dem Antritt der Reise gewesen war. Das Feuer in ihren Augen war verschwunden, wenn sie ihn ansah. Auch seine zärtlichen Berührungen erreichten ihr Ziel nicht so richtig. Sarosa ließ es zu, aber mehr passierte eben auch nicht. Sie saß meist den ganzen Tag mit dem Schiffsführer oben auf dem Deck und redete über Gott und die Welt und er saß unten auf seiner Schatzkiste und traute sich kaum davon weg. Die Distanz zwischen ihm und Sarosa hätte nicht größer sein können.

Wenn er den Schiffsführer manchmal reden hörte, so war er in seiner Meinung kurzzeitig erschüttert. Der alte Mann redete auch von einem Schatz. Bei ihm war es der Glaube. Bei Sarosa sicher die Liebe zu ihrem Partner und bei ihm die Goldstücke, auf denen er saß. So hatte jeder eine andere Definition davon, was ein Schatz war, was für ihn, oder sie, wertvoll war. Die beiden saßen praktisch direkt über ihm und manchmal konnte er ihre Gespräche hören. Auch bei ihm begann damit eine Art von umdenken. Ein Lernprozess setzte ein. War Gold wirklich alles im Leben? War nicht vielleicht die richtige Balance dieser drei Dinge wichtiger? Die richtige Menge Gold, die richtige Liebe und der rechte Glauben an Gott? Ging so etwas überhaupt? Das wäre sicher ein richtiger Schatz!

Er blickte nach oben und bat um ein Zeichen, wie sein Leben weiter gehen sollte. Dann dachte er an Sarosa, die ja damals als Opfer die Münze in das Meer geworfen hatte. Vielleicht sollte er das auch machen. Alle Männer waren an Deck, wodurch er seine Kiste bedenkenlos hier unten alleine lassen konnte. Langsam stieg er die Leiter hinauf und ging nach vorn, wo die Wellen sich vor dem Bug teilten. Leise sprach er seine Bitte erneut aus und warf eine Münze weit nach vorn. Dann trat Sarosa zu ihm und legte ihre Hand auf seinen Arm. „Ich werde nach dieser Reise sofort in meine Heimat aufbrechen", sagte sie und er ergriff ihre Hand „Wenn du es wünschst, so werde ich dich dorthin begleiten!", antwortete er und sie lächelte ihn an. War dies das gewünschte Zeichen?

Sarosa ging zurück und setzte sich alleine auf die Kiste. Laris sah zum Himmel und erkannte die Sichel des zunehmenden Mondes ganz schmal am Himmel vor sich. „Wenn der Mond voll ist, so wird sie mich verlassen. Und dann?", dachte er. Daran, dass er gerade noch angeboten hatte sie zu begleiten, daran dachte er schon nicht mehr. Wie von fern hörte er eine Stimme „Ich werde eine neue Liebe für dich bereithalten." Laris sah sich um, aber keiner der Männer war in seiner Nähe! Er sah nach vorn, kniete sich hin und dankte für die freudige Botschaft, denn er hatte schon lange erkannt, dass seine Zeit des alleine seins vorbei war. Auch wenn es im Moment zwischen ihm und Sarosa nicht optimal lief, so hatte er sie doch gern in seiner Nähe. Manchmal sah er ihr nachts zu, wenn sie schlief.

Es war ein langer Tag und Laris zwang sich dazu, auf Gott zu vertrauen und die Kiste unbewacht zu lassen. Er blieb oben bei Sarosa auf der Kiste sitzen und lauschte den Erzählungen des alten Seemannes. „Wo wirkt ein Gebet besser? Hier oder im Tempel?", fragte er ihn schließlich und der alte Mann brauchte nicht zu lange zur Erklärung „Hier kann Gott mich sehen. Im Tempel ist ein Dach darauf! Da muss ich viel lauter rufen, um erhört zu werden!" Dann stand der Schiffsführer auf und ging nach hinten. Laris sah Sarosa an und küsste sie einfach so. Irgendwie kam sie ihm im

Kuss entgegen, dann stiegen sie nach unten in den Laderaum des Schiffes. Schnell entkleideten sie sich gegenseitig und liebten sich stürmisch nach einer langen Zeit der gegenseitigen Enthaltsamkeit. Es war, als wäre ein Schleier von ihm gefallen, als er begonnen hatte, Gott zu vertrauen. Unter einer Decke schliefen sie zusammengekuschelt ein.

Nun hatte er begriffen, dass man das Glück nur greifen konnte, wenn man mindestens eine Hand dafür frei hatte. Klammert man sich zu sehr mit beiden Händen an das Eine, so entgleitet einem das Glück woanders. Als er erwachte, sah er ihr Gesicht im ersten Licht der Sonne, die von oben durch die Luke in den Laderaum fiel. Erst als er seinen goldenen Schatz losgelassen hatte, war Gott auf ihn zugekommen und erst danach hatte er sich wieder mit Sarosa versöhnt. Er strich ihr zärtlich eine Haarsträhne aus dem Gesicht und diese leichte Bewegung ließ sie erwachen. Für einen Moment war sie verwirrt, wegen der nackten Nähe zu ihm, doch dann entspannten sich ihre Gesichtszüge und sie küsste ihn.

Der Rest der Mannschaft wurde rings um sie ebenfalls wach und Sarosa zog sich die Decke um die Schultern, bis die Männer nach oben gegangen waren. Was sollte das nun schon wieder? Sonst hatte sie keine Scheu gehabt, sich den Männern nackt zu zeigen und nun diese Geste? Anscheinend bemerkte sie es selbst und lachte. Dann legte sie die Decke ab, nahm ihr Kleid und stieg nackt nach oben. Er sah ihr nach, bis sie auf das Deck gegangen war. Oben holte einer der Seeleute einen Eimer mit Wasser für sie, das konnte er an den Gesprächen und dem Lachen hören. Er stand auf und stieg ihr hinterher. Sarosa saß nackt mit dem Hintern über der Bordwand und pullerte ohne Scheu ins Meer, dabei scherzte sie mit einem der Männer und es war ihr offensichtlich egal, dass sie nackt war.

Erst als sie ihn sah, kam ein wehmütiger Zug in ihr Gesicht und sie stand auf. Während sie sich anzog, wusch sich Laris in dem Eimer. Er spürte, wie sie ihn beobachtete. War sie traurig oder froh, wieder in die Heimat zu gehen? Ihn zu verlassen? Er wusste es nicht. Schließlich kippte er das Wasser über Bord und gab den Eimer weiter, dann zog er sich an und beschloss, den ganzen Tag wieder an Deck zu bleiben. Gott würde auf den Schatz unter Deck aufpassen und er auf den, der auf der Kiste neben ihm saß.

Wie selbstverständlich legte Sarosa ihren Kopf gegen seine Schulter und versuchte ihr Haar zu bändigen, in das immer wieder der Wind hineinfuhr und es zerzauste. Natürlich hätte er ihr helfen können, aber es sah so niedlich aus, wie sie eine Strähne nach der anderen aus ihrem Gesicht zog. Die sonst so starke und selbstbewusste Frau scheiterte gerade an ihren Haaren.

Laris zeigte zum gerade untergehenden Mond und sagte dann leise „Wenn der Mond voll ist, sind wir wieder im Hafen. Dann wirst du mich verlassen!" Sarosa sah zum Mond und nickte. „So bald schon", sagte sie mehr zu sich, dann küsste sie ihn kurz und stand auf. Sarosa ging zum Bug und er sah auf die vertrauten Bewegungen. Ein kleiner Schmerz bohrte sich in sein Herz. Er blickte nach oben und bekam wieder die Gewissheit, dass alles gut werden würde.

62. Kapitel

Abschied für immer

Je mehr der Mond zunahm, desto näher kam der Zeitpunkt des Aufbruchs. Und desto mehr Mühe hatte er Kanutas Tränen zum Versiegen zu bringen. Jeden Abend sah sie aus dem Fenster und schien den Mond anzuflehen „Halte ein! Gib mir mehr Zeit!" Doch so unausweichlich wie der nächste Vollmond kommen würde, so unausweichlich wäre auch sein Abmarsch in die ferne Heimat. Wenn Sarosa bis dahin noch kam, gut. Wenn nicht, dann musste sie ihm eben folgen. Wenn sie das wirklich noch wollte. Er würde in der Siedlung auf sie warten. Zumindest bis zum nächsten Sommer, bevor er sich dann eine neue Partnerin suchen würde, aber das lag noch weit vor ihm.

Leise trat er an Kanuta heran, die am Fenster stand und küsste sie auf die Seite ihres Halses. „Musst du wirklich schon gehen?", fragte sie traurig. „Nicht heute und nicht morgen. Aber bald!", sagte er und drehte sie zu sich um. Er wischte ihr die Tränen vom Gesicht und küsste sie. Das Lächeln kam zurück in ihr Antlitz, doch in den Augen blieb diese Traurigkeit zurück. „Es sind nur noch so wenig Nächte", stellte sie traurig fest. „Dann nutzen wir diese Nacht", antwortete er und strich ihr liebevoll über ihre Wange. „Und ich kann nichts tun, um dich umzustimmen?", fragte sie und löste ihren Gürtel. Danach öffnete sie die Spange an ihrer Schulter. Mit einem leisen Geräusch fiel ihr Kleid zu Boden. „Nein!", antwortete er und nahm sie auf seine Arme. Vorsichtig, als wäre sie zerbrechlich, trug er sie zum Bett hinüber.

Als er seine Augen aufschlug, da war sie schon wach. „Wieder eine Nacht weniger", sagte sie. „Aber was für eine Nacht!", entgegnete er und lächelte sie an. Zaghaft küsste sie ihn und versuchte aufzustehen, doch er zog sie zurück in das warme Bett. „Vielleicht versuchen wir heute mal das da!", sagte Zamaso und zeigte auf eine neues Bild an der Wand und Kanuta kam ihm mit einem Kuss entgegen. „Bald schon werden wir alle Positionen mindestens einmal gemacht haben!", erklärte sie lächelnd und ließ sich rücklings fallen.

Erst sehr viel später erhoben sie sich und gingen hinüber in den anderen Raum, wo die Sklavinnen schon den Tisch für sie gedeckt hatten. Sie legten sich nebeneinander auf die Bank und es fühlte sich so gut an, wie sich Kanuta gegen ihn presste. Stück für Stück fütterten sie sich gegenseitig mit Obst, dass es zu dieser Jahreszeit eigentlich gar nicht geben dürfte, aber die Schiffe brachten diese Früchte aus dem Süden, wie Kanuta ihm mal erzählt hatte.

Eigentlich war es hier schon sehr schön und er musste an die Heimat denken, wo es zu dieser Zeit im Jahr höchstens ein paar getrocknete Pilze und geräuchertes Fleisch gab. Der Winter war dort manchmal sogar eine Zeit des Hungers und des Todes. Davon war hier nichts zu spüren. Frische Äpfel und Trauben gab es. Sogar Früchte, die er zuvor noch nie gesehen hatte. Kleine gelbe Früchte, die sauer und doch wohlschmeckend waren. Auch diese steinernen Häuser waren sehr warm, doch wenn er an die ärmeren Leute dachte, ging es denen sicher auch nicht so gut.

Nur die Münzen von Laris sorgten für diesen Wohlstand. Sollte er diesen weiter genießen, bis Sarosa irgendwann mal zurückkommen würde? Nur wann würde das sein? Das war alles hier sehr schön, doch sein Entschluss stand so fest, wie das Wort eines Jägers nur fest stehen konnte. Die Ausrüstung stand bereit und es blieben weniger wie sieben Tage für die Liebe zu Kanuta.

Diese Tage flogen vorüber in einem Rausch aus Liebe und Leidenschaft. Irgendwann war es der Morgen des vorletzten Tages. Zamaso fragte sie beim Aufwachen „Wollen wir heute Abend alle Nachbarn einladen und meinen Abschied feiern? Das Reh ist ja noch da!" Dabei sah ihn Kanuta allerdings zweifelnd an. „Nach dem letzten Versuch wollte ich das eigentlich nicht mehr machen. Aber wenn es dein Wunsch ist, dann gern", antwortete sie und schon gingen die Vorbereitungen los, kaum dass sie das Bett verlassen hatten. Alle Nachbarn wurden eingeladen und wieder sagten alle zu. Schnell wurden weitere Bänke in den Speiseraum gebracht. Am Nachmittag drehte sich Kanuta die Locken ein und zog sich ihr schönstes Kleid an.

Nach und nach trafen alle Nachbarn ein. Aber zu Kanutas Freude erschienen diesmal auch die Frauen. Es wurde eine schöne Feier mit Gesprächen, Rehbraten und gutem Wein. Das Lachen der Frauen flog durch den Raum und aus dem Augenwinkel heraus sah Zamaso, dass Kanuta in der Mitte der Frauen mit machte. Sie ging in ihrer Rolle als Hausfrau vollkommen auf, auch wenn sie das nur im Moment war. Beim letzten Mal hatte ihr sicher noch die Arbeit in der Schänke angehangen und dass sie dort so manchen der Männer auch unbekleidet getroffen hatte. Vermutlich hatte das die Frauen damals abgeschreckt, doch das war lange her und scheinbar vergessen. Satzfetzen über Mode und Komplimente über Kanutas neues Kleid flogen durch den Raum zu ihm herüber.

Es war schon mitten in der Nacht, als die letzten Gäste dann gegangen waren und Kanuta ihm vor Freude um den Hals fiel. „Das war mein schönster Abend", schwärmte die Frau. „Dann warte mal auf die Nacht", antwortete Zamaso und küsste sie. Es wurde wirklich eine schöne Nacht, bevor Kanuta glücklich in seinen Armen einschlief. Noch lange sah er in ihr schlafendes Gesicht, bevor auch er einschlief.

Als sie zusammen erwachten, war es schon lange der neue Tag und die Sonne stand schon hoch. Kanuta hing an seinem Hals und wollte unter allen Umständen verhindern, dass er aufstand. Er hatte eine ganze Weile zu tun, bis er ihre Tränen getrocknet hatte. „Was mache ich den nun, wo du nicht mehr hier bist?", fragte sie ihn, als sie sich gemeinsam wuschen. „Wolltest du nicht in den Süden gehen?", entgegnete er und sie zuckte mit den Achseln. Dann zogen sie sich an und nach dem gemeinsamen Essen legte Zamaso seine Ausrüstung an.

Sie umarmten sich eine Ewigkeit in dem Speiseraum, dann packte sie ihm noch ein Stück Rehbraten in seine Tasche.

Gemeinsam gingen sie zur Tür und er sah sich noch einmal um, ob er etwas vergessen hatte. So lange war dies hier sein Zuhause gewesen. Für einen Moment zögerte er noch, dann drehte er sich zur Tür um. Kanuta war da schon auf den Hof vorgegangen. Als er ihr folgte, sah er Sarosa, die gerade den Hof betrat. Sie flog auf ihn zu und er begrüßte sie mit einem Kuss.

63. Kapitel

Abschied und Neubeginn

Endlich hatte er seinen Fuß wieder auf die heimatliche Erde gesetzt. Zusammen mit Sarosa trug er die Kiste von Bord und ging auf den Weg zu seiner Stadt hinüber. Er wollte keinen Karren holen, darum würden sie die Kiste zusammen tragen müssen. Immer wieder wechselten sie die Seiten und mit der Zeit wurde dieses Behältnis immer schwerer. Zum Glück war es noch nicht so warm, wodurch sie nicht ins Schwitzen kamen. Aber Gespräche kamen durch diese Last auch nicht zustande. Sarosa hatte sich, nach der stürmischen Wiedervereinigung im Schiff, in den letzten Tagen immer mehr von ihm zurückgezogen und nun war absehbar, wann sie ihn verlassen würde. Ein kleiner Schmerz blieb in ihm, aber er hatte sich schon fast damit abgefunden. Was würde dann werden, wenn sie erst fort sein würde?

Er hatte sich daran gewöhnt, dass sie neben ihm lag, wenn er morgens erwachte. Ihre Nähe tat ihm gut. Das alles hatte er früher nicht gekannt. Wie würde es in ein paar Tagen werden? Natürlich hatte er ihr gesagt, dass er sie in ihre Heimat bringen wollte, doch eigentlich wollte er sie hier behalten! Immer weiter führte sie der Fußweg durch die Wiesen, die gerade die ersten zaghaften Blumen zierten. Ihm war es schwer um sein Herz geworden und in immer kürzeren Abständen setzten sie die Kiste ab. Vielleicht wollte er so den Weg weiter verlängern und die Zeit mit Sarosa so lange wie nur irgend möglich ausdehnen? Dann sah er endlich sein Haus wieder.

Zusammen traten sie in den Hof. Eine fremde, junge Frau stand dort und ein Mann verließ eines der Häuser. Sarosa ließ die Kiste los, rief „Zamaso!" und lief zu dem Mann, der sie umarmte und küsste. Nun stand er da, hatte die Kiste noch am Griff und sah auf die beiden, die sich direkt vor ihm umarmten und immer weiter küssten. Dann nahm Zamaso Sarosa auf die Arme und trug sie in das Haus.

Laris ließ die Kiste los und rief seine Sklavinnen, die die Kiste, nach ein paar Verbeugungen, in das Haus trugen. Nun stand er alleine mit der fremden Frau im Hof und sah sie an. Sie war recht hübsch. „Wer bist du? Und was machst du hier?", fragte er sie und die Frau begann „Mein Name ist Kanuta." Danach begann sie die ganze Geschichte zu erzählen. Er hörte ihr schweigend zu und erst als sie zu Ende erzählt hatte, sagte er „Mein Bruder hat dich also mit meinem Geld gekauft?" und sie nickte „Und Zamaso hat dich freigelassen, obwohl du mein Eigentum bist?", fragte er weiter und sah in die erschrockenen Augen der Frau, sie griff sich an den Hals und ging zwei Schritte zurück. „So sei es denn! Du sollst frei bleiben!", setzte er schnell hinzu und sah die Erleichterung in ihrem Gesicht.

Er betrat das Haus und sie folgte zögerlich. So richtig schien sie nicht zu wissen, wie sie mit der Situation umgehen sollte. Laris setzte sich an den Tisch und klatschte in die Hände. Eine Sklavin erschien und verbeugte sich „Bringe Wein!", sagte er und sah, das Kanuta immer noch im Raum stand. Mit dem Rücken an die Wand gepresst sah sie zu ihm herüber. Er zeigte auf die Bank neben sich und sie setzte sich vorsichtig darauf. Auf der äußersten Kante, wie zum Sprung bereit, saß sie dort. Katzengleich geduckt und lauernd. Dann kam der Wein und er bot ihr einen Becher an. Ihre Haltung entspannte sich und sie legte sich zurück.

Einige Zeit später kamen Sarosa und Zamaso freudestrahlend zu ihnen herüber. „Morgen reisen wir ab!", sagte Zamaso und Sarosa nickte lächelnd. „Nun. Dann ist das hier unser letzter gemeinsamer Abend! Last ihn uns feiern!", rief Laris und klatschte in die Hände.

Die Sklavinnen trugen ein Essen auf, bei dem auch doppelt so viele Leute sicherlich satt geworden wären. Der beste Wein und erlesene Speisen. Sarosa lag auf der Bank ihm gegenüber und hatte sich an Zamaso gekuschelt, der hinter ihr lag und sie mit Trauben fütterte. Da war kein Zorn in den Augen des Mannes über den Raub der Partnerin, nur Liebe zu seiner Frau. Rechts neben Laris lag Kanuta auf der Bank, mit dem Kopf zu ihm, wodurch er, durch das im Liegen verrutschte Kleid, einen guten Einblick auf ihre Oberweite erhielt, die aber nicht so groß wie die von Sarosa war. Wieder sah er die katzenhaften Bewegungen der jungen Frau. Hübsch war sie!

Zum Schluss des Essens sagte er „Da das nun unsere letzte Nacht ist! Sarosa, schenkst du mir diese?" und sie sah ihn fragend an, dann schaute sie zu Zamaso, der ihr zunickte. Sarosa setzte sich auf und sagte „Hatten wir die nicht schon?" Dann lächelte sie und stand auf.

Hand in Hand gingen sie in das Schlafzimmer hinüber. Dort angekommen sagte sie „Ich möchte dich so, wie in unserer ersten Nacht. Und schau, der Vollmond ist auch wieder da." Dabei zeigte sie durch das offene Fenster auf die kleine silberne Scheibe, die sich dort draußen zeigte. Dann löste sie ihren Gürtel, ließ ihn fallen und zog sich das Kleid über den Kopf. Wieder begann er ihren Körper mit Fingerspitzen, Lippen und Zunge zu erkunden, auch wenn er ihn schon so oft berührt hatte. Sich küssend und streichelnd standen sie vor dem Bett im silbernen Mondlicht.

Dann löste sie seinen Gürtel und befreite ihn von der Kleidung. Nun gingen ihre Finger und Lippen auf Erkundung. Es dauerte gar nicht lange, bis sich sein Verlangen nach der Frau verhärtet hatte. Laris hob sie an und trug sie die zwei Schritte bis zu dem Bett, wo sie sich wieder wie damals im Wald, Bauch an Bauch, hinsetzten. Ihre Beine umklammerten seinen Rücken, ihre Hände seinen Hals. Zuckend ragte sein Penis zwischen ihren Leibern hervor. Ihr Schoß rieb sich in dieser Position an ihm und er konnte nicht mehr an sich halten. Diesmal wartete er nicht, dass sie begann, sondern Laris krallte seine Finger in ihre Hüften. Stöhnen hob er ihren Unterleib an, zog sie danach mit einem Ruck nach unten und hörte ein Stöhnen der Lust aus ihrem Mund, als er sie völlig ausfüllte. Der Stress und die Anspannung der letzten Tage war wie weggewischt.

Ihre Körper rieben aneinander und als sie den Kopf nach hinten warf, zog er sie wiederum mit aller Kraft nach unten. Mit einem Stöhnen schoss er seinen Samen in ihren vor Lust zuckenden Schoß. Schub um Schub verströmte er sich in ihrem Leib. Es schien kein Ende zu nehmen, dann löste sie die zitternde Umklammerung ihrer Beine und sie fielen erschöpft in das Bett zurück. Aneinander gekuschelt schliefen sie fast sofort ein.

Die Sonne des neuen Tages weckte sie und Sarosa stand auf, um sich zu waschen. Er warf noch einmal einen Blick auf den so vertrauten Körper und die Bewegungen der Frau, dann folgte er ihr.

Wenig später waren sie alle um den Tisch versammelt, um ein letztes gemeinsames Essen einzunehmen. Sarosa gab ihm das Schwert wieder zurück, doch er sagte „Behalte es. Du wirst es bestimmt brauchen." Sarosa nahm die Waffe nickend zurück und befestigte sie erneut an ihrem Gürtel. Dann standen sie alle vier auf. „Soll ich euch den Weg zeigen?", fragte Laris und Zamaso antwortete „Jeden Weg, den ich einmal gegangen bin, finde ich auch wieder zurück." Laris nickte und gab ihm einen kleinen Beutel mit Münzen für den Weg.

Kanuta gab Zamaso die Hand und stellte sich an das Tor des Hauses. Laris trat zu ihr und verfolgte mit seinem Blick die beiden anderen, die den Weg zurück in ihre Heimat gingen. Dann schaute er die Frau an seiner Seite an. Er hatte ihre anmutigen Bewegungen gesehen und sie gefiel ihm. Vielleicht war sie die Frau, die Gott für ihn vorgesehen hatte. „Möchtest du bei mir bleiben?", fragte er Kanuta. Sie sah ihn überrascht an. „Als deine Sklavin? Dein Eigentum?", entgegnete sie und Laris antwortete „Nein! Als meine Frau!" Daraufhin nickte sie und er küsste sie. Dann nahm er sie auf seine Arme und trug sie in sein Haus hinein.

64. Kapitel

Zurück in die Sklaverei?

Kanuta starrte den Hausherren an. Schon seine erste Bemerkung hatte ihr die Luft abgeschnürt. Sie hatte wieder die Sklavenkette um ihren Hals gespürt. Hatte er recht mit seiner Aussage? Irgendwie schon! Nur er hätte sie freilassen können. Aber war sie nicht Zamaso geschenkt worden? Da kannte sie sich nicht so gut aus, aber die Kette wollte sie nie wieder tragen. Sollte sie fliehen? Jetzt war nicht der richtige Zeitpunkt gewesen. Stumm hatte sie Zamaso nachgesehen, der mit Sarosa auf seinen Armen in das Gästezimmer verschwunden war. Diese Frau war wirklich schön und schien auch viel Kraft zu haben. Sie hatte das Schwert an ihrem Gürtel gesehen und Sarosa wusste sicherlich, damit umzugehen.

Nun stand sie in dem Esszimmer und wusste nicht, wohin mit ihren Händen. Was sollte sie tun? Was sagen? Sie konnte nichts tun. Auf ein Zeichen von Laris setzte sie sich neben ihn. Bei dem folgenden Gelage musste sie immer an die Essen an den ersten Tagen denken, an denen sie hier noch Sklavin gewesen war. Sie lag direkt neben Laris, zum ersten Mal wieder alleine auf der Bank, und seine Blicke waren ihr nicht entgangen. Dann zogen sich Laris und Sarosa zurück. Sie sah ihnen ein paar Augenblicke nach, dann schaute sie zu Zamaso. „Dann ist das ja nun auch wirklich unsere letzte Nacht!", sagte sie und setzte fort „Schenkst du sie mir?" Zamaso nickte und sie stand auf.

Kanuta ergriff seine Hand und sagte „Komm mit. Ich möchte dir etwas zeigen." Danach zog sie ihn hinter sich her, über den Hof, zu dem Gästezimmer hinüber. Dort ließ sie Zamaso stehen, lief noch einmal kurz in den anderen Raum und kam mit einer Flasche eines duftenden Öles zurück. „Zieh dich aus und lege dich hin", sagte sie und deutete auf das Bett. Dann holte sie noch einige Öllampen, die sie rund herum aufstellte. Zamaso hatte sich inzwischen ausgezogen und auf das Bett gelegt. „Zuerst der Rücken", erklärte sie ihm und er drehte sich auf den Bauch. Kanuta öffnete die Flasche und ließ ein paar Tropfen von dem Öl in ihre Hand fallen. Damit begann sie, seinen Rücken einzuölen und zu massieren. Bisher hatte sie immer zärtliche Berührungen auf seiner Haut gemacht, nun waren die Bewegungen der Finger kräftiger und auch das schien dem Mann offensichtlich zu gefallen.

„Nun die andere Seite", sagte sie und der Mann drehte sich gehorsam um. Nach einer ganzen Weile sagte er „Und nun du!" Dann stand er auf und drückte sie auf das Bett. Er knetete ihren Rücken durch und sie spürte das Öl auf ihrem Rücken. Seine starken Hände hinterließen eine Gänsehaut auf ihrem Körper. „Und nun die Vorderseite", sagte Zamaso, doch sie zögerte. Das sanfte Streicheln hatte sie schon sehr erregt. „Los jetzt!", sagte er lachend und schließlich gehorchte sie. Wieder begann er sie zärtlich mit etwas Öl zu massieren, aber er hatte zu viel Öl genommen und seine Hände rutschten immer wieder ab. Sie hätte darüber lachen können, wenn sie nicht so angespannt gewesen wäre. Stoßweise ließ sie die Luft heraus und bat innerlich darum, dass er aufhörte und gleichzeitig darum, dass er ewig so weiter machen würde.

Doch es würde die letzte Nacht mit ihm sein. Morgen war er fort. Ewig hatte sie sich vor diesem Moment gefürchtet und nun war es soweit. Doch im jetzigen Augenblick war sie nicht imstande an irgendetwas zu denken. Sie spürte nur seine Hände, die ihre Brüste kneteten und danach sanft über ihrem Bauch strichen. Erneut glitt seine Fingerspitzen aufwärts und umspielten ihre zum Platzen gespannten Brustwarzen. Das war zu viel für sie und so schob sie diese von sich, richtete sich auf und küsste ihn.

„Lege dich auf den Rücken", hauchte sie und er zögerte keinen Augenblick. Schnell hatte sie sich über seine Hüften geschwungen und die Hände in seine Brust gekrallt. Das Öl und die zuvor erhaltenen Streicheleinheiten sorgten dafür, dass sie seinen Penis mit nur einer Bewegung vollständig in ihren Schoß aufnehmen konnte. Sie begann mit langsamen Bewegungen ihres Unterleibes, konnte es aber schon bald nicht mehr aushalten und wurde immer schneller. Das Licht der Öllampen glitzerte auf ihren ölverschmierten Körpern. Mit einem tiefen Seufzer der Erleichterung drückte sie ihren Unterleib nach unten und spürte das Zucken in sich. Erschöpft fiel sie zur Seite und er küsste sie.

Seine streichelnden Hände glitten weiter über ihren Körper und lösten einen Schauer nach dem anderen in ihr aus. Dann drückte er sie auf den Rücken und vollendete mit ein paar schnellen Stößen, was sie zuvor begonnen hatte. Übereinander liegend und immer noch vereinigt schliefen sie beide ein. Erst die Sonne weckte sie und dann wuschen sie sich gegenseitig das Öl vom Körper. Kanuta küsste ihn und sagte „Danke für alles. Die Freiheit, deine Liebe und die letzte Nacht." Zamaso nickte und half ihr in das Kleid. Dann gingen sie zurück in das Speisezimmer, wo kurze Zeit später auch Sarosa und Laris erschienen. Nach dem Essen gingen sie vor die Tür. Was würde nun werden? Sollte sie jetzt schnell weglaufen, bevor Laris die Kette wieder um ihren Hals schmieden würde?

Sie zögerte und sah den Hausherren von der Seite aus an. Er war ein attraktiver Mann und nun sicher auch sehr reich. Doch er würde sich bestimmt nicht für sie interessieren. Umso überraschender war seine Frage für sie, ob sie seine Frau werden wolle. Schnell stimmte sie zu und alle Zweifel, alle Sorgen flogen davon. Hatte sie zu schnell zugestimmt? Was war mit Zamaso? Hatte sie ihn schon vergessen? Das würde sie wohl nie tun, zu viel verdankte sie ihm.

Laris küsste sie und nahm sie in die Arme. Hatte er Sarosa schon vergessen? Hatte er sie nur eingetauscht? Für einen Augenblick zweifelte sie, doch dann sah sie in die Augen des Mannes. Da war ein Funken von Liebe darin und der galt ihr. Er küsste sie erneut und trug sie danach in das Haus.

Im Speisezimmer lagen sie auf einer gemeinsamen Bank und er fütterte sie mit Trauben, so wie es Zamaso mit Sarosa am Abend zuvor gemacht hatte. Noch einmal flogen ihre Gedanken zu dem sich immer weiter entfernenden Freund. Ein in Gedanken gesprochenes „Leb wohl", flog ihm hinterher und dann küsste sie Laris. Sie erhoben sich den ganzen Tag nicht mehr von der Bank und die beiden Sklavinnen brachten ihnen alles, was Laris von ihnen haben wollte.

Erst als es draußen dunkel wurde, trug er sie in das Schlafzimmer hinüber und setzte sie in dem Bett ab. Er zeigte auf die Bilder an den Wänden und sagte „Wähle bitte etwas aus", aber sie wusste schon, was sie wollte. Küssend entkleidete sie zuerst sich, dann ihn und drückte ihn danach mit dem Rücken auf das Bett. Mit einer geschickten Bewegung kniete sich schon bald auf seinem Bauch.

65. Kapitel
Ein erster Schritt

Sarosa sah auf das Haus zurück, von dem sie sich schon etwa hundert Schritte entfernt hatte. Nur drei Nächte hatte sie dort verbracht. Alle in den Armen von Laris, den sie nun etwas vermisste. Doch sie hatte Zamaso wieder, der nach ihr gesucht und auf sie gewartet hatte und der sie nun an der Hand zog, damit sie weiter gehen konnten. Die andere Frau, Kanuta, war sehr hübsch gewesen und sie fragte Zamaso nicht, was er wohl in all der Zeit mit ihr gemacht hatte. Sicher dasselbe, wie sie mit Laris. Sie drehte sich wieder nach vorn und machte die nächsten Schritte auf dem Weg in die Heimat. Es würde sicher eine ganze Weile dauern, aber diese ersten Schritte waren das wichtigste daran. Sie dienten dazu, mit allem hier abzuschließen und nach vorn zu sehen, wo der heimatliche Wald lag.

In Fesseln und in einem Karren, verschnürt wie ein Sack, war sie hierhergekommen und nun liefen sie, so schnell sie konnten, den Weg zurück. Unterwegs erzählte sie ihm von der Reise und er von dem Leben in dem Haus. Einige Details sparte sie aus und hatte das Gefühl, dass auch Zamaso das so machte, den Laris oder Kanuta wurden bei diesen Gesprächen nicht mit einer Silbe erwähnt. Und doch hatten sie ja die letzten Monde mit diesen beiden Menschen zusammen gelebt. Waren mit ihnen eingeschlafen und aufgewacht, hatten zusammen gegessen und so manche Nacht in Liebe verbracht. Doch die Beiden waren nun weit hinter ihnen. In einem anderen Leben. Vielleicht gemeinsam? War da Eifersucht? Nein! Die hätte es ja nur geben können, wenn man jemanden anderes als Eigentum ansah. Sie wünschte den Beiden viel Glück und sich natürlich auch.

Auf dem gut ausgebauten Weg kamen sie schnell voran. Die kleine Menge an Münzen, die sie von Laris erhalten hatten, würde für Unterkunft und Verpflegung reichen, denn es wäre ja Unsinn gewesen, die Münzen mit in die Siedlung zu nehmen. Dort waren sie Wertlos. Höchstens eine davon würde sie behalten, um sie den staunenden Zuhörern ihrer Geschichte zu zeigen. Und staunen würden die Anderen sicher. So viel hatte sie erlebt. Dieses Land, die lange Seefahrt und das Land an der anderen Seite des Meeres. Den fremden, unsichtbaren Gott nicht zu vergessen, obwohl sie diesen vielleicht noch mal mit dem Schamanen erörtern würde. Zu interessant war das Ganze gewesen und sie fühlte sich immer noch von diesem Gott beschützt, auch wenn sie wieder die Bärenkralle um den Hals trug, die Zamaso im Wald gefunden und ihr am Vortag zurückgegeben hatte.

Am Abend des ersten Tages erreichten sie eine Schänke und es bedurfte einiger Überredungskünste, um Zamaso von einem Bett unter freiem Himmel abzubringen und zu einer Übernachtung in der Schänke zu überzeugen. Letztendlich half nur die Aussicht auf eine Liebesnacht in einem Zimmer, um den Mann zum Einlenken zu bekommen. Sie hatten sich schon am Vortag kurz und stürmisch bei ihrem Wiedersehen geliebt, doch nun war viel mehr Zeit. Nach einem ausgiebigen Mal zog sie ihn hinter sich her zum Zimmer.

In dieser Nacht wunderte sie sich, was er alles konnte und machte. Das waren nicht mehr die plumpen Bewegungen aus der Siedlung, wo sie jede Nacht versucht hatten, ein Kind zu zeugen. Das war Liebe, Lust und Leidenschaft! Etwas, was auch sie erst durch Laris hier gelernt hatte und Zamaso sicher durch Kanuta.

Den neuen Tag begrüßte sie mit einem Strahlen, obwohl sie beide kaum geschlafen hatten. Wieder machte sie sich auf den Weg und auch dieser Tag endete vor einer Schänke, wo Sarosa diesmal nicht lange brauchte, um Zamaso zu einem Zimmer zu überreden. Die nächste stürmische Liebesnacht folgte und ein neuer Morgen mit einer vor Glück strahlenden Sarosa. Sie konnte es spüren, ohne sich im Spiegel anzusehen. Die Frau wusch sich an einem Brunnen vor dem Haus mit einem der Kräuterwürfel, die ihnen sicher eine der Sklavinnen in die Tasche gepackt hatte.

Tag für Tag setzten sie ihren Weg fort und schon bald war wieder der hohe Gebirgsrücken zu sehen, der ihnen den Weg in die Heimat versperrte.

Sie dachte wieder an den Hinweg und wie der Nubier sie am Seil praktisch über den Pass geschleift hatte. Schon vom bloßen Gedanken daran bekam sie eine Gänsehaut und wäre am liebsten sofort wieder umgekehrt. Doch es würde alles nichts helfen! Wollten sie in die heimatliche Siedlung zurück, so mussten sie dieses Hindernis überwinden. Um Kraft dafür zu tanken, schliefen sie diese Nacht einfach mal durch, obwohl sie das grinsende Gesicht des Nubiers mehr als einmal aus dem Schlaf riss.

So setzten sie ausgeruht den Weg fort und doch schien es, als ob sie nun viel langsamer vorankamen. Die Wege gingen leicht bergauf. Das hatte sie vor vielen Monden gar nicht gemerkt, aber da hatten sie ja auch die Esel im Karren gezogen. Sie konnte sich nur an den holprigen Weg erinnern, der auch jetzt ihren Marsch bremste. Man musste ständig aufpassen, wohin man trat. Wie hatten das die Esel nur geschafft? Nun liefen sie hintereinander und Zamaso folgte ihr. Wo immer es ging, griff er ihr helfend unter die

Arme oder stützte sie. Er war sehr aufmerksam und das, wo er doch hinter ihr ebenfalls auf den Weg achten musste.

Dann standen sie vor der kleinen Siedlung und einer der Männer umarmte Zamaso. „Schön, dass ihr hierher gefunden habt", sagte der Mann und setzte ein „Du musst Sarosa sein. Zamaso hat mir schon viel von dir erzählt. Ich bin Velus", hinzu. Dann gab er ihr die Hand und sagte weiter „Nun kann ich meinen Bruder verstehen, dass er dich geraubt hat." So viel Schmeichelei gefiel ihr gar nicht. Zamaso machte den Beutel von seinem Gürtel, warf ihn Velus zu und fragte „Bringst du uns morgen dafür über den Pass?" der Mann zählte die Münzen und sagte dann „Natürlich! Das ist mehr als die Summe, die mir mein Bruder schuldet. Doch nun kommt in mein Haus!" Danach trat er zur Seite und begleitete sie zu einer Hütte. Ein festliches Mahl und eine kurze, ruhige Nacht folgten.

Am nächsten Morgen weckte die erste Sonne Sarosa, aber Velus stand da schon abmarschbereit vor der Hütte. Er hatte drei Wanderstäbe und gab jeweils einen an Sarosa und Zamaso. Hinter dem Dorf begann der steile Weg und Sarosa setzte vorsichtig ihren Fuß auf den Pfad. Die ersten Schritte des Aufstieges fielen noch leicht.

66. Kapitel

Eisige Höhen

Velus schien sie vor dem Dorf erwartet zu haben, denn er empfing sie mit offenen Armen. Wenig später saßen sie in seiner Hütte und redeten „Was macht den deine kleine Sklavin?", fragte er. „Kanuta habe ich die Freiheit geschenkt. Sie ist jetzt bestimmt mit Laris zusammen", antwortete Zamaso. „Das habe ich mir schon damals gedacht, als ich eure Blicke gesehen hab", lachte der alte Mann. „Habt ihr wenigstens euren Spaß zusammen gehabt?", fragte er weiter und Zamaso nickte lächelnd. Dann wurde aufgetafelt, als wären alte Freunde aufeinander getroffen. „Warst du denn in deiner Quelle?", fragte er und Velus nickte. Nach einer ganzen Weile schickte Velus sie in das Bett, da sie früh über den Berg wollten.

In den ersten Strahlen der Sonne brachen sie auf. Velus zog Schnüre um ihre Schuhe, wodurch sie nicht so leicht rutschen konnten. „Ihr seid die ersten, die dieses Jahr auf die andere Seite gehen", sagte er und ging vorsichtig vorwärts. Zamaso ließ Sarosa vor und bildete den Schluss. Zuerst ging es den Waldpfad nach oben, bevor es der Gebirgspfad wurde. Dort oben lag noch tiefer Schnee und die Schnüre sorgen wirklich dafür, dass sie nicht rutschten. Velus schien sehr erfahren zu sein, auch wenn er eher den Lebemann und Schwerenöter gab. So kamen sie zügig voran. Oben auf dem Pass schrie Sarosa auf einmal auf und zeigte zur Seite. Dort ragte eine Hand aus dem Schnee. „Da hat wohl einer versucht, ohne Führer über den Berg zu kommen. Ein einfältiger Tölpel. Wir werden ihn morgen bergen und im Tal beerdigen", erklärte Velus und ging weiter.

Sarosa sah ihm nach, dann schaute sie zurück und Zamaso zuckte mit den Achseln. „Pass auf den Weg auf", konnte er nur sagen. Der Anstieg zerrte auch an seinen Kräften. Velus gab ihnen nur kurze Zeit zur Rast. Er wollte sicher nicht in der Dunkelheit noch am Hang sein. Noch waren die Tage kurz! Sarosa machte immer wieder Fehltritte vor Erschöpfung und so hakte Zamaso sie unter.

Aufeinander gestützt machten sie sich auf den noch viel beschwerlichen Abstieg. Immer wieder rutschte Sarosa oder Zamaso aus. Durch die Wanderstöcke konnten sie sich immer wieder abfangen. Doch er hörte Sarosa schnaufen und sah ihren Atem als Dunstwolke aufsteigen.

Sarosa griff in den Schnee und wollte ihn gerade in den Mund schieben, doch Velus hielt sie davon ab und holte einen Trinkschlauch unter seinem Umhang hervor. Gierig trank die Frau und das Wasser lief ihr am Mundwinkel herab. Dann reichte sie den Schlauch an Zamaso, der ihn nach einem großen Schluck an Velus zurückgab. „Wir müssen weiter!", drängelte Velus, doch das hatten alle schon erkannt. Immer unsicher wurden ihre Schritte, aber dann waren sie endlich wieder auf dem Waldweg der anderen Seite. Nun nahmen die beiden Männer Sarosa in ihre Mitte und zogen sie fast hinter sich her. Schon bald war das andere Dorf zu sehen und nun lief auch Sarosa mit ihrer letzten Kraft den Berg hinab. Unmittelbar vor der ersten Hütte brach die Frau zusammen und Zamaso hob sie auf seine Arme.

Er trug sie in die Hütte und legte sie auf eine Bank darin, während Velus mit dem Führer des anderen Dorfes sprach. Zamaso ging mit hinaus und hörte noch, wie die Bergung des Toten besprochen wurde. Dann senkte sich die Dämmerung auf das Dorf.

Zusammen gingen sie in die Hütte zurück, wo Sarosa mittlerweile schlief. Sie war viel zu erschöpft. Auch die Männer legten sich nach dem anstrengenden Tag hin und schliefen auch schnell ein.

Der nächste Morgen, die erste Sonne und das Klappern von Holzschalen weckte sie alle drei wieder auf. Sarosa hatte zwischen ihnen geschlafen und setzte sich auf. Dabei streckte sie sich und Zamaso küsste sie „Na? Wieder alles in Ordnung?", fragte er und sie nickte.

Wenig später saßen sie am Tisch, als sich Velus von ihnen verabschiedete. „Ich muss wieder los", sagte er und gab ihnen beiden eine Umarmung. Dann zog er an der Spitze von ein paar Leuten den Weg zum Berg hinauf. Vor Sarosa und Zamaso wurde eine Schüssel mit dampfender Suppe gestellt, aus der sich beide schnell bedienten. Mit Brot und etwas Fleisch ließen sie sich die Suppe schmecken und wischten sich dann mit dem Handrücken den Mund ab. Nachdem sie sich von allen verabschiedet hatten, machten sie sich auf den Weg.

Nun gingen sie nebeneinander durch den Wald. Auch wenn er den Weg vor vielen Monden gegangen war, so konnte er sich an jeden Baum und jeden Strauch erinnern. Am Abend waren sie schon ein ganz schönes Stück vorangekommen. Im letzten Tageslicht suchte er Holz für das Feuer und entzündete mit einem Feuerstein und etwas trockenem Holzmehl die Flammen. Sie setzten sich daran und rückten so nah wie möglich zusammen, weil es in der Nacht dann schon etwas kühl wurde. Schließlich legte sich Sarosa hin und er deckte sie sorgfältig zu. Zamaso sah auf die schlafende Frau im Schein des Feuers. Er legte einen Ast nach dem anderen auf, dann war die Nacht zu Ende und er weckte sie. Sarosa streckte sich und fragte „Hast du überhaupt geschlafen?"

und er schüttelte den Kopf „Nächste Nacht wechseln wir uns ab", legte Sarosa fest und er nickte zustimmend.

Sie löschten das Feuer und Zamaso überdeckte die Feuerstelle mit etwas Erde, dann brachen sie auf. Wieder liefen sie nebeneinander durch den Wald. Eigentlich war es fast unmöglich diese weite Strecke zu zweit zu absolvieren. Wenn er schlief, musste er darauf vertrauen, dass Sarosa nichts passieren würde. Er bat den Geist des Bären alle Feinde und wilden Tiere weit von ihnen fernzuhalten, damit sie lebend ihre Siedlung erreichen würden.

67. Kapitel

Ein Geschenk des Himmels

Nun waren sie schon wieder mehr als zwei Monde unterwegs. Der Fluss, der diesmal gar nicht so reißend gewesen war, lag schon lange hinter ihnen. Dank des Floßes von Laris, das immer noch dort gelegen hatte, waren sie trocken auf die andere Seite gekommen. Je weiter sie nach Norden kamen, desto wärmer wurde es. Sie brachten die Sonne mit. Unter Sarosas Kleid zeichnete sich schon ein kleiner Bauch ab, auch wenn man noch genauer hinsehen musste, und das lag nicht am Essen, sondern hatte einen anderen Grund. Entweder war es ein Abschiedsgeschenk von Laris, das dieser in ihrer letzten Nacht unter ihrem Herzen platziert hatte oder es war von Zamaso, denn seit sie unterwegs waren, waren sie fast jede Nacht in Liebe vereinigt gewesen. Selbst jetzt noch, da es für den Nachwuchs ja nicht mehr nötig gewesen wäre.

Schließlich kamen sie zu der Stelle, an der Zamaso die getötete Freundin beerdigt hatte. Sarosa kniete vor dem Grab und all der Kummer brach in Tränen aus ihr heraus. Die Entführung und die Gewalt der beiden Nubier, deren Gesichter Sarosa immer noch im Traum vor sich sah, und die dieses Mädchen getötet hatten. Zamaso nahm sie tröstend in den Arm und erst danach konnte Sarosa wieder aufstehen. Sie blieben noch eine Weile dort stehen, bevor sie wieder aufbrachen. Nun war die heimatliche Siedlung nur noch einen halben Mond entfernt und das trieb die beiden nur noch weiter an.

Noch vor der gesetzten Frist sahen sie dann endlich die vertrauten Dächer wieder vor sich. Die letzten Schritte vom Waldrand zur Hütte rannten sie und wurden mit offenen Armen von Zamasos

Schwester empfangen. Nach wenigen Augenblicken war die ganze Siedlung versammelt und überall wurde sie umarmt. Es war, als wäre sie nur ein paar Tage fort gewesen und nicht mehr als ein dreiviertel Jahr. Am nächsten Tag würde die Ernte beginnen, also waren sie genau richtig gekommen. Sarosa setzte sich auf eine Bank und fing an zu erzählen. Von der Seereise, dem Schiff, dem Haus aus Stein, dem Karren und den seltsamen Münzen. Dabei ließ sie die letzte herumgehen und alle wunderten sich, dass man dafür eine Kuh bekommen sollte.

Es wurde ein langer Abend, bevor der Schamane sie alle in die Betten schickte, da die Ernte am nächsten Tag ihre ganze Kraft brauchen würde. Doch an Schlafen dachte Sarosa nicht, sie war noch viel zu aufgeregt von der herzlichen Begrüßung in den Hütten. Schließlich küsste sie Zamaso, der ebenfalls nicht schlafen konnte. Die Leidenschaft überfiel sie und es war ihr egal, dass alle ihr zusehen konnten. Da sie mit dem kleinen Bäuchlein nicht unten liegen wollte, wälzte sie sich nach oben. Von dort aus sah sie die verwunderten Augen von Zamasos Schwester, doch das störte sie nicht. Schnaufend liebten sie sich in der Hütte.

Am nächsten Tag auf dem Feld hörte sie von überall das Tuscheln der Frauen. Da sie das Kind in sich trug, brauchte sie nicht zu laufen, sondern sie ging mit den anderen Frauen den Männern hinterher und band das Korn zusammen, das sie dann den Läuferinnen übergab. Um das Tuscheln zu beenden, erzählte sie ganz offen und laut über ihre Erfahrungen in dem fernen Land. Zuerst hörten die anderen Frauen nur mit roten Ohren zu, dann stellte die erste eine Frage und damit ging es los.

Ein reger Erfahrungsaustausch der Frauen setzte ein, der immer wieder durch lautes Lachen oder verhaltenes Kichern unterbrochen wurde. Es schien ihr so, als ob die Läuferinnen heute besonders schnell waren, vermutlich deshalb, um nicht zu viel von der interessanten Unterhaltung zu verpassen.

Auch den Männern blieb dies nicht verborgen. Schließlich arbeiteten sie nur ein paar Schritte vor ihnen. Da sie sich aber nicht trauten eine Frau zu befragen, übernahm Zamaso die Beantwortung aller Fragen, wie sie schmunzelnd feststellte. In der Pause verschwanden sogar einige Pärchen kurz. Vermutlich um die Richtigkeit ihrer Aussagen zu überprüfen. Die an den strahlenden Gesichtern der zurückkommenden Frauen aber deutlich abzulesen war. Weiter ging die Arbeit und auch dieses kleine Spiel von Frage und Antwort setzte sich fort. Erst die einsetzende Dämmerung unterbrach die Arbeit und die Gespräche, aber an diesem Abend verschwanden alle ohne die Aufforderung des Schamanen in ihren Betten. Die unverpaarten Mädchen beneideten in dieser Nach die Frauen, die schon einen Partner hatten und an das Schlafen dachte auch lange niemand. Die Siedlung schien von einem Rausch der Lust und Leidenschaft überfallen zu sein.

Die Zeit der Ernte flog nur so dahin und das Ganze ohne, dass jemand in dieser Zeit geschlafen hätte. Trotzdem waren alle fröhlich, gut gelaunt und entspannt. Dank Sarosas und Zamasos Erkenntnisse aus dem südlichen Land. Selbst dem Schamanen blieb das offensichtlich nicht verborgen. Er musste niemanden antreiben und nicht einmal schimpfen. Sogar das Wetter war auf Sarosas Seite, so als ob ihr die Sonne zuhören wollte. Oft sah Sarosa zu dem alten Mann am Rande des Feldes hinüber. Aber solange die Ernte noch nicht abgeschlossen war, konnte sie nicht zu ihm und in den Pausen war er immer schnell verschwunden. So, als ob er ihr aus dem Weg ging.

Selbst wenn sie abends vom Baden am Teich zurückkam, schien die Hütte immer verweist zu sein. Ging er ihr wegen der Entführung aus dem Weg? Früher hatten sie sich doch so gemocht und nun hätte sie seinen Rat wegen des unsichtbaren Gottes gebraucht.

Darüber wollte sie zuerst mit dem Schamanen reden, bevor sie es jemanden anders sagen würde. Oder ging es um die verlorene Kralle? Sie war ja fast die ganze Zeit in dem fremden Land ohne ihren Schutz gewesen und nun würde sie sich vielleicht erst wieder reinigen müssen? Vielleicht zum Fest des neuen Mondes in der Schwitzhütte? Aber woher sollte sie das wissen, wenn der alte Mann ihr ständig aus dem Wege ging? Sarosa beschloss bis nach der Ernte zu warten. Dann konnte er ihr ja nicht mehr weglaufen.

Als dann das Korn in der Scheune war, machte sie sich auf den kurzen Weg bis zur Hütte des alten Mannes. Sie war leer, aber Sarosa setzte sich vor die Hütte und schürte das Feuer. Er musste ja auch mal wiederkommen und sie hatte Zeit.

68. Kapitel

Unter den Augen Gottes

Der alte Mann hatte wohl als erster bemerkt, dass Sarosa und Zamaso wieder in der Siedlung waren, aber er war der jungen Frau absichtlich weiter aus dem Weg gegangen. In all der Zeit hatte er noch keine Antwort darauf gefunden, wie er ihr wieder unter die Augen treten konnte. Doch er würde ihr ja nicht ewig aus dem Weg gehen können. Nach der Ernte saß sie dann vor seiner Hütte und nun konnte er nicht mehr ausweichen. Stumm setzte er sich neben sie und schaute in das Feuer. Noch immer konnte er ihr nicht in die Augen sehen. Er hörte ihr zu, wie sie ihn alles Mögliche fragte. Dann legte sie ihre Hand auf seinen Arm und er zuckte erschrocken zusammen.

Schließlich sah er sie an. Zögerlich gab er die Verbindung zum Geiste des Mannes zu. Mit stockender Stimme erzählte er davon und sah zu Boden. Als er damit geendet hatte, schwieg Sarosa und sah in das Feuer. Offensichtlich war es auch ihr nicht egal gewesen. Schließlich sagte Sarosa „Du hast es nur getan, um mich zu beschützen. Ich vergebe dir." Dann lächelte sie ihn an. Der alte Mann nickte dankbar. Nun begann sie über den fremden Gott mit ihm zu reden. Sie erzählte all das, was sie dort erfahren hatte und nun wusste er, warum sie dorthin gehen musste. Sarosa sollte diesen Gott dort kennenlernen und zu ihnen mitbringen.

„Erzähle mir mehr darüber", sagte der alte Mann und nun sprudelte es nur so aus Sarosa heraus. Alles, was sie von dem alten Seemann erfahren hatte, das erzählte sie nun den Schamanen. Den ganzen Tag redeten sie ohne Pause und am Abend sagte der Schamane „Ich habe es bei unserem ersten Treffen gewusst. Du wirst mal meine Nachfolgerin. Ich werde dir noch einiges beibringen.

Aber vieles weißt du ja schon." Die junge Frau nickte und fragte „Ist der Bärengeist vielleicht eine Erscheinungsform dieses Gottes?" Der Mann antwortete „Gut möglich!" „Eine Frage noch", sagte die Frau und der Mann sah zu ihr über das Feuer, „Damals, als du in mir warst, hat es dir gefallen?", fragte sie lächelnd und der alte Mann bekam rote Ohren. Zögerlich nickte er.

Die Frau stand vom Feuer auf. „Warum bist du dann noch alleine? Guntra, die Witwe aus der Nachbarhütte, würde sich bestimmt über etwas Zuwendung freuen", sagte sie und auch der Schamane stand auf. „Aber ich bin doppelt so alt, wie sie!", antwortete er. Sarosa nickte lachend. „Na und?", fragte sie und nahm ihn bei der Hand. Gemeinsam gingen sie zu der Hütte. „Kommst du wieder mit in die Schwitzhütte?", fragte der Mann. „Du meinst nach dieser Sache? Natürlich komme ich gern mit dir mit", antwortete sie und etwas später fragte Sarosa „Hältst du mich wirklich für würdig, deine Nachfolgerin zu werden? Ich kenne nur Schamanen!"

Der alte Mann dachte ein paar Augenblicke nach „Früher gab es viele weise, alte Frauen. Ja, ich finde dich für würdig und Gott auch", antwortete er und Sarosa lachte „Ich bin weder alt noch weise", gab sie zu bedenken und doch hatte sie sicher verstanden, was er meinte. Mittlerweile waren sie an der Hütte angekommen.

Guntra stand vor der Behausung und sah sie fragend an. Als sie vor ihr standen, wusste er nicht, was er sagen oder tun sollte. Plötzlich schubste Sarosa ihn und sagte „Viel Spaß." Dann lächelte sie ihn an und drehte sich um. „Morgen früh beginnen wir", rief er hinter ihr her und dann war er mit Guntra allein. Was nun? Schließlich ergriff die Frau seine Hand und zog ihn zum Essen in die Hütte. Alles andere würde sich ergeben.

Am nächsten Tag begann die Ausbildung von Sarosa. Er brachte ihr nach und nach alles bei, was er wusste, aber er lernte auch viel von ihr. Es war ein Geben und Nehmen und niemand hätte sagen können, wer Lehrer und wer Schüler war. Er hatte das richtige Gespür gehabt. Sie kamen sich immer näher, aber es blieb eine Beziehung wie Großvater und Enkelin. Für alles andere hatte er ja Guntra. Auch lebte er nun in der Siedlung und nicht mehr in der Hütte weit ab der anderen Menschen.

Dadurch wurde sein Verhältnis zu den anderen Menschen anders und das Verhalten der Menschen zu ihm auch. Er war nun jeden Tag bei ihnen und die Zeit des alleine seins war vorbei. Manchmal hatte er auch ein kleines Kind auf seinen Knien, das seinen Erzählungen lauschte.

Auch ihre Feiern zum neuen Mond nahmen sie wieder auf und dabei natürlich auch die Schwitzhütte. Beim ersten Mal war es schon seltsam so nackt nebeneinander zu sitzen, doch es schien Sarosa nichts auszumachen. Der kleine Bauch war nun schon etwas deutlicher zu sehen und im nächsten Jahr würde sie dann das Kind bekommen. Ihre Zweifel, danach nicht mehr als Schamanin arbeiten zu können, konnte er zerstreuen. Schon immer lag in den Frauen die Gabe etwas Neues zu schaffen und Leben zu geben.

Der Schnee kam sehr früh in diesem Jahr und als dann der Winter einsetzte, da übergab der Schamane die Führung an Sarosa, da sein Bärengeist ja sowieso im Winterschlaf war. Die Frau hatte mittlerweile so viel gelernt, dass sie ihr Wissen soweit verändern konnte, dass Bärengeist und unsichtbarer Gott miteinander verschmolzen, so als wäre es nie anders gewesen.

Der Bauch der jungen Frau war nun schon nicht mehr zu übersehen und doch würde es sicher noch einen Mond dauern, bis es dann soweit sein würde. Für die nächste Zeit verbot er ihr die Schwitzhütte, was sie unter Protest, aber unter Rücksicht auf ihr ungeborenes Kind, schließlich akzeptierte.

Da jetzt, zu Beginn des Winters, auch Zamaso nicht so viel zu tun hatte, trafen sie sich jeden Tag in der Hütte des Stammesführers. Dort führten sie lange Gespräche und wurden dabei von allen Anwesenden aufmerksam belauscht. Alle hatten ja Zeit und konnten ihren Gesprächen folgen. Fragen und Antworten flogen in der Hütte am Feuer hin und her. Auch Guntra saß mit dort und hing an seinen Lippen. Manchmal war es ihm schon fast peinlich, wie die Frau ihn anhimmelte. Doch der alte Mann ließ es gern zu. Er war auch froh, dass er sich nicht in Sarosa getäuscht hatte. Und über allem lag sicher das Auge Gottes.

69. Kapitel

Ein kleines Glück und große Trauer

Sarosa stand auf zwei großen Steinen und presste ihren Rücken gegen die Wand der Hütte. Sie schrie in die nächste Wehe hinein. Nach der dritten hatte sie aufgehört zu zählen und das war eine schmerzhafte Unendlichkeit her. Endlich ließ der Schmerz wieder etwas nach. Es war genau neun Monde her, dass sie im Süden aufgebrochen waren und wieder Vollmond, so wie damals in jener Nacht, die Sarosa nun unter Schmerzen verfluchte. Um sie herum liefen drei Frauen, die ihr helfen sollten, die aber im Moment noch nichts weiter tun konnten, außer zu warten. Draußen setzte langsam die Abenddämmerung ein und da es ja immer noch Winter war, waren auch alle in der Hütte. Keiner störte sich wirklich daran, dass die Frau in der Ecke der Hütte stand. Rund um sie herum ging das normale, tägliche Leben weiter.

Das Feuer reichte gerade mal bis zu ihr herüber und die drei Frauen, Gundra, Zamasos Schwester sowie eine weitere Frau, warteten eigentlich nur darauf, das Kind aufzufangen, wenn Sarosa es nach draußen gepresst hatte. Sie hatte sich das Kleid bis zur Hüfte nach oben gezogen und die Zeiten zwischen den Wehen reichten gerade mal, um einen Schluck Wasser zu trinken, den ihr Gundra in einem Becher reichte, oder sich von der anderen Frau den Schweiß von der Stirn wischen zu lassen. Und schon wieder stemmten sie sich in die nächste Wehe, sie versuchte den Schmerz soweit wie möglich zu ertragen, um nicht immer alle in der kleinen Hütte zusammenzuschreien. Das fiel ihr aber immer schwerer. Zum Glück war sie in den Hüften relativ breit gebaut, aber es tat trotzdem sehr weh.

Endlich verriet das Ziehen, dass sich etwas in Bewegung setzte. „Jetzt!", presste die Frau durch die Zähne und Gundra machte sich bereit, das Kind aufzufangen, wenn Sarosa es geschafft hatte es nach draußen zu schieben. Ein langgezogener Schrei der Frau, der in den ersten Schrei des Kindes überging, folgte. Erschöpft sank die Frau zusammen und Gundra sagte „Es ist ein Junge." Nun schob sich Zamaso nach vorn, um seinen Sohn zu sehen und Gundra zeigte ihn ihm kurz, dann begann sie das Kind zu säubern, um es anschließend der erschöpften Mutter in den Arm zu drücken. Glücklich sah Sarosa auf ihr Kind und aller Schmerz war nun vergessen.

Da jetzt alle sowieso in ihre Betten gingen, konnte auch sie sich nun ausruhen. Vorher stillte sie noch ihr Kind. Die Strapazen der Geburt sorgten dafür, dass sie auch schnell einschlief und von Gundra zweimal in der Nacht geweckt werden musste, weil das Kind nach Nahrung schrie und sie es nicht gehört hatte. Sie hatte den kleinen Körper auf ihre Brust gelegt und wärmte ihn somit durch ihre Körperwärme und die darüber gezogene Decke.

Nach dieser Nacht band sie sich das Kind einfach mit einem Tuch vor die Brust und machte damit ihre täglichen Arbeiten, die aber nicht so schwer waren, da sie immer noch vom Schamanen in die Geheimnisse der Natur eingeweiht wurde. Vieles wusste sie nun schon zu dem, was sie bereits früher gelernt hatte und zusammen mit dem Wissen um den unsichtbaren Gott bildetet sich daraus etwas vollkommen Neues, das auch jetzt im Winter half, wo der Bärengeist ja schlief.

Den restlichen Winter lernte sie weiter mit dem Schamanen und Zamaso alles, was sie für den Rest des Jahres wissen musste. Je mehr sie lernte, umso schwächer wurde der Schamane. Mit jedem Tag baute er mehr ab und schon bald musste ihn jemand stützen, wenn er von der Bank aufstehen wollte. Es war offensichtlich, dass er den nächsten Sommer nicht mehr erleben würde und so wurde er in der Vermittlung seines Wissens nur noch emsiger. Und als dann der Schnee vor den Hütten schmolz, da verließ die Kraft den alten Mann vollkommen. Er konnte nur noch auf dem Bett liegen. Selbst das Essen war nicht mehr möglich und somit war abzusehen, wann er zu den Ahnen gehen würde. Sarosa versuchte alles, um ihm das Leben so leicht wie möglich zu machen, doch alles hatte irgendwann seine natürliche Grenze erreicht.

Während draußen auf dem Feld die Aussaat begann, schloss der alte Mann für immer seine Augen. Da er Sarosa in der letzten Zeit sehr an ihr Herz gewachsen war, vergoss sie so manche Träne und gleichzeitig musste sie auch noch für seine Beerdigung sorgen. Mit dem Kind vor der Brust leitete sie die Zeremonie, damit der alte Schamane ehrenvoll beerdigt werden konnte. Auch aus den anderen Siedlungen nahmen Schamanen teil. Es wurde eine lange Feier, die über mehr als zwei Tage ging. In dieser Zeit wurde die Aussaat unterbrochen und auch die Jäger verließen nicht die Siedlung. Alle Männer und Frauen nahmen an der Zeremonie teil.

Unweit seiner Hütte hatten sie die Grube ausgehoben und Sarosa bat alle, sich im Kreis um diese Grube aufzustellen. Dann bat sie den Bärengeist und den neuen Gott darum, die Reise des alten Mannes in die jenseitige Welt zu leiten. Neben ihm wurden ein paar der Dinge abgelegt, die ihm das Leben in der anderen Welt so angenehm wie möglich machen sollten. Ein Becher, ein Teller und sein Messer wurden neben ihn abgelegt. Sarosa hatte einen Strauß mit Wiesenblumen gepflückt, die sie neben ihn legte und dann bedeckte sie ihn mit seinem Umhang. Jeder der Anwesenden sagte etwas, was ihn besonders mit dem alten Mann verbunden hatte. Zum Schluss begannen die Männer vorsichtig die Grube mit Erde zu verschließen, während alle ein Lied zu Ehren des alten Mannes anstimmten.

Danach gingen die Menschen zurück zu ihren Hütten, bis nur noch Sarosa und die anderen Schamanen dort standen. So jung wie sie war, wurde sie dennoch von den Männern akzeptiert und war nun somit die Schamanin der kleinen Siedlung. Einer nach dem anderen legten sie ihr die Hand auf die Schulter und gingen ebenfalls.

Sarosa stand als letzte dort an der kleinen Erhebung aus frischer Erde. Zu der Freude über das neue Amt und ihren Sohn mischte sich die Trauer um den alten Freund, der immerhin fünfmal so alt geworden war, wie sie jetzt war. Traurig und glücklich zugleich verließ auch die Frau dann die Stelle und kam mit den letzten Sonnenstrahlen zurück zu ihrer Hütte.

70. Kapitel

Fremder Sohn?

Zum selben Zeitpunkt wie Sarosa im Norden hatte auch Kanuta im Süden einen Sohn bekommen. Ihre Schmerzen waren nur viel größer gewesen, da sie ja ohnehin ziemlich schmal gebaut war. Im Bett liegend hatte sie im Schein der Öllampen die ganze Nacht in den Wehen gelegen, bevor sie dann bei Sonnenaufgang mit der Hilfe der beiden Sklavinnen das Kind auf die Welt gepresst hatte. Er hatte schwarze Haare, wie Kanuta, aber sah doch eher Zamaso ähnlich und nicht Laris, der ja nun Kanutas Mann war. Doch der Mann akzeptierte das Kind und nahm es als sein eigenes an. Nun, mit dem Beginn des Frühlings, stand Kanuta in dem kleinen Geschäft, welches Laris an sein Haus angebaut hatte.

Zusammen mit Laris trieb sie dort Handel mit exotischen Waren und das sehr erfolgreich. Die beiden Räume waren vorn angebaut und nur durch eine Tür von der Straße aus zu betreten. Nun stand auch die Wiege für den Sohn neben ihr in dem Raum und sie konnte gleichzeitig arbeiten und das Kind betreuen. Vor allem die Frauen kamen zu ihr. Einerseits, um die kostbaren Öle zu kaufen, andererseits aber auch, um das Kind zu sehen. Eigentlich hätte es Laris mit dem Erlös der letzten Reise nach Ägypten nicht mehr nötig gehabt, überhaupt noch zu arbeiten, aber mit jeder Münze vergrößerte er sein Vermögen. Anscheinend wurde alles, was er anfasste, ein Erfolg. Selbst Dinge, die er teuer kaufte, konnte er noch teurer weiter verkaufen.

Mit jeder Münze stieg sein Ansehen und die Einladungen zu den Feiern, die sie alle paar Tage aussendeten, wurden wie eine große Ehre freudig angenommen. Sie hätte ohne Probleme auch doppelt so viele Menschen bewirten können, wenn der Platz nur gereicht hätte, doch ein größeres Haus wollte Laris nicht kaufen, auch wenn er es sofort gekonnt hätte. Kanuta war aber auch nicht der zweifelnde Blick des Mannes in die Wiege entgangen. Offensichtlich lagen sagen und denken bei Laris deutlich auseinander. Vermutlich mehr, als er sich selbst eingestehen wollte, doch schon ein halbes Jahr nach der Geburt des Sohnes begann sich ihr Bauch schon wieder etwas zu runden und diesmal war die Vaterschaft geklärt, was Laris deutlich zärtlicher mit seiner Frau werden ließ.

Nun führte sie das Leben, das sie sich nie zu träumen erhofft hatte. Eine freie Frau, als Sklavin geboren und schon jetzt ziemlich Einflussreich. Denn auch wenn es oft hieß, dass die Männer die Familie führten, so waren es doch sehr oft in Wirklichkeit die Frauen, die mit Geschick und Fingerspitzengefühl den Männern das Gefühl gaben, dass die Herren entschieden, obwohl doch die Frauen jeden Wunsch durchsetzen konnten.

Wer konnte schon einem Augenaufschlag und dem leicht schräg gehaltenen Kopf seiner Frau widerstehen? Laris jedenfalls nicht. Auch wenn er am Anfang manchmal noch „Nein!", gesagt hatte, so wurde daraus schon bald ein „Vielleicht." und danach ein „Ja." Die Zeit in der Schänke war da für Kanuta eine gute Lehrzeit gewesen.

Noch oft hatte sie an Zamaso zurückgedacht, ohne den das alles nicht möglich gewesen war und auch an Velus, der immer mal wieder ein paar Tage bei ihnen zu Besuch war. Er behandelte sie nun sehr zuvorkommend und nicht mehr so, wie er es auf dem Rückweg von der heißen Quelle damals gemacht hatte. Aber sie war ja nun keine Sklavin mehr. Dass er es sehr wohl auch anders konnte, das zeigte er daran, wie er die beiden Sklavinnen im Haus hin und her scheuchte. Die beiden Frauen baten sicher jeden Abend dafür, dass sich Velus wieder in sein fremdes Dorf oder zu seiner Quelle entfernte.

Nun wurden sie auch oft zu den Nachbarn eingeladen, wo sie zu den Feiern gern die schönsten Kleider trug. Sie war nun siebzehn Sommer alt und damit gerade mal halb so alt wie die anderen Frauen, doch sie fühlte sich gut. Sie konnte an den Gesprächen teilnehmen, so wie sie es sich viele Sommer zuvor bei ihrer Herrin im Süden gewünscht hatte. Gespräche über Mode, duftende Öle und Kinder. Eben alles, was Frauen interessierte und natürlich über Schmuck, den sie nun gern trug. Alles außer Halsketten, von denen war sie erst mal geheilt und immer wenn sie etwas an ihrem Hals spürte, da zuckte sie sofort zusammen. Vielleicht würde sich das ja mal ändern.

Eines Abends, bei einer dieser Feiern, kam das Gespräch auf eine neue Mode, die aus dem Süden zu ihnen kam. Dort trugen die Frauen nun gern Pelz als Stola um ihren Hals. Es war eigentlich vollkommen nutzlos, da dort die Temperaturen selbst im tiefsten Winter nicht so viel fallen konnten, als das dabei ein Pelz nötig gewesen wäre. Also war es purer Luxus, ohne Zweck und eigentlich ohne Sinn. Besonders das dichte Winterfell der Tiere aus dem Norden war gefragt, denn je tiefer die Temperaturen in der Gegend fallen würden, desto dicker war das Winterfell. Das hatte ihr Zamaso damals erzählt. Und daher kam Kanuta auf die Idee, von dort die Felle zu beziehen. Zwar nicht aus der Gegend, in der Zamaso lebte, aber doch jenseits der Berge, deren Pass Velus praktisch bewachte. Durch den schwunghaften Handel über den Pass wuchs auch der Wohlstand von Velus und seinem Dorf und der Laden von Kanuta und Laris wurde nun um ein Pelzlager erweitert.

Dadurch kamen jetzt zwei weitere Sklavinnen dazu, die nun im Laden halfen und damit war ab jetzt Kanuta, als Hausfrau und Führerin des Haushaltes, für vier Sklavinnen zuständig, die ihr jeden Wunsch von den Augen ablasen.

Es war ein ganz schön weiter Weg für die junge Frau bis hierher gewesen. Von der Sklavin mit dem viel zu kurzem Kleid, die in der Schänke den Gästen Wein und ihren Körper servieren musste, zur Herrin eines großen Hauses mit vier Sklavinnen, die sich gern ein Hermelinfell über die Schulter warf. So wie manche Königin in den Städten des Südens es vermutlich auch machten.

71. Kapitel
Neue Wege, neue Ideen

Mit dem gejagten Rehbock auf dem Rücken ging Zamaso zurück zu seiner Siedlung. Es war noch eine ganze Strecke und so schritt er sehr schnell mit der Last des toten Tieres auf dem Rücken, um bei Tageslicht wieder in der Siedlung zu sein. Im letzten Sommer war sein Vater einer Auseinandersetzung mit einem anderen Stamm zum Opfer gefallen und Zamaso hatte seine neue Position als Stammesführer erst erringen und dann festigen müssen. Am Anfang hatte das manchmal ein ziemliches Knurren der anderen, zum Teil mehr als doppelt so alten, Männer nach sich gezogen, doch sein Vater hatte ihn gut ausgebildet und auch die Reise in den Süden und das Zurückholen der Mädchen hatte für Zamaso gesprochen.

Nun hatte er, wie es sein Vater sicher vorgehabt hatte, mit dem Wolfsclan eine Abmachung über gegenseitigen Beistand abgeschlossen. Das war sicher auch Sarosa zu verdanken, die als Schamanin den Verhandlungen beigewohnt und auf ihren Vater eingewirkt hatte. Im Falle einer Auseinandersetzung hatte er nun doppelt so viele Männer, auf die er zählen konnte. Und Auseinandersetzungen gab es im Wald genug. Jetzt ging er immer alleine zur Jagd in den Wald, was zwar nicht sehr klug war, was ihm aber die Zeit zum Nachdenken gab. Das konnte er am besten alleine im Wald. Die Sonne sank immer tiefer und seine Schritte wurden länger.

Mit den letzten Sonnenstrahlen erreichte er schnaufend die Hütte und sah Sarosa, die auf der Bank davor saß und sich ihren Bauch hielt. Nach ihrem Sohn war sie nun wieder schwanger und trotzdem machte sie täglich ihre Arbeit als Schamanin sehr gewissenhaft. Manchmal war sie auch bei den Schamanen der umliegenden Siedlungen, dann sah er sie tagelang nicht, bevor sie dann wieder, auf ihren Wanderstock gestützt, zur Hütte zurückkam. In der Zeit ihrer Abwesenheit betreute Gundra ihren Sohn. Es kam aber auch vor, dass die anderen Schamanen zu ihr kamen, zum Erfahrungsaustausch. Wenn sie unterwegs war, so machte sich Zamaso oft Gedanken um den Weg der Partnerin. Natürlich stand sie als Schamanin unter dem Schutz aller Stämme, aber der Weg ging ja auch durch den Wald. Wie leicht konnte da ein Fehltritt für einen Unfall sorgen, doch die Schwangere war unter dem Schutz ihrer Götter unterwegs.

Zamaso legte das Reh ab und setzte sich zu seiner Frau, dann gab er ihr einen Kuss. Gundra kam aus dem Haus und hatte seinen Sohn auf dem Arm. „Das Essen ist gleich fertig und das für morgen ist auch schon da", sagte sie und zeigte auf das am Boden liegende Reh. Zamaso nahm ihr seinen Sohn ab und setzte sich wieder auf die Bank. Er liebte diese stillen Momente des Abends, wo der Tag in die Nacht überging. Das Kind versuchte mit dem Reh zu spielen, kam aber nicht heran und wurde deshalb weinerlich, doch Zamaso strich ihm über den Kopf, bis er wieder ruhig wurde. Nun hatte er es auf die Pfeile in der Tasche auf dem Rücken des Vaters abgesehen. Aber es würde noch einige Sommer brauchen, bevor er seinen ersten Pfeil abschießen konnte.

Sarosa erhob sich mühsam. Der Bauch störte ihre Bewegungen doch schon sehr, jedoch würde es sicherlich noch zwei Monde dauern, bis das Kind auf der Welt sein würde. Gundra nahm das Kind und Zamaso das Reh. So betraten sie die Hütte. Von der Ruhe davor war hier nicht zu spüren. Ein Gewimmel von Menschen war hier drin. Jeder versuchte den besten Platz am Tisch zu ergattern, aber den hatte sowieso Zamaso. Dann stand das dampfende Essen auf dem Tisch. Sarosa sprach ein Gebet zu den Göttern und danach stürzten sich alle auf die Schüsseln und den großen Teller mit dem Fleisch.

Es war ein Schmatzen, rülpsen und klappern, dann waren alle Teller leer und einer nach dem anderen verschwand nach draußen zum Brunnen, um sich zu waschen. Zum Schluss saßen noch Zamaso und Sarosa am Tisch. „Ich muss morgen in das Dorf meines Vaters", sagte sie und er setzte hinzu „Da werde ich dich begleiten." Sie nickten sich zu und er half seiner Frau auf. Während Gundra den Tisch abräumte, gingen sie sich waschen. Dann stand Sarosa noch kurz mit erhobenen Armen am Brunnen und schickte ihr Gebet an die Götter, während Zamaso hinter ihr das Kleid hielt und auf sie wartete. Das Licht des gerade aufgehenden Vollmondes beleuchtete ihren dicken, nackten Bauch und für ein paar Augenblicke musste Zamaso an eine andere Vollmondnacht zurück denken.

Was machte wohl Kanuta? War sie in den Süden zurückgegangen? Oder bei Laris geblieben? Sarosa drehte sich zu ihm um und hatte sicher seinen Blick gesehen. „Es ist wieder Vollmond. Du denkst an sie?", fragte sie und er fühlte sich ertappt. Aber er nickte. Dann gab Sarosa ihm einen Kuss und nahm ihr Kleid. Schweigend gingen sie die paar Schritte bis zur Hütte zurück. Der Sohn schlief schon und Sarosa legte sich ächzend auf die Liege. Sie hielt die Decke hoch, so dass Zamaso zu ihr schlüpfen konnte. So Haut an Haut flogen seine Gedanken weit in den Süden. Dann schliefen sie nebeneinander ein.

Am nächsten Morgen brachen sie auf. Es war ein weiter Weg und würde sicher den ganzen Tag dauern. Die ersten Schritte gingen sie stumm nebeneinander her, doch dann begann, wie von selbst, ein Gespräch über die Reise und die Erlebnisse im Süden.

Sie begannen sich wieder mal über Voltumna auszutauschen und keiner der Beiden spürte noch den Weg unter sich. Es schien, als würden sie fliegen. Noch weit vor dem Einsetzen der Dämmerung hatten sie ihr Ziel erreicht. Er sah seine Schwester wieder und Sarosa ihren Vater. Bis weit in die Nacht hinein tauschten sie sich nun mit dem Schamanen über die fernen Götter aus und so mancher Krug Bier wurde in fröhlicher Runde geleert.

72. Kapitel
Glücklich zusammen

Das Wasser warf kleine Wellen, als Sarosa durch den Teich schwamm. Mit kräftigen Armzügen glitt sie dem Ufer entgegen. Immer hatte sie Gundra im Blick, die gerade auf ihren Sohn, der nun drei Sommer alt war, und die erst in diesem Sommer geborene Tochter aufpasste. Gleich würde Sarosa aus dem Wasser steigen und die Freundin würde schwimmen gehen, während dann Sarosa auf die Kinder aufpassen würde. Langsam streifte sie das Wasser von ihrer Haut und setzte sich danach zu ihrem Sohn in das Gras. Sie ließ das Wasser aus ihrem Haar auf den Kopf des Sohnes tropfen und der quiekte vor Vergnügen. Danach nickte sie der Freundin zu und nun ging Gundra schwimmen. Jetzt ließ sie sich von der immer noch warmen Abendsonne trocknen, während sie ihre Tochter stillte.

Sarosa war nun als Schamanin anerkannt und arbeitete mit den Geistern der Natur. Dabei half ihr Gundra, indem sie auf die Kinder aufpasste. Die Schamanin schloss die Augen und drehte ihr Gesicht in die Sonne. Das rötliche Licht drang durch ihre Lider und sie spürte die Wärme auf der Haut. Die Hand ihres Sohnes hielt sie dabei ganz fest, denn er war noch zu jung, um alleine zu schwimmen, auch wenn er immer in das Wasser wollte. Daher musste sie sich immer mit der Freundin abwechseln. „Träum nicht!", rief eine Stimme und lachte dann. Sarosa öffnete die Augen und erkannte Zamaso, der mit zwei Hasen in der Hand am nahen Waldrand vor ihr stand. Den Bogen und die Pfeile hatte er auf dem Rücken. Sie lächelte ihn an und zeigte in das Gras neben sich.

Zamaso warf die erlegten Hasen in das Gras und setzte sich neben sie. Dann zog er seinen Sohn auf seinen Schoß, während Sarosa die Tochter an die andere Brust legte. „Das Wasser ist herrlich. Du solltest auch mal wieder schwimmen gehen", sagte sie, dann roch sie an ihm und setzte dann lachend fort „Sonst kommst du heute nicht auf meine Liege." „Na dann los", sagte der Jäger, setzte seinen Sohn neben Sarosa ab, zog sich die Sachen aus und sprang in den kleinen Teich. „Gundra", rief Sarosa und die Freundin kam aus dem Wasser zu ihr zurück. Sarosa drückte ihr die Tochter in den Arm, die gerade satt rülpste. Dann sprang sie ebenfalls in den Teich und schwamm Zamaso hinterher.

Schnell hatte sie ihn eingeholt und nun schwammen sie im Teich umeinander. „Hier habe ich dich damals das erste Mal gesehen", sagte Zamaso und zog sie zu einer flachen Stelle, wo sie beide stehen konnten. Dort küsste er sie und sie legte sich in seinen Arm. So standen sie eine ganze Weile, mit der Sonne im Gesicht, bis Gundra vom Ufer aus nach ihnen rief. „Geht das jetzt?", fragte er lachend und sie schnupperte an ihm. Dabei verzog sie demonstrativ die Nase und sagte „Nun riechst du nach Fisch." Dann lachte sie und jagte laufend zum nahen Ufer, doch Zamaso holte sie noch im Wasser ein und drückte sie kurz unter die Wasseroberfläche. Prustend und lachend tauchte die Frau wieder auf und belohnte ihren Mann mit einem Kuss für das Bad.

Gemeinsam stiegen sie aus dem Wasser, streiften sich gegenseitig das Wasser vom Körper und zogen sich an. Dann nahm sie die Tochter wieder. Gundra nahm den Sohn von Sarosa auf ihren Arm und Zamaso griff sich die Hasen. Zu dritt gingen sie zu den Hütten hinüber. Unterwegs kamen ihnen ein paar der jungen Leute aus der Siedlung entgegen, die ebenfalls noch schnell ein erfrischendes Abendbad nehmen wollten. Vielleicht dann sogar in der Nacht unter dem silbernen Licht des Vollmondes. Mit Sicherheit auch noch etwas anderes, wenn Sarosa das Kichern der jungen Frauen richtig gedeutet hatte.

Mit dem Beginn der Dämmerung betraten sie die Hütte, wo schon alles für das Essen und die anschließende Ruhe in der Nacht vorbereitet wurde. Es gab eine leckere Suppe, für die die Hasen aber zu spät kamen. Diese würden dann am nächsten Tag im Kessel über dem Feuer landen. Das Essen machte den Sohn schläfrig und so bettete die Mutter ihre beiden Kinder auf die Liege, neben der sie dann auch schlafen würde. Danach ging Sarosa vor die Hütte und schickte ein letztes Gebet an die Götter.

Sie hatte noch oft an ihre unfreiwillige Reise in den Süden gedacht, die schönen Bilder blieben in ihrer Erinnerung, die dunklen Tage verblassten zunehmend. Noch oft hatte sie das Gesicht des Nubiers aus dem Traum gerissen und das würde sicher auch noch eine ganze Weile so bleiben. Sarosa sah in den Himmel und betrachtete die letzten Farben über den Baumwipfeln. Als sie die Hütte kurze Zeit später wieder betrat, da suchten schon alle ihre Liegestätten auf. Zamaso hing seine Kleidung gerade an den Haken über dem Bett, an den sie nun auch schnell ihr Kleid aufhing.

Aneinander gekuschelt lagen sie auf der Liege unter der Decke. Sarosa sah noch einmal zur Seite, in die schlafenden Gesichter ihrer beiden Kinder, dann drehte sie sich zu Zamaso um und küsste ihn. Er strich durch ihr Haar und sie sagte „Na dann, auf ein Neues!", lächelte ihren Partner an, drückte ihn auf den Rücken und setzte sich auf seinen Bauch. Langsam glitt sie mit ihrem Unterleib nach unten.

ENDE

Zeitliche Einordnung der Handlung:

5800 Steinzeit

Anfang des Buches „Schicha und der Clan des Bären"

Ende des Buches „Schicha und der Clan des Bären"

5500 Steinzeit

2200 Beginn der Bronzezeit

1200 Beginn der Eisenzeit

800 –

800 Beginn des allmählichen Niedergang der Bronzezeit

800 Erste Städtebildungen und Anfänge der etruskischen Kultur

750 Aufstieg der Etrusker zur Seemacht

700 –

600 –

600 Blütezeit der Bronzekunst der Etrusker im orientalischen Stil

570 Amasis wird ägyptischer Pharao

555 Anfang des Buches **„Auf Bärenspuren"**

551 Ende des Buches **„Auf Bärenspuren"**

550 Koalition der Etrusker mit Karthago gegen Griechenland

540 Sieg der Etrusker zur See gegen die Griechen bei Alalia

524 etruskische Niederlage bei Kyme gegen die Griechen

500 –

500 Blüte der etruskischen Stadt Capua

400 –

387 die Kelten fallen in Rom ein

300 –

218 der karthagische Feldherr Hannibal überquert die Alpen

200 –

100 –

73 Flucht von Spartacus aus der Gladiatorenschule in Capua

71 Tod von Spartacus und Ende des Sklavenaufstandes

55 Expedition Caesars nach Britannien

44, 15. März, Kaiser Caesar wird in Rom ermordet

0 –

0 Anfang des Buches **„Die Rache der Barbarin"**

9 Niederlage des Feldherrn Varus gegen die Cherusker unter Arminius

10 Ende des Buches **„Die Rache der Barbarin"**

34 Anfang des Buches **„Das Schwert des Gladiators"**

43 Beginn der Eroberung Südbritanniens

50 Colonia (heute Köln) wird zur Stadt erhoben

54 Nero wird römischer Kaiser

54 Anfang des Buches **„Die römische Münze"**

56 Ende des Buches **„Das Schwert des Gladiators"**

57 Anfang des Buches **„Die Tochter aus dem Wald"**

58 große Teile der Stadt Colonia brennen nieder

64 Brand Roms und daraufhin erste Christenverfolgung

68 Aufstände in Gallien und Spanien

68 Selbstmord Kaiser Neros

68 die Bataver, ein germanischer Stamm, erheben sich und belagern Colonia

70 die Stadt Colonia erhält eine acht Meter hohe Stadtmauer

75 Ende des Buches **„Die römische Münze"**

75 Ende des Buches **„Die Tochter aus dem Wald"**

79, 24. August, Ausbruch des Vesuvs und Untergang Pompejis

80 Einweihung des Kolosseums in Rom

85 wird Colonia die Hauptstadt der römischen Provinz Germania inferior

98 Trajan wird römischer Kaiser

100 –

161 Marc Aurel wird römischer Kaiser

200 –

300 –

306 Konstantin der Große wird römischer Kaiser

324 Konstantin bekennt sich zum Christentum und macht diese zur Staatsreligion

375 die Hunnen unterwerfen die Alanen und die Goten oder vertreiben diese aus ihren Siedlungsräumen

376 Anfang des Buches „**Sturm über den Stämmen**"

376 Flucht der Donaugoten vor den Hunnen und teilweise Aufnahme der Goten in das römische Reich

384 Ende des Buches „**Sturm über den Stämmen**"

400 –

406 Rheinübergang der Vandalen und Einfall in das römische Reich

407 die Vandalen und andere germanische Stämme ziehen plündernd durch Gallien

409 Weiterzug der Vandalen und Alanen nach Spanien

410, Ende August, Eroberung Roms durch die Westgoten

429 die Vandalen und Alanen setzen unter Geiserich von Spanien nach Afrika über

439 die Stadt Karthago fällt an die Vandalen

451 Feldzug des Hunnen Attila nach Gallien

452 die Hunnen fallen in Italien ein, ziehen sich aber bald wieder zurück

453 nach Attilas Tod zerbricht das Hunnenreich

455 Plünderung Roms durch die Vandalen unter Geiserich

500 –

700 –

764 Anfang des Buches „**In den finsteren Wäldern Sachsens**"

772, im Sommer, Zerstörung der Irminsul

772 Anfang der Sachsenkriege Karls des Großen

782 Blutgericht von Verden (Aller)

783, im Sommer, Gefechte mit Beteiligung sächsischer Frauen

785 Taufe Widukinds in der Königspfalz Attigny

787 die ersten Überfälle der Nordmänner auf Westeuropa finden statt

790 Überfälle der Nordmänner auf Schottland und Irland

792 letzte größere Erhebungen der Sachsen gegen die Franken

792 Zwangsdeportationen der Sachsen und Neuvergabe von sächsischem Land an fränkische Siedler

793 Überfall und Plünderung des Klosters Lindisfarne durch Nordmänner

795 Überfall von Wikingern auf das Kloster Iona in Irland

799 Beginn der Wikingerüberfälle auf das Frankenreich

796 Karls Belehrung durch seinen Berater Alkuin

797 mit dem Capitulare Saxonicum wurden die Sondergesetze gegen die Sachsen gelockert

800 –

800 Kaiserkrönung Karls des Großen

800 König Godfred von Dänemark gerät im kriegerische Konflikte mit Karl dem Großen

800 erste nordische Siedler treffen auf den Färöern und auf Island ein

800 unzählige Angriffe der Nordmänner auf die sächsischen Küsten

802 das sächsische Volksrecht (Lex Saxonum) wird verabschiedet

802 Ende des Buches „**In den finsteren Wäldern Sachsens**"

804 Ende der Sachsenkriege

805 Anfang des Buches „**Westwärts auf Drachenbooten**"

810 dänische Wikinger greifen wiederholt die friesische Küste an

814 Tod Karls des Großen

825 Ende des Buches **„Westwärts auf Drachenbooten"**

840 erste Überwinterung der Wikinger im Frankenreich

840 norwegische Nordmänner überfallen Irland und gründen Dublin

844 Überfälle der Nordmänner auf Spanien

845 Plünderungen von Hamburg und Paris durch die Wikinger

858 schwedische Wikinger gründen Kiew

889 Wanzleben wird erstmals als Haufendorf erwähnt

900 –

913 Herzog Heinrich von Sachsen stellt ein ungarisches Heer bei Merseburg

926 Heinrich handelt mit den Ungarn einen zehnjährigen Waffenstillstand für Sachsen aus

937 Otto I. der Große, gründete das St.-Mauritius-Kloster in Magdeburg

938 die Ungarn ziehen erneut gegen die Sachsen

952 Anfang des Buches **„Der Gefolgsmann des Königs"**

955, 10. August, Schlacht gegen die Ungarn auf dem Lechfeld bei Augsburg

955 Otto beginnt einen großen Neubau des Doms zu Magdeburg

962, 2. Februar, Krönung Ottos zum Kaiser

968 Beginn des Baues der Burg Wanzleben

980 Ende des Buches **„Der Gefolgsmann des Königs"**

1000 –

1100 –

1142 Heinrich der Löwe wird Herzog von Sachsen

1143 Gründung Lübecks, der ersten deutschen Ostseestadt

1147 Anfang des Buches **„Im Zeichen des Löwen"**

1147 Wendenkreuzzug, dauert als Kreuzzug drei Monate

1152 Königskrönung von Friedrich Barbarossa in Aachen

1155 Kaiserkrönung Friedrich Barbarossas in Rom

1156 Besiedlungszug in Lommatzsch

1157 Gründung des deutschen Kaufmannsbundes

1159 Wiederaufbau Lübecks

1160 Anfang des Buches **„Kaperfahrt gegen die Hanse"**

1160 der slawische Burgwall Dobin, liegt am Schweriner See, wird zerstört

1160 Lübeck erhält das Soester Stadtrecht

1160 Gründung der Kaufmannshanse

1161 Vermittlung eines Handelsprivilegs an die Stadt Lübeck durch Heinrich den Löwen

1161 Gründung der Gotländischen Genossenschaft, als Vorstufe der Hanse

1162 Kloster Altzella, bei Nossen, wird gegründet

1163 Ende des Buches **„Im Zeichen des Löwen"**

1180 Heinrich verliert das Herzogtum Sachsen

1200 –

1200 Gründung des Petershofes in Novgorod als Außenstelle der Hanse

1200 Ende des Buches **„Kaperfahrt gegen die Hanse"**

1210 Anfang des Buches **„Die Sklavin des Sarazenen"**

1212 Kinderkreuzzug mit Ziel Jerusalem

1212 Friedrich II. wird König

1217 bis 1221 Fünfter Kreuzzug, Kreuzzug von Damiette in Ägypten

1220 Ende des Buches **„Die Sklavin des Sarazenen"**

1250 Anfang der Blütezeit der Städtehanse

1300 –

1307, 13. Oktober, Zerschlagung des Templerordens und Verhaftung aller Templer

1315 Beginn einer Hungersnot, die als „Der große Hunger" in zwei Jahren mit sintflutartigen Regenfällen, sehr kalten Wintern und vielen Überschwemmungen Millionen Menschen in Europa dahinrafft

1321 Anfang des Buches „**Frauenwege und Hexenpfade**"

1337 der hundertjährige Krieg zwischen England und Frankreich beginnt

1337 Ende des Buches „**Frauenwege und Hexenpfade**"

1340 der englische König Eduard III. fällt mit seinem Heer in Frankreich ein

1346 in der Schlacht von Crécy schlagen 8.000 englische Langbogenschützen die verbündeten europäischen und französischen Ritter vernichtend

1347 die Beulenpest erreicht die europäischen Häfen am Mittelmeer und breitete sich schnell überall aus

1356 mit der goldenen Bulle wird erstmalig festgeschrieben, dass der deutsche König durch Mehrheitswahl von sieben Kurfürsten bestimmt wird

1400 –

1431, 30. Mai, Jeanne d'Arc, die Jungfrau von Orléans, stirbt in Rouen auf dem Scheiterhaufen

1440 Johannes Gutenberg erfindet den Buchdruck mit beweglichen Lettern

1452, 15. April, Leonardo da Vinci wird in Anchiano bei Vinci geboren

1479 - Anfang des Buches „**Nur ein Hexenleben...**"

1482 Johann Tetzel beginnt sein Theologiestudium in Leipzig

1486 der Dominikaner Heinrich Kramer veröffentlicht sein Traktat „Der Hexenhammer", lateinisch „Malleus Maleficarum"

1487 - Ende des Buches „**Nur ein Hexenleben...**"

1487 - Anfang des Buches „**Rosen hinter Burgmauern**"

1492 Christoph Kolumbus erreicht die großen Antillen und entdeckt damit Amerika

1498 Vasco da Gama erreicht an Bord seiner Nau auf dem Seeweg um Afrika herum Indien

1500 –

1504 Johann Tetzel beginnt seine Tätigkeit im Ablasshandel

1509 Ende des Buches „**Rosen hinter Burgmauern**"

1517 Anfang des Buches „**Die Bruderschaft des Regenbogens**"

1517, 31. Oktober, Luther verkündet seine Thesen in Wittenberg

1518 Müntzer und Luther sind in Wittenberg

1520 Müntzer predigt in Zwickau

1522 das „Neue Testament" erscheint auf Deutsch

1523, zu Ostern, Katharina von Boras Flucht aus dem Kloster

1524 Bauern- und Handwerkeraufstände in Sachsen

1525, 15. Mai, Schlacht bei Bad Frankenhausen

1525, 27. Mai, Müntzer wird in Mühlhausen enthauptet

1525, 27. Juni, Heirat Luthers mit Katharina von Bora

1525, im Dezember, Kloster Buch wird geschlossen

1526 Niederschlagung der letzten Bauernaufstände

1527 Ende des Buches „**Die Bruderschaft des Regenbogens**"

1530 Reichstag zu Augsburg beschließt die Duldung des evangelischen Glaubens

1534 die gesamte Bibel ist nun auf Deutsch lesbar

1600 –

1612 Anfang des Buches „**Im Feuersturm**"

1617, 13. September, ein Stadtbrand verwüstet weite Teile Tangermündes

1618, 23. Mai, Fenstersturz zu Prag

1618 Anfang des dreißigjährigen Krieges

1619, 22. März, Grete Minde stirbt in Tangermünde auf dem Scheiterhaufen

1619 Ende des Buches „**Im Feuersturm**"

1620, 08. November, Schlacht am Weißen Berg bei Prag

1630 Anfang des Buches „**Im Schein der Hexenfeuer**"

1631 Eintritt Sachsens in den dreißigjährigen Krieg

1631, 10. Mai, Verwüstung der Stadt Magdeburg durch kaiserliche Truppen

1631 Anfang des Buches „**Die Räubermühle**"

1632 die Pest wütet in Sachsen

1632, 16. November, Schlacht bei Lützen

1634, 25. Februar, Albrecht von Wallenstein wird in Eger ermordet

1634 Ende des Buches **„Die Räubermühle"**

1639 schwedische Truppen brennen Dresden teilweise nieder

1641 nochmalige Zerstörung Dresdens durch die Schweden

1648 der „Westfälischer Friede" wird geschlossen

1648, 24. Oktober, Ende des dreißigjährigen Krieges

1650 Ende des Buches **„Im Schein der Hexenfeuer"**

1694 Friedrich August I. wird unerwartet neuer Herzog und Kurfürst von Sachsen

1697, 15. September, Friedrich August I. wird in Krakau zum polnischen König gekrönt

1700 –

1710 Anfang des Buches **„Anna und der Kurfürst"**

1712 Thomas Newcomen konstruiert die erste verwendbare Dampfmaschine

1715 Ende der „Kleinen Eiszeit", einer Periode relativ kühlen Klimas mit besonders kalten Zeitabschnitten seit 1675

1715 Ende des Buches **„Anna und der Kurfürst"**

1756 bis 1763 der Siebenjährige Krieg tobt in Mitteleuropa

1776 Gründung der Vereinigten Staaten von Amerika mit der Unabhängigkeitserklärung

1789, 14. Juli, Beginn der französischen Revolution in Paris

1793 Beginn des Interventionskriegs gegen Napoleon, an dem auch Sachsen teilnahm

1794 die Gesellen streiken in Dresden

1796 der Interventionskrieg endet mit einer Niederlage für die preußischen, österreichischen und sächsischen Verbündeten

1800 –

1800 Anfang des Buches „**Der russische Dolch**"

1806 Preußen und Russland verbünden sich gegen Napoleon. Sachsen schließt sich ihnen an

1806 Krieg der Verbündeten gegen Napoleon

1806, 14. Oktober, Schlacht bei Jena und Auerstedt, die Verbündeten werden von Napoleon vernichtend geschlagen

1806, 20. Dezember, das Kurfürstentum Sachsen tritt dem Rheinbund bei und wird durch Napoleon zum Königreich

1812 von Sachsen aus beginnt der Feldzug gegen Russland. Sachsen ist mit 21.000 Mann daran beteiligt

1812, 23. Juni, Napoleon überquert mit seinem Heer die Mehmel

1812, 17. August, Schlacht um Smolensk

1812, 7. September, Schlacht von Borodino

1812, 14. September, Napoleon rückt in Moskau ein

1812, 13. Oktober, Napoleon beschließt den Rückzug

1812, 3. November, Schlacht bei Wjasma.

1812, 26. bis 28. November, Schlacht an der Beresina

1812, 14. Dezember, Kaiser Napoleon macht, seinen Truppen auf dem Rückzug aus Russland vorauseilend, in Dresden Station

1813, 2. Mai, Schlacht bei Großgörschen, Sieg Napoleons gegen Russen und Preußen

1813, 20. und 21. Mai, Schlacht bei Bautzen, weiterer Sieg Napoleons gegen Russen und Preußen

1813, 26. und 27. August, Schlacht bei Dresden, Napoleon errang seinen letzten Sieg auf deutschem Boden

1813, 16. bis 19. Oktober, Die Völkerschlacht bei Leipzig brachte Napoleon eine verheerende Niederlage. Die sächsischen Truppen liefen zu den russischen und preußischen Truppen über

1813, 11. November, die belagerte Festungsstadt Dresden kapituliert

1815, 18. Juni, Schlacht bei Waterloo

1815 Ende des Buches „**Der russische Dolch**"

1900 –

Von Uwe Goeritz ebenfalls beim Verlag BoD erschienen (BoD – Books on Demand, Norderstedt, nähere Informationen finden Sie unter www.BoD.de)

„Schicha und der Clan des Bären" die ISBN lautet 978-3-7386-0262-3

108 Seiten für 7,90 Euro

„In den finsteren Wäldern Sachsens" die ISBN lautet 978-3-7357-7982-3

108 Seiten für 7,90 Euro

„Der Gefolgsmann des Königs" die ISBN lautet: 978-3-7357-2281-2

116 Seiten für 7,90 Euro

„Im Zeichen des Löwen" die ISBN lautet: 978-3-7347-5911-6

116 Seiten für 7,90 Euro

„Kaperfahrt gegen die Hanse" die ISBN lautet: 978-3-7386-2392-5

108 Seiten für 7,90 Euro

„Die Bruderschaft des Regenbogens"
die ISBN lautet: 978-3-7386-5136-2

112 Seiten für 7,90 Euro

„Im Schein der Hexenfeuer" die ISBN lautet: 978-3-7347-7925-1

112 Seiten für 7,90 Euro

„Die Räubermühle" die ISBN lautet: 978-3-8482-0893-7

112 Seiten für 7,90 Euro

„Der russische Dolch" die ISBN lautet: 978-3-7412-3828-4

116 Seiten für 7,90 Euro

„Das Schwert des Gladiators" die ISBN lautet: 978-3-7412-9042-8

116 Seiten für 7,90 Euro

„Frauenwege und Hexenpfade" die ISBN lautet: 978-3-7448-3364-6

116 Seiten für 7,90 Euro

„Die Sklavin des Sarazenen" die ISBN lautet: 978-3-7448-5151-0

308 Seiten für 9,90 Euro

„Die Tochter aus dem Wald" die ISBN lautet: 978-3-7448-9330-5

116 Seiten für 7,90 Euro

„Anna und der Kurfürst" die ISBN lautet: 978-3-7448-8200-2

312 Seiten für 9,90 Euro

„Westwärts auf Drachenbooten" die ISBN lautet: 978-3-7460-7871-7

120 Seiten für 7,90 Euro

„Nur ein Hexenleben ..." die ISBN lautet: 978-3-7460-7399-6

312 Seiten für 9,90 Euro

„Sturm über den Stämmen" die ISBN lautet: 978-3-7528-7710-6

124 Seiten für 7,90 Euro

„Die Rache der Barbarin" die ISBN lautet: 978-3-7528-4103-9

128 Seiten für 7,90 Euro

„Im Feuersturm – Grete Minde" die ISBN lautet: 978-3-7481-2078-0

312 Seiten für 9,90 Euro

„Rosen hinter Burgmauern" die ISBN lautet: 978-3-7347-0321-8

312 Seiten für 9,90 Euro

Aktuelle Informationen und Neuerscheinungen finden sie immer im Internet unter:

www.Goeritz-Netz.de